U0165572

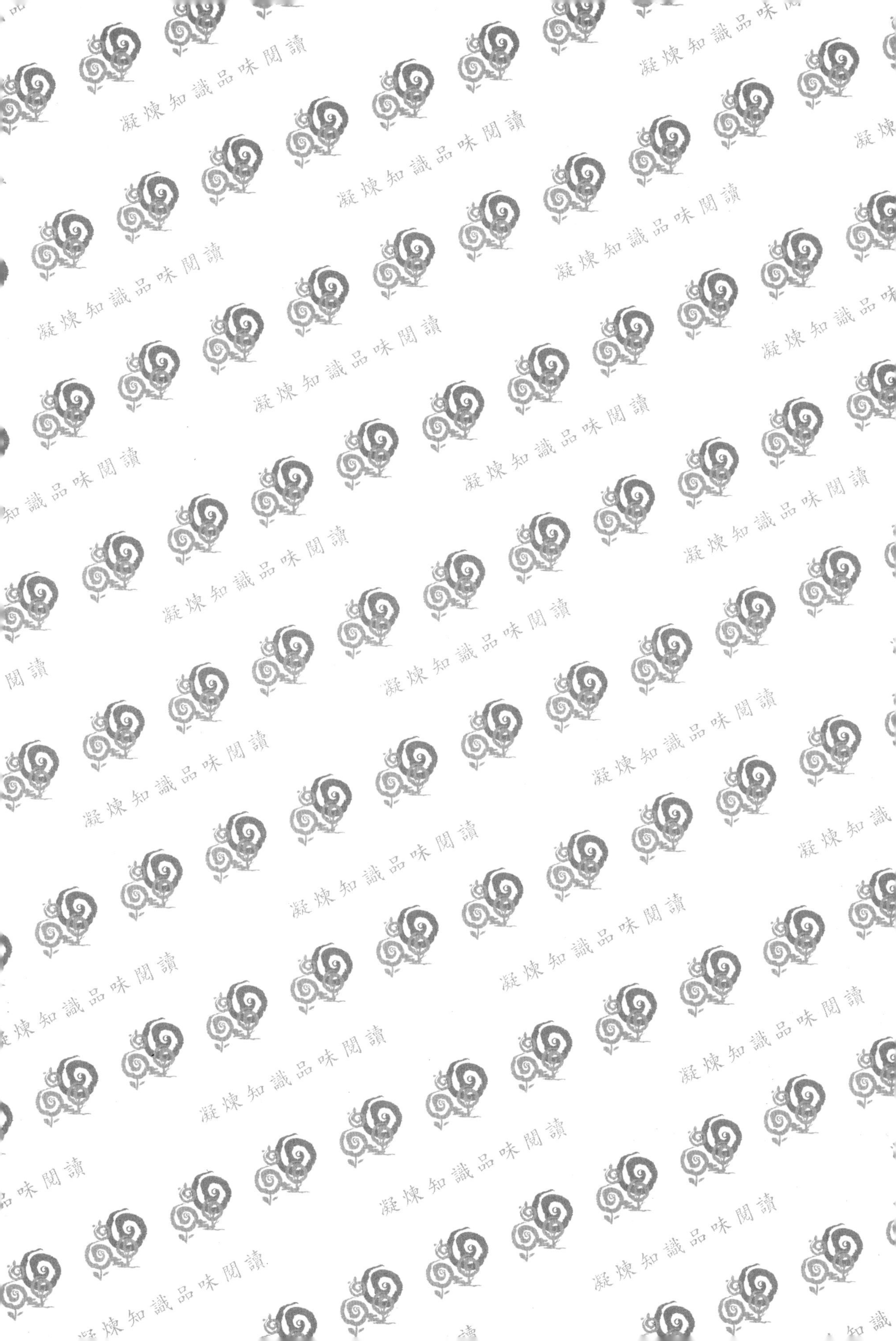

實用生活華語不打烊

Practical Chinese

中級篇

隨書附贈
華語聽力練習光碟

楊琇惠—編著

前言

本書乃是《實用生活華語不打烊》教材系列之一，其程度為中級，亦即專為學習華語一到兩年的外籍人士所設計的。由於本書含同光碟一起發行，所以不論是作為課堂的授課用書，或是自學教材都兩相得宜。

就特色而言，本書不論是在內容或是編排設計上，都做了相當程度的突破與創新。首先，以內容來說，在十二課的編制中，我們嘗試將課與課之間的內容，藉由六位主角間的生活故事來作串連。如是的安排不但能使課文更加生動活潑，還能讓學生因為好奇故事的發展而激發其學習的興趣。

在課文之後，提點出主要的學習重點——「你不可以不知道」，和常用的文法及句型——「句型演練」兩部分；至此，學習的單元可以說到了一個段落。不過為了讓學生能夠活用學習的內容，於後又編寫了各種樣式的練習活動，有的練習要學生動口說，有的要學生動手寫，還有要學生彼此交互合作來完成的活動單元。這個練習兼動腦的部分，我們稱之為「換我試試看」。

有了好的內容，當然要有好的編排，如是才能相得益彰，互添光彩；因此我們在美術設計上也花了相當多的心思。為了讓學生在學習的過程中，感覺到新奇有趣我們穿插了大量的插畫、照片及色塊；希望能藉由賞心悅目的畫面，來增添學生學習時的舒適感。期望能讓學習華語成為一件心曠神怡的美事，而不是呆板沉悶的苦差事。

《實用華語不打烊》教材系列在這本中級篇出版後，將會陸續推出關於台灣文化的高級篇和為零起點同學設計的初級篇。

這套教材所以能問世，主要要感謝國立台北科技大學於人力與資源上的援助。如果不是學校的主事者，歷來對華語文教育甚為重視，並將之列為教學卓越計畫之一，編者絕不可能有機會編輯此書。然而，單靠編者一人的力量，仍不足成事。此書的完成當要歸功於文編助理洪子芸、郭謦維兩位同學一年來的腦力激盪及細心校稿。此外，最為功不可沒的，非美編陳春霖先生及黃千珈小姐莫屬，正因為有他們的用心，本書才能完美、亮麗的呈現。最後，還要感謝五南出版社的黃主編惠娟，感謝她於出版相關事務上的種種協助。

回想二十年前，編者和弟弟、妹妹旅居阿根廷時，每逢星期六都要到當地的中文學校上課，那時在異鄉刻苦的學習經驗，至今仍歷歷在目。時空遷徙，萬萬沒想到今天能參與華語文教材的編寫，實在甚感榮幸。唯獨自身能力有限，駑鈍不敏，敬請華語文教學界的先進大德能給予指教，不吝斧正。

楊琇惠

二〇〇七年八月

北科大通識中心

人物介紹

LESSON 1

第一課 我是誰
dì yī kè wǒ shì shéi

（子維[1]一家是[2]寄宿家庭。今天子維要向 家人 [3]介紹 新 [4]朋友。）
zǐwéi yìjiā shì jìsù jiātíng jīntiān zǐwéi yào xiàng jiārén jièshào xīn péngyǒu

子維：爸爸！媽媽！我們的 新朋友 來了。艾婕，[5]自我介紹一下。
zǐwéi bà·ba mā·ma wǒ·men·de xīn péngyǒu lái·le àijié zìwǒ jièshào yíxià

艾婕：大家好！我叫做 艾婕，我 來自[6]法國。我今年 二十四[7]歲，
àijié dàjiāhǎo wǒ jiàozuò àijié wǒ láizì fàguó wǒ jīnnián èrshísì suì

我是 [8]大學生。
wǒ shì dàxuéshēng

龍媽：請坐 請坐！你長得 好漂亮！
lóngmā qǐngzuò qǐngzuò nǐ zhǎng·de hǎo piàoliàng

艾婕：謝謝！請問[9] 這位 是……？
xiè·xie qǐngwèn zhèwèi shì

子維：艾婕，這位 是我 媽媽，她是 家庭主婦[10]。
àijié zhèwèi shì wǒ mā·ma tā shì jiātíng zhǔfù

龍媽：你可以叫 我龍媽。歡迎[11] 你來我們 家！
nǐ kěyǐ jiào wǒ lóngmā huānyíng nǐ lái wǒ·men jiā

艾婕：龍媽 你好！
lóngmā nǐhǎo

子維：這位 是我爸爸，他是 內科醫生[12]。
zhèwèi shì wǒ bà·ba tā shì nèikē yīshēng

龍爸：你可以叫 我龍爸。
lóngbà nǐ kěyǐ jiào wǒ lóngbà

不要客氣[13]，把這裡當成[14] 你的家！
búyào kèqì bǎ zhèlǐ dāngchéng nǐ·de jiā

艾婕：龍爸 你好！
lóngbà nǐhǎo

子維：這位 是我 姊姊，她在 外貿[15] 公司 上班[16]。
zhèwèi shì wǒ jiě·jie tā zài wàimào gōngsī shàngbān

子芸：你好！我叫 子芸。有什 麼 問題[17]都 可以問我！
zǐyún nǐhǎo wǒ jiào zǐyún yǒu shé·me wèntí dōu kěyǐ wèn wǒ

小辭典

1 一家 a household
2 寄宿家庭 homestay family
3 介紹 to introduce
4 朋友 friend
5 自我介紹 to introduce oneself, self-introduction
6 法國 France
7 ～歲 ... years old
8 大學生 undergraduate student
9 請問 may I ask that...?
10 家庭主婦 housewife
11 歡迎 welcome
12 內科醫生 physician (internal medicine)
13 不要客氣 Do feel free...!
14 當成 to take, regard, see... as
15 外貿公司 foreign trade corporation
16 上班 to go to work, work for
17 問題 question, problem

LESSON

1

艾婕：子芸你好！
zǐyún nǐhǎo

龍媽：你中文　說得　很　好　欸[18]！
nǐ zhōngwén shuō·de hěn hǎo ·e

艾婕：**哪裡哪裡**[19]，**您過　獎　了**[20]！
nǎlǐ nǎlǐ nín guò jiǎng ·le

子維：**當然**[21]　啦，
dāngrán ·la

艾婕在　法國**的時候**[22]　就是　**中文系**[23]　的　**高材生**[24]　了呢！
àijié zài fàguó ·de shíhòu jiù shì zhōngwénxì ·de gāocái shēng ·le ·ne

艾婕：我很　喜歡　中文，　我　**覺得**[25]中文　就跟　法文**一樣**[26]　美。
wǒ hěn xǐhuān zhōngwén wǒ jué·de zhōngwén jiù gēn fàwén yíyàng měi

龍媽：**希望**[27]　你會　喜歡　台灣！
xīwàng nǐ huì xǐhuān táiwān

子維：還有　台灣　人！
hái yǒu táiwān rén

艾婕：**一定**[28]、一定！
yídìng yídìng

小辭典

18 欸 (modal auxiliary of affirmation)
19 哪裡哪裡 I'm not as good as the way you praised me…
20 您過獎了 I'm flattered
21 當然 of course
22 ～的時候 when~
23 中文系 department of Chinese
24 高材生 student of high academic achievement
25 覺得 to think, believe, hold an opinion that
26 一樣 the same
27 希望 to hope
28 一定 certainly, must

子芸：爸，媽，我跟子維就**帶**[29] 艾婕去**看**[30] 她 **房間**[31] 囉！
bà mā wǒ gēn zǐwéi jiù dài àijié qù kàn tā fángjiān ·luo

龍媽：**好**[32]！我 **切**[33]好 **水果**[34] 就**馬上**[35] **過去**[36]！
hǎo wǒ qiē hǎo shuǐguǒ jiù mǎshàng guòqù

子維：媽，那我們 **等**[37] 你喔！
mā nà wǒ·men děng nǐ ·o

（子芸 跟 子維 帶 艾婕去看 房間。）
zǐyún gēn zǐwéi dài àijié qù kàn fángjiān

龍媽：這個 **女孩子**[38]**又**[39] **乖**[40] **又**[41] **懂 禮貌**，
zhè·ge nǚhái·zi yòu guāi yòu dǒng lǐmào

讓[42] 她**住**[43] 家裡我也**放心**[44]。
ràng tā zhù jiā lǐ wǒ yě fàngxīn

龍爸：**而且**[45]人又 長得 漂亮。
érqiě rén yòu zhǎng·de piàoliàng

龍媽：**對**[46]呀，就跟 我一樣！
duì·ya jiù gēn wǒ yíyàng

小辭典

29 帶 to lead
30 看 to see
31 房間 room
32 好 fine, okay
33 切 to cut, slice
34 水果 fruit
35 馬上 right away, at once
36 過去 to be there
37 等 to wait for
38 女孩子 young girl
39 又…(又…) also, both... and...
40 乖 well-behaved, meek
41 懂禮貌 to be polite
42 讓 to let
43 住 to live
44 放心 to feel unnecessary to be worried
45 而且 and furthermore
46 對 to be right

LESSON 1

你不可以不知道

nǐ bù kěyǐ bù zhīdào

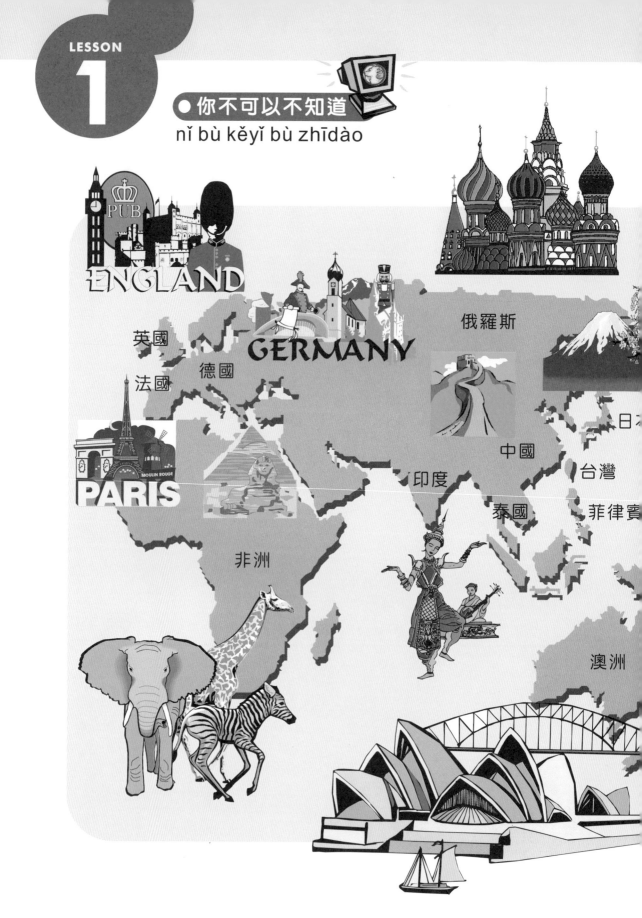

ENGLAND

GERMANY

俄羅斯

英國

德國

法國

PARIS

中國

印度

台灣

泰國

非洲

澳洲

國名	guómíng
泰國	tàiguó
加拿大	jiānádà
埃及	āijí
葡萄牙	pútáoyá
阿根廷	āgēntíng
波蘭	bōlán
巴西	bāxī
墨西哥	mòxīgē
澳洲	àozhōu
希臘	xīlà
南非	nánfēi
印度	yìndù
韓國	hánguó
德國	déguó

LESSON 1

自我介紹—我是誰？

姓名xìngmíng

請問	您 你 他 這位	怎麼稱呼？ chēnghū 叫什麼名字？

我 他 這位	(的名字) míng·zi	叫 叫做 是	艾婕。 龍子維。 龍子芸。 子維。
	姓 xìng		龍

常見 姓氏
chángjiàn xìngshì
陳 chén 林 lín 楊 yáng 胡 hú 朱 zhū
王 wáng 劉 liú 孫 sūn 馬 mǎ 洪 hóng
吳 wú 徐 xú 郭 guō 李 lǐ 黃 huáng
高 gāo 何 hé 張 zhāng 周 zhōu 趙 zhào

國籍guójí

請問	您 你	是	哪裡 nǎlǐ	人？ rén
	他 這位	來自		？

我 他 這位	是	法國 美國 měiguó	人。
我 他	來自	日本 rìběn 義大利 yìdàlì	。

職業 zhíyè

請問	您 你 他	在	那裡	唸書？ niànshū 工作？ gōngzuò

我 他	是 是個 ·ge 是位	學生。 醫生。 家庭主婦。	
	在	天空　大學 tiānkōng 外貿公司 出版社 chūbǎnshè	唸書。 上班。 工作。

職業	
廚師 chúshī	工程師 gōngchéngshī
護士 hùshì	理髮師 lǐfǎshī
記者 jìzhě	建築師 jiànzhúshī
歌手 gēshǒu	消防人員 xiāofáng rényuán
演員 yǎnyuán	經濟學家 jīngjì xuéjiā
作家 zuòjiā	計程車司機 jìchéngchē sījī
運動員 yùndòngyuán	

長相 zhǎngxiàng

我 你 他	(長得)	很 好 真 zhēn	好看！ hǎokàn 帥！ shuài 漂亮！ 美麗！ měilì 可愛！ kěài
		很 真	不錯！ búcuò

年齡 niánlíng

請問	您 你 他	今年	幾 jǐ	歲？ suì

我 他	今年	十六 shíliù 二十四 三十九 sānshíjiǔ	歲。

LESSON 1

換我試試看

huàn wǒ shìshì kàn

挑戰一

請訪問 你身旁 的同學，寫下他的姓名、國籍、職業以及年齡。

fǎngwèn shēnpáng tóngxué xiěxià yǐjí

姓名：

國籍：

職業：

年齡：

挑戰二

請向全班 介紹一下這位同學。

quánbān

挑戰三

請依照 範例造句。

yīzhào fànlì zàojù

例：安東尼奧／西班牙→這位是安東尼奧。他來自西班牙。他是西班牙人。

安東尼奧／西班牙

沙夏／俄國

中山次朗／日本

阿里／沙烏地阿拉伯

艾雪／土耳其

伊莉沙白／英國

羅伯特／德國

金真熙／韓國

挑戰四

請依照　範例造句。
yīzhào fànlì zàojù

例：張雅婷／醫生→這位是張雅婷。她是位醫生。

張雅婷／醫生　王宗翰／理髮師　陳怡君／建築師　黃健豪／廚師

挑戰五

情境　應用
qíngjìng yìngyòng

下課 時，艾婕在教室 裡撿到一本　護照（如下圖）。
xiàkè shí jiàoshì lǐ jiǎndào běn hùzhào rú xiàtú

艾婕知道這本護照一定是某　個新同學掉的，但　因為　跟同學還 不夠
zhīidào yídìng mǒu ·ge diào dàn yīnwèi gēn hái búgòu

熟， 認 不 出來這本護照的主人是誰。艾婕想趁　　明天　　的課問同學是
shóu rèn bù chūlái zhǔrén xiǎngchèn míngtiān

不是有人弄 掉　了護照。
nòngdiào

請幫　艾婕想一想，他該 怎麼
bāng gāi zě·me

向全班同學說，才能　找到護
cái néng zhǎo

照的主人呢？
·ne

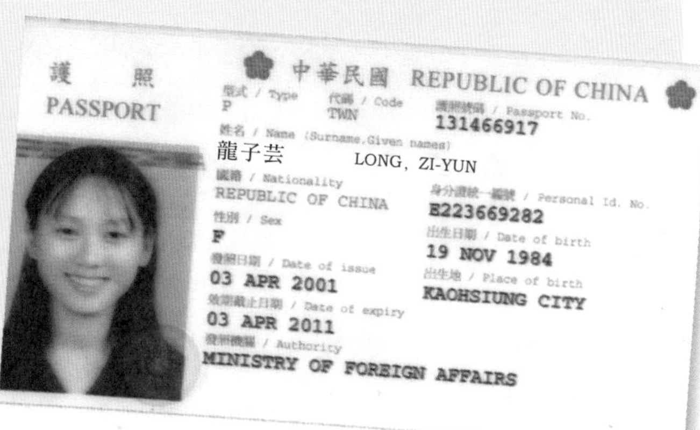

挑戰六

看圖說 故事：請根據漫畫 內容，猜猜看這中間 發生了什麼事？
tú shuō gùshì mànhuà nèiróng cāi zhōngjiān fāshēng shì

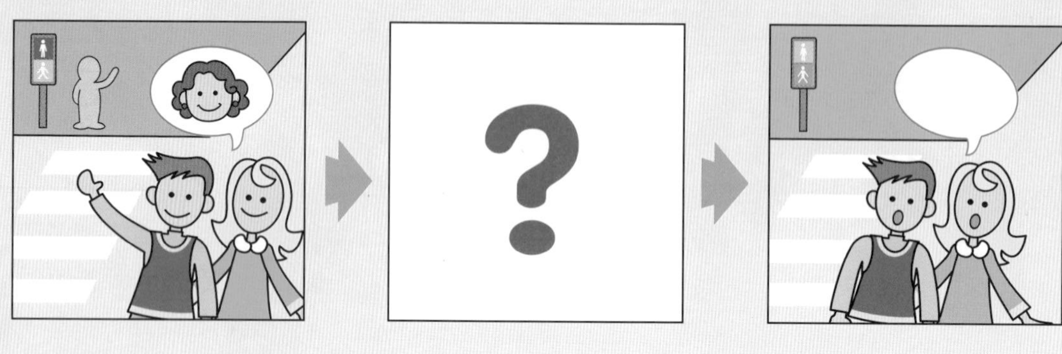

聽力練習
tīnglì liànxí

這是河流大學中級華語班的第一堂課。請根據對話回答問題。

1. 請問老師叫什麼名字？（hóng měilíng ／ lóng zǐyún ／ zhào shúpíng）

2. 請問羅強 今年幾歲？（十五歲／二十歲／二十五歲）

3. 請問妙子在哪裡唸書？（河流大學／天空大學／日本大學）

4. 請問莉妲來自哪裡？（法國／英國／美國）

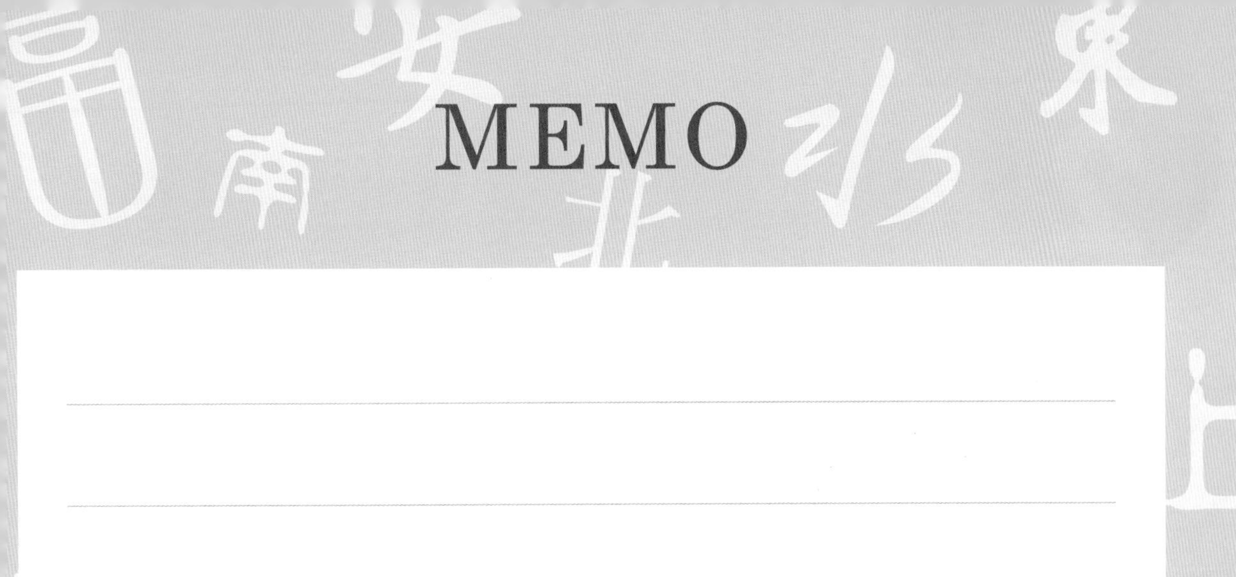

MEMO

LESSON 2

第二課 買東西
dì èr kè mǎi dōng xī

對話 一
duìhuà yī

(艾婕來到 [1]早餐 店，[2]打算 [3]自己[4]買早餐 [5]吃。)
àijié lái dào zǎocān diàn dǎsuàn zìji mǎi zǎocān chī

[6]**老板**：[7]**歡迎** 光臨！
lǎobǎn huānyíng guānglín

[8]**老板 娘**：歡迎 光臨！ 今天 要 吃[9]**什麼**？
lǎobǎn niáng huānyíng guānglín jīntiān yào chī shé·me

艾婕：[10]**嗯**……老板，[11]**培根 漢堡** 一個[12]**多少** 錢？
àijié ·en lǎobǎn péigēn hànbǎo yí ·ge duōshǎo qián

老板娘：培根 漢堡 一個 二十五。
péigēn hànbǎo yí ·ge èrshíwǔ

艾婕：好，那我一個培根 漢堡。
hǎo nà wǒ yí ·ge péigēn hànbǎo

老板娘：要不要 [13]**加** [14]**蛋**？
yào bú yào jiā dàn

艾婕：加蛋 要 加多少 錢？
jiā dàn yào jiā duōshǎo qián

老板娘：加蛋加五塊。
jiā dàn jiā wǔ kuài

艾婕：好，加蛋。
hǎo jiā dàn

老板娘：要不要 **飲料**[15]？
yào bú yào yǐnliào

艾婕：嗯……**紅茶**[16] 一 **杯**[17]多少 錢？
·en hóngchá yì bēi duōshǎo qián

老板娘：**小**[18] 杯十五，**中**[19] 杯 二十，**大**[20]杯二十五。
xiǎo bēi shíwǔ zhōng bēi èrshí dà bēi èrshíwǔ

艾婕：那中 杯 好了，謝謝。
nà zhōng bēi hǎo ·le xiè·xie

老板娘：要不要 加**冰塊**[21]？
yào bú yào jiā bīngkuài

艾婕：加**一點點**[22] 就好。
jiā yì diǎn·dian jiù hǎo

老板娘：這樣 **一共**[23] 五十 元。
zhèyàng yí gòng wǔshí yuán

艾婕：謝謝！
xiè·xie

小辭典

1 早餐店 breakfast store
2 打算 to intend
3 自己 on one's own
4 買 to buy
5 吃 to eat
6 老板 owner (of a store)
7 歡迎光臨！ Welcome!
8 老板娘 [female] owner(of a store), wife of the owner (of a store)
9 什麼 what
10 嗯 um
11 培根漢堡 round sandwich with bacon
12 多少錢 how much (money)
13 加 to add
14 蛋 egg
15 飲料 drink, beverage
16 紅茶 black tea
17 杯 cup, glass
18 小 small
19 中 middle
20 大 large
21 冰塊 ice cube
22 一點點 a little bit
23 一共 altogether

LESSON 2

對話 二
duìhuà èr

（艾婕[24]陪 龍媽 [25]一起去[26]市場 買 [27]菜，看 到 一家[28]賣 [29]飾品 的小店。）
àijié péi lóngmā yìqǐ qù shìchǎng mǎi cài kàn dào yìjīa mài shìpǐn ·de xiǎo diàn

老板：來喔！來喔！又 漂亮 又 [30]**便宜**的 [31]**項鍊**、 [32]**戒指**喔！
lǎobǎn lái ·o lái ·o yòu piàoliàng yòu piányí ·de xiàngliàn jièzhǐ ·o

艾婕：龍媽 你看，那邊 的 項鍊 好 漂亮 喔！
àijié lóngmā nǐ kàn nàbiēn ·de xiàngliàn hǎo piàoliàng ·o

龍媽：那叫 [33]**中國 結**！看 起來[34]**不錯**，我們 去看看 吧！
lóngmā nà jiào zhōngguó jié kàn qǐlái búcuò wǒ·men qù kànkàn ·ba

老板：[35]**太太**，[36]**小姐**，要 買 點 什 麼？
lǎobǎn tài·tai xiǎojiě yào mǎi diǎn shé ·me

龍媽：老板，項鍊 一條 多少 錢？
lóngmā lǎobǎn xiàngliàn yì tiáo duōshǎo qián

老板：我們 的 [37]**東西** [38]**最**便宜了，一條 [39]**只** 要 一百[40]**塊**！
lǎobǎn wǒ·men ·de dōngxī zuì piányí ·le yì tiáo zhǐ yào yìbǎi kuài

小辭典

24 陪 to accompany
25 一起 together
26 市場 market
27 菜 [general] food
28 賣 to sell
29 飾品 accessory
30 便宜 to be inexpensive, cheap
31 項鍊 necklace
32 戒指 ring
33 中國結 Chinese knot
34 不錯 not bad, pretty good
35 太太 lady (supposedly married), Mrs.
36 小姐 young lady, Miss
37 東西 thing
38 最 the most
39 只 only, just
40 塊 NT dollar = 元 yuan

龍媽：一百塊？[41]**太**[42]**貴**了！
yì bǎi kuài tài guì ·le

老板：哪會貴？你[43]**可以**[44]**打聽**看看，我們 是最 便宜的！
nǎhuì guì nǐ kěyǐ dǎtīng kànkàn wǒ·men shì zuì piányí ·de

龍媽：一條 六十塊 我就買。
yì tiáo liùshí kuài wǒ jiù mǎi

老板：[45]**不行** 不行，會 [46]**虧本**啦！
bù xíng bù xíng huì kuīběn ·la

龍媽：那我們 不買了，謝謝！
nà wǒ·men bù mǎi ·le xiè·xie

老板：好 啦！太太，一條 [47]**算** 你六十塊 啦。
hǎo ·la tài·tai yì tiáo suàn nǐ liùshí kuài ·la

龍媽：謝謝老板！艾婕，這 就是[48]**殺價**，[49]**懂** 了嗎？
xiè·xie lǎobǎn àijié zhè jiù shì shājià dǒng ·le ·ma

艾婕：龍媽，你[50]**真的** 好 [51]**厲害**！[52]**教**我，教我！
lóngmā nǐ zhēn·de hǎo lìhài jiāo wǒ jiāo wǒ

小辭典

41 太 overly, excessively, too
42 貴 to be expensive
43 可以 may, can
44 打聽 to make inquiries
45 不行 no, no way
46 虧本 to lose money in doing business
47 算 to count, to cost at a discount
48 殺價 to bargain
49 懂 to understand
50 真的 really
51 厲害 skillful, excellent
52 教 to teach

LESSON 2

你不可以不知道
nǐ bù kěyǐ bù zhīdào

1 = 一
2 = 二
3 = 三
4 = 四
5 = 五
6 = 六
7 = 七
8 = 八
9 = 九
10 = 十

11 = 十一
12 = 十二
13 = 十三
14 = 十四
15 = 十五
16 = 十六
17 = 十七
18 = 十八
19 = 十九
20 = 二十

21 = 二十一
39 = 三十九
64 = 六十四
97 = 九十七
100 = 一百
185 = 一百八十五
500 = 五百
1000 = 一千 qiān
1,0000 = 一萬 wàn
100,0000 = 一百萬

1,0000,0000 = 一億 yì
100,0000,0000 = 一百億
1,0000,0000,0000 = 一兆 zhào
0 = 零 líng

一百五十 = 150
一百零五 = 105

一百五 = 一百五十
三百七 = 三百七十
四千五 = 四千五百
五萬一 = 五萬一千
九萬六千六 = 九萬六千六百

一百二十 = 一百二
四千兩百 = 四千二
五萬兩千 = 五萬二
兩萬兩千 = 兩萬二

句型演練
jùxíng yǎnliàn

一、買東西

1. 問價格 jiàgé
to inquire how much something costs

（請問）	這條項鍊 這件 衣服 jiàn yīfú		多少（錢）？
	項鍊 衣服	一條 一件	

這條項鍊 這件衣服		（只要）	九十 一百九十九 兩 千 liǎng	塊。 元。 。
項鍊 衣服	一條 一件		四千五	。

2. 要形容 某 樣東西的價格，你可以說：
xíngróng mǒu yàng shuō
To describe the price of an item, you can say:

這條項鍊 這件衣服	太 最	貴 便宜	了！
	好 真		！

3. 想告訴別人某樣東西讓某人花了多少錢，你可以說：
gàosù biérén

To report how much something costs somebody, you can say:

這條項鍊 這件衣服	（一共）yígòng （總共）zǒnggòng	花了 huā	我 子維 艾婕	快一千塊。kuài 一千塊。 一千多塊。duō 很多錢。		
我 子維 艾婕	買		這條項鍊 這件衣服	（一共） （總共）	花了	一千塊。 很多錢。

二、形容與評價（description and evaluation）
xíngróng píngjià

要形容或評價某物給你的感受，你可以說：
huò wù gǎnshòu

To describe or evaluate how you feel about something, you can say:

這條項鍊 這件衣服	看	起來	很 真	不錯。 糟糕。zāogāo
這首歌 shǒu gē	聽 tīng			
這朵花 duǒ huā	聞 wén			
這塊布 bù	摸 mō			

這條項鍊 這件衣服	很 好 真	好看。 難看。nán
這首歌		好聽。 難聽。
這朵花		好聞。 難聞。
這塊布		好摸。
這塊蛋糕 dàngāo		好吃。 難吃。
這杯 珍珠 奶茶 bēi zhēnzhū nǎichá		好喝。hē 難喝。

好看＝漂亮
難看＝醜 chǒu
好聞＝香 xiāng
難聞＝臭 chòu

艾婕長得好漂亮。
她的項鍊看起來真漂亮。
這朵玫瑰聞起來好香。
méiguī
這杯咖啡真好喝。
kāfēi
請問我的歌聽起來怎麼樣？很好聽喔！
zě·meyàng
這幅畫看起來怎麼樣？不怎麼樣。
fú huà

LESSON 2

換我試試看
huàn wǒ shìshì kàn

挑戰一

請根據圖片，幫　店員 回答問題。
túpiàn　bāng diànyuán

裙子qún·zi
一件399元

外套wàitào
一件888元

襯衫chènshān
一件400元

洋裝yángzhuāng
一件1200元

T 恤T-shirt
一件250元

襪子wà·zi
一雙50元
shuāng

高跟鞋gāogēnxié
一雙2300元

圍巾wéijīn
一條260元

褲子kù·zi
一件700元

你好！
請問你要
買什麼？

龍媽：請問一雙襪子多少錢？

店員：＿＿＿＿＿＿＿＿＿＿＿＿＿＿

子芸：請問一件裙子多少錢？

店員：＿＿＿＿＿＿＿＿＿＿＿＿＿＿

龍爸：請問一件外套多少錢？

店員：＿＿＿＿＿＿＿＿＿＿＿＿＿＿

子維：請問一條圍巾多少錢？

店員：＿＿＿＿＿＿＿＿＿＿＿＿＿＿

艾婕：請問一件褲子多少錢？

店員：＿＿＿＿＿＿＿＿＿＿＿＿＿＿

龍媽：我要買兩條圍巾，四雙襪子跟兩件褲子。

店員：一共是＿＿＿＿＿＿＿＿＿＿元，謝謝您！

龍爸：我要買一件外套，一件襯衫，一件褲子跟一雙襪子。

店員：＿＿＿＿＿＿＿＿＿＿＿＿＿＿＿＿＿＿＿＿＿＿＿＿＿＿＿

1 ＝一　　=一個
2 ＝二　　=兩個
20＝二十
200＝兩百
2000＝兩千
2, 0000＝兩萬
20, 0000＝二十萬
200, 0000＝兩百萬
2000, 0000＝兩千萬

子維：我要買兩件T恤，一雙襪子跟一條圍巾。

店員：________________________________

子芸：我要買兩件裙子，一件洋裝跟兩件T恤。

店員：________________________________

艾婕：我要買一雙高跟鞋，一件洋裝跟四雙襪子。

店員：________________________________

挑戰二

請找 一位同學跟你一組，輪流扮演店員與顧客的角色，
zhǎo zǔ lúnliú bànyǎn yǔ gùkè jiǎosè

互相 詢問價格。
hùxiāng xúnwèn

挑戰三

請唸 出以下算式，並算出正確 答案。
niàn chū suànshì bìng zhèngquè dáàn

例：1+1=（一加一等於 二）
jiā děngyú

3-2=（三減二等於一）
jiǎn

2×3=（二乘以 三等於六）
chéngyǐ

6÷3=（六除以三等於二）
chúyǐ

6+4= 2×2=

7+8= 6×4=

5-1= 15÷5=

16-9= 26÷2=

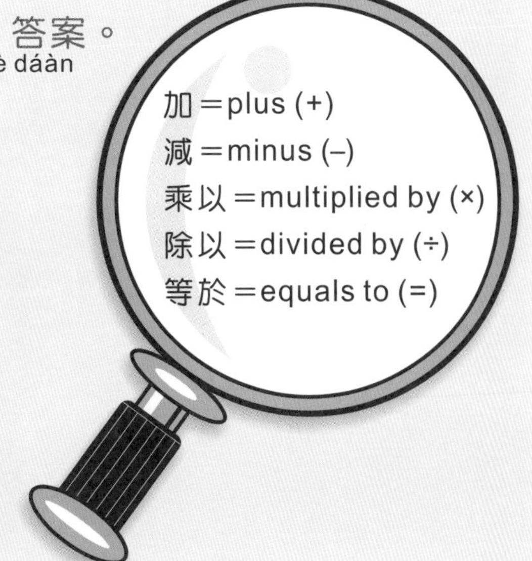

挑戰四

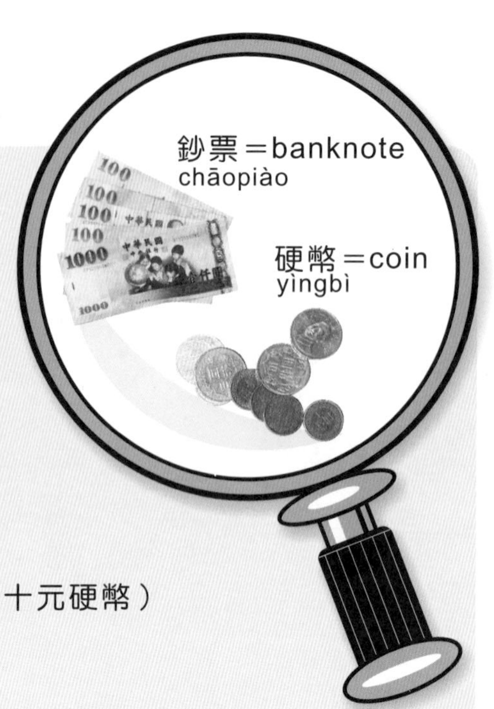

找錢 —請問店員應該要找 多少錢？
zhǎoqián zhǎo

例（九十七元／一張一百元鈔票）
店員：謝謝您，一共是九十七元。
收您一百元，找您三元，謝謝！
shōu
龍爸：謝謝！

1.（四十八元／一個五十元硬幣）
2.（八十九元／一張一百元鈔票）
3.（一百一十五元／一張一百元鈔票加兩個十元硬幣）
4.（兩百六十一元／一張五百元鈔票）
5.（七百四十元／一張一千元鈔票）

挑戰五

九折＝ 10% off
（原價的90%）
九五折＝ 5% off
（原價的95%）
這件衣服打九折。

打折 —請問這個多少錢？
dǎzhé

例（九折／原價五百元）
zhé yuánjià
龍媽：不好意思，請問一下這個多少錢？
店員：這個現在打九折，只要四百五十元！
龍媽：好便宜喔！

1.（五折／原價三百元）
2.（八折／原價兩千元）
3.（九五折／原價三千元）
4.（八五折／原價五百元）
5.（七九折／原價一千元）

聽力練習
tīnglì liànxí

艾婕一個人出門，在街上閒晃時，突然下起了大雨。
艾婕發現自己沒有帶傘，趕忙跑到附近的雨傘店要買傘，
但是又發現自己只帶了六十塊，根本不夠。

以下是艾婕與傘店老板的對話，請根據對話回答問題。

歡迎光臨！
huānyíng guānglín
welcome

拜託（你）！
bàituō
Please do me a favor!

想
xiǎng
to want to; would like to

可憐
kělián
poor; pitiable

一把雨傘
yì bǎ yǔsǎn
an umbrella

有人情味
yǒu rénqíngwèi
to be friendly

不用了
búyòng·le
no, thanks

以後要再來喔！
yǐhòu yào zài lái ·o
Come again later!

對不起
duìbùqǐ
excuse me or sorry

留
liú
to keep (for some other purpose)

1. 請問大雨傘原價多少錢？
（190元／ 99元 ／ 299元）

2. 請問最便宜的雨傘原價多少錢？
（80元／90元／89元）

3. 請問艾婕買傘花了多少錢？
（40元／60元／80元）

4. 請問艾婕做了以下哪一件事？
（找錢／打折／殺價）

MEMO

MEMO

LESSON 3

第三課  

dì sān kè wèn lù

對話

duìhuà

（艾婕寫[1]了一封[2]信[3]，想[4]寄[5]回[6]法國去。
àijié xiě ·le yì fēng xìn xiǎng jì huí fàguó qù

但是[7]她不曉得[8]郵局[9]在哪裡[10]。）
dànshì tā bù xiǎo·de yóujú zài nǎ lǐ

艾婕：糟糕[11]，我忘記[12]郵局在哪裡了……先生[13]！先生！
àijié zāogāo wǒ wàngjì yóujú zài nǎlǐ ·le xiānshēng xiānshēng

路人甲：小姐，怎麼了[14]？
lùrén jiǎ xiǎojiě zě ·me ·le

艾婕：不好意思[15]，請問一下郵局在哪裡？
bùhǎo yì·si qǐngwèn yíxia yóujú zài nǎlǐ

路人甲：喔[16]，郵局啊，你先[17]直走[18]，看到第[19]一個紅綠燈[20]左轉[21]，
·o yóujú ·a nǐ xiān zhízǒu kàn dào dì yī ·ge hónglǜdēng zuǒzhuǎn

再走[22]大約[23]一百公尺[24]，就可以看到郵局了。
zài zǒu dàyuē yì bǎi gōngchǐ jiù kěyǐ kàn dào yóujú ·le

艾婕：**需要**[25] **過馬路**[26]嗎？
xūyào guò mǎlù ·ma

路人甲：需要。**不過**[27]那裡有 **天橋**[28]、有 **斑馬線**[29]、也有 **地下道**[30]，很 **方便**[31] 的。
xūyào búguò nàlǐ yǒu tiānqiáo yǒu bānmǎxiàn yě yǒu dìxiàdào hěn fāngbiàn ·de

艾婕：謝謝你！
xiè·xie nǐ

路人甲：**不客氣**[32]！
bú kèqì

（寄完 信後，艾婕**打算**[33] 一個人到 **動物園**[34] 去**逛**[35]逛，但 不**知道**[36] 怎麼走。）
jì wán xìn hòu àijié dǎsuàn yí ·ge rén dào dòngwùyuán qù guàngguàng dàn bù zhīdào zě·me zǒu

艾婕：小姐！小姐！不好意思，請問 一下動物園 要怎麼 走？
xiǎojiě xiǎojiě bùhǎoyì·si qǐngwèn yíxià dòngwùyuán yào zě·me zǒu

1 寫 to write
2 封 measure for letters
3 信 letter
4 想 to think; to intend
5 寄 to send a letter, a package, etc.
6 回 to return, to come/go back
7 但（是） but
8 曉得 to know
9 郵局 post office
10 哪裡 where
11 糟糕 bad, oh no!
12 忘記 to forget
13 先生 sir, Mr.
14 怎麼 how
15 不好意思 excuse me
16 喔 oh
17 先 first
18 直走 to go straight
19 第一 the first
20 紅綠燈 traffic light
21 轉 to turn
22 再 and then
23 大約 approximately
24 公尺 meter
25 需要 to need
26 過馬路 to cross a road
27 不過 but
28 天橋 overpass
29 斑馬線 crosswalk
30 地下道 underpass
31 方便 to be convenient
32 不客氣 you're welcome
33 打算 to intend
34 動物園 zoo
35 逛 to take a stroll
36 知道 to know

LESSON 3

路人乙：喔，你先往前走到**捷運**[37]**站**[38]，**搭**[39]**往**[40]昆陽**的車**
yǐ ·o nǐ xiān wǎng qián zǒu dào jiéyùn zhàn dā wǎng kūnyáng ·de chē

到忠孝復興站，再**轉**[41]到棕線搭往動物園的
dào zhōngxiào fùxīng zhàn zài zhuǎn dào zōngxiàn dā wǎng dòngwùyuán ·de

車，**一直**[42]坐到**終點**[43]**站**。
chē yìzhí zuò dào zhōngdiǎn zhàn

下車後，從**出口**[44]出去就會看到了。
xià chē hòu cóng chūkǒu chū qù jiù huì kàn dào ·le

艾婕：真的很謝謝你！
zhēn·de hěn xiè·xie nǐ

路人乙：不客氣！
búkèqì

（在捷運上）
zài jiéyùn shàng

艾婕：太太，不好意思，請問**下一站**[45]是什麼站？
tài·tai bùhǎoyì·si qǐngwèn xià yí zhàn shì shé·me zhàn

路人丙：下一站是忠孝敦化站。
bǐng xià yí zhàn shì zhōngxiào dūnhuà zhàn

艾婕：那，太太，請問忠孝復興站**到**[46]了嗎？
nà tài·tai qǐngwèn zhōngxiào fùxīng zhàn dào ·le ·ma

小辭典

37 捷運 MRT, Mass Rapid Transit
38 站 station
39 搭 to travel by a vehicle
40 往～的車 car which is bound for~
41 轉 to switch
42 一直 all the way
43 終點站 terminal station
44 出口 exit
45 下一站 next station
46 到 to arrive

路人丙：你坐[47] 過頭[48] 了！忠孝 復興站 是上[49] 一 站！
nǐ zuò guòtóu ·le zhōngxiào fùxīng zhàn shì shàng yí zhàn

艾婕：啊！那我該怎麼 辦[50]？
·a nà wǒ gāi zě·me bàn

路人丙：你下一站 趕快[51] 下車[52]，然後[53] 到 月台[54]對面[55] 等 車，
nǐ xià yí zhàn gǎnkuài xiàchē ránhòu dào yuètái duìmiàn děng chē

坐 回去就行 了。
zuò huíqù jiù xíng ·le

艾婕：謝謝你！
xiè·xie nǐ

路人丙：不客氣！
bú kèqì

（在忠孝 敦化 站 月台上）
zài zhōngxiào dūnhuà zhàn yuètái shàng

艾婕：我真 糊塗[56]！幸好[57] 台灣人 都很 親切[58]，都很 願意[59] 幫[60]
wǒ zhēn hútú xìnghǎo táiwān rén dōu hěn qīnqiè dōu hěn yuànyì bāng

陌生人[61] 的 忙。嗯，龍媽 跟 我說「路[62]是 嘴[63]問
mòshēngrén ·de máng ·en lóngmā gēn wǒ shuō lù shì zuǐ wèn

出來的」，果然[64] 沒錯[65]！
chū lái ·de guǒrán méicuò

47 坐 to sit; to travel by a vehicle
48 過頭 to go too far
49 上一站 previous station
50 我該怎麼辦 what should I do
51 趕快 immediately
52 下車 to get off
53 然後 and then
54 月台 platform
55 對面 the other side, across
56 糊塗 careless and stupid
57 幸好 fortunately
58 親切 to be friendly
59 願意 to be willing to
60 幫忙 to do a favor
61 陌生人 stranger
62 路 way, road
63 嘴 mouth
64 果然 just as expected
65 沒錯 to be completely right

LESSON 3

你不可以不知道

nǐ bù kěyǐ bù zhīdào

東西南北	邊
左右	

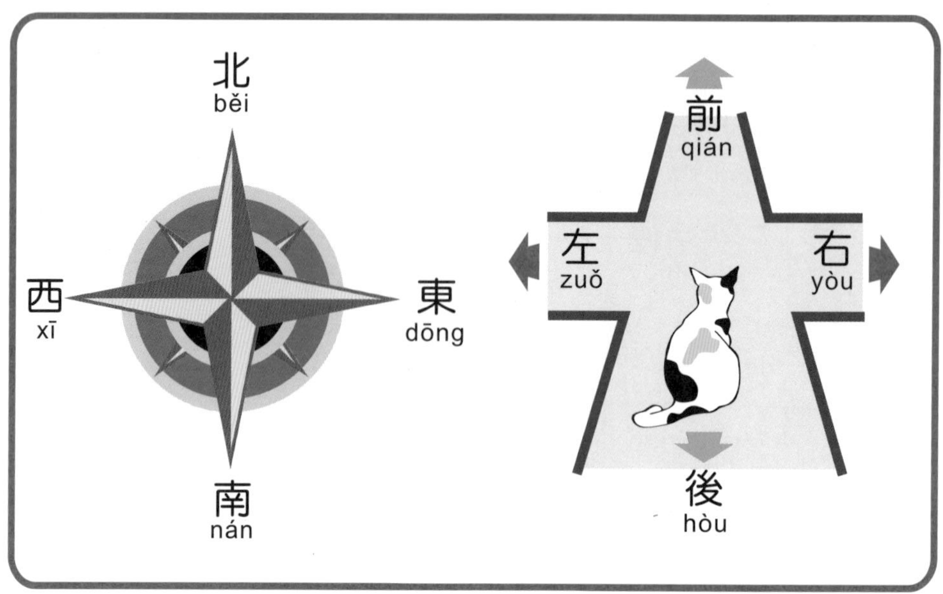

上下	面
前後	
裡外	

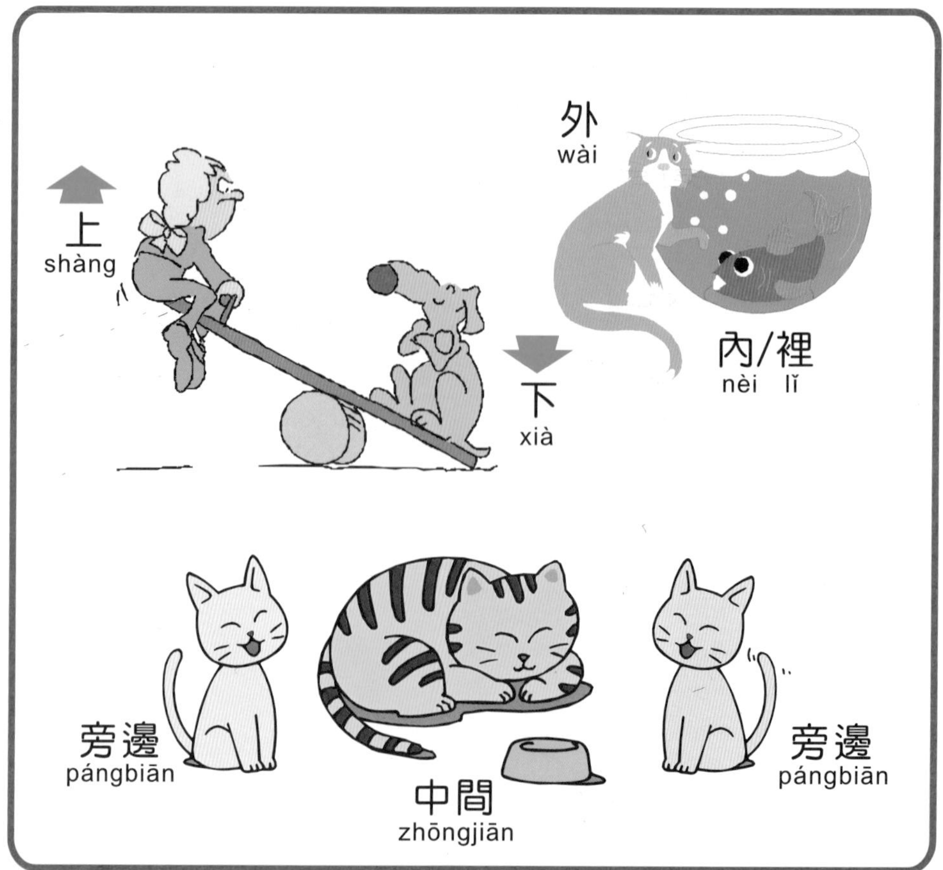

jùxíng yǎnliàn

你在哪裡？

問位置

(to inquire where something/someone is located)

<table>
<tr><td rowspan="2">（請問）</td><td>你</td><td rowspan="2">在</td><td rowspan="2">哪裡？
哪邊？</td></tr>
<tr><td>信</td></tr>
</table>

<table>
<tr><td rowspan="2">你</td><td rowspan="4">在</td><td>房</td><td>裡。</td></tr>
<tr><td>房間</td><td>裡面。</td></tr>
<tr><td rowspan="2">信</td><td>桌</td><td>上。</td></tr>
<tr><td>桌子</td><td>上面。</td></tr>
</table>

<table>
<tr><td>我</td><td rowspan="2">在</td><td>這裡。</td></tr>
<tr><td>信</td><td>這裡。
那裡。</td></tr>
</table>

問走法

(to inquire how to get to a place)

<table>
<tr><td>請問</td><td>郵局
學校
捷運站
台北車站</td><td>怎麼走？</td></tr>
</table>

<table>
<tr><td>你可以</td><td>坐
搭</td><td>捷運
火車
公車</td><td>到</td><td>板橋站
台中站
公館站</td><td>下車。</td></tr>
</table>

問目的

(to inquire for what somebody is going/coming somewhere)

<table>
<tr><td rowspan="2">請問</td><td rowspan="2">你
艾婕
洪老師</td><td rowspan="2">到</td><td>那裡
他家</td><td>去</td><td rowspan="2">做什麼？</td></tr>
<tr><td>這裡
我家</td><td>來</td></tr>
</table>

<table>
<tr><td rowspan="2">你
艾婕
洪老師</td><td rowspan="2">到</td><td>那裡
他家</td><td>去</td><td rowspan="2">看書。
找朋友。
聊天。</td></tr>
<tr><td>這裡
我家</td><td>來</td></tr>
</table>

LESSON 3

換我試試看

huàn wǒ shìshì kàn

挑戰一

請根據圖片回答問題。

例：請問手套在哪裡？→手套在椅子上面。

1. 請問貓在哪裡？
2. 請問字典在哪裡？
3. 請問檯燈在哪裡？
4. 請問時鐘在哪裡？
5. 請問老鼠在哪裡？

挑戰二

請根據座位表，回答下列問題。

請問志豪在哪裡？

→在子維左邊／在淑芬前面／在俊傑後面／在俊傑和淑芬中間

1. 請問建民在哪裡？
2. 請問婉婷在哪裡？
3. 請問淑芬在哪裡？
4. 請問怡君在哪裡？
5. 請問宗翰在哪裡？
6. 請問俊傑在哪裡？
7. 請問筱玲在哪裡？

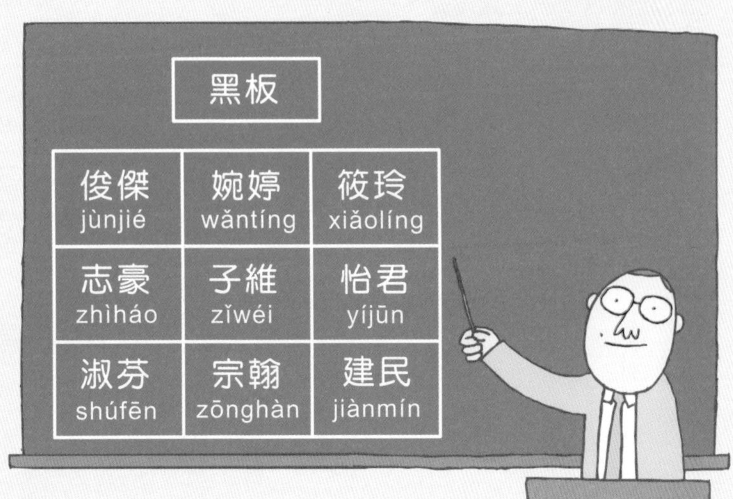

挑戰三

請根據事實，回答下列問題。

例：請問加拿大在美國的南邊嗎？→不對，加拿大在美國的北邊。

1. 請問西班牙在義大利的北邊嗎？
2. 請問波蘭在德國的西邊嗎？
3. 請問高雄在台北的東邊嗎？
4. 請問巴西在阿根廷的南邊嗎？
5. 請問韓國在日本的東邊嗎？

LESSON 3

huàn wǒ shìshì kàn

挑戰四

下面是台北捷運路線圖。你的朋友瑪莉經常迷路，請告訴她她該如何到達目的地。

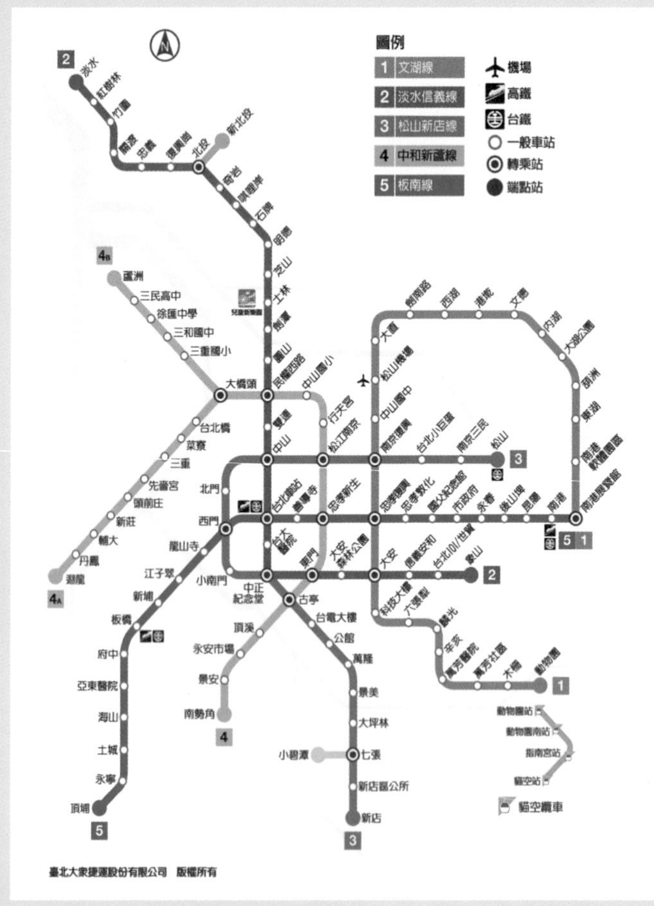

例：瑪莉：我現在在中正紀念堂站。請問台北車站怎麼走？
→你坐往淡水的車，然後坐到台北車站下車。

1. 瑪莉：我現在在公館站。我要去關渡站。
2. 瑪莉：我現在在關渡站。我要去西門站。
3. 瑪莉：我現在在西門站。我要去新店站。
4. 瑪莉：我現在在新店站。我要去市政府站。
5. 瑪莉：我現在在市政府站。我要去萬芳醫院站。

挑戰五

請根據範例，說出各句所回答的問題。

例一：答：麥可到美國去觀光。→　問：麥可到哪裡去觀光？

例二：答：麥可到美國去觀光。→　問：麥可到美國去做什麼？

1.答：朋友到我家來聊天。→　問：

2.答：楊老師到市場去買菜。→　問：

3.答：留美子到書店去買課本。→　問：

4.答：雅婷回家休息。→　問：

5.答：他哥哥在德國工作。→　問：

6.答：火車從高雄開到台北。→　問：

7.答：我在房間裡面。→　問：

8.答：艾婕到台灣來學中文。→　問：

LESSON 3

甲 幼稚園 乙
補習班 餐廳 警察局（派出所）
診所 丙 理髮廳 丁 戊
7-11
早餐店 己 全家便利商店 星巴克咖啡 庚
大學校區 辛 大學宿舍

請根據對話與圖示，回答下列問題。

1. 請問銀珠是哪裡人？
（日本／韓國／新加坡）

2. 請問銀珠想去伊凡家裡做什麼？
（泡茶／唱歌／聊天）

3. 請問銀珠家在哪裡？（請看圖片）
（丁／戊／己／庚）

4. 請問伊凡家在哪裡？（請看圖片）
（甲／乙／丙／辛）

好久不見 long time no see
hǎojiǔ bújiàn
打工 to work part-time
dǎgōng
住 to live
zhù
搬（家） to move
bān
巷子 alley,lane
xiàng·zi
面對 to face
miànduì
右手邊 right-hand side
yòushǒubiān
床 bed
chuáng
書桌 desk
shūzhuō
冰箱 refrigerator,icebo
bīngxiāng

MEMO

LESSON 4

第四課 打電話
dì sì kè dǎ diànhuà

對話
duìhuà

（[1]下午，龍媽 [2]閒 著 沒事，想 [3]打電話 [4]找 人[5]聊天 來[6]打發時間。）
xiàwǔ lóngmā xián ·zhe méishì xiǎng dǎ diànhuà zhǎo rén liáotiān lái dǎfā shíjiān

龍媽：[7]喂？
lóngmā wéi

[8]男子：喂？
nánzǐ wéi

龍媽：劉太太 在家嗎？
liú tài·tai zài jiā ·ma

男子：不好意思，請問 你找 誰？
bùhǎoyì·si qǐngwèn nǐ zhǎo shéi

龍媽：劉太太啊，你 不是她[9]兒子嗎？
liú tài·tai ·a nǐ bú shì tā ér·zi ·ma

男子：對不起，你**打錯**[10]了喔。
duìbùqǐ nǐ dǎcuò ·le ·o

龍媽：怎麼會？這裡不是 二九三三二七五一嗎？
zě·me huì zhèlǐ bú shì èr jiǔ sān sān èr qī wǔ yī ·ma

男子：不是，這裡是二九三三 二四五一。
bú shì zhèlǐ shì èr jiǔ sān sān èr sì wǔ yī

龍媽：**唉呀**[11]，對不起，我打錯了。
āi ·ya duìbùqǐ wǒ dǎcuò ·le

男子：**沒 關 係**[12]。
méi guān·xi

（**掛**[13]電話 後，龍媽**重新**[14] **撥**[15]了一次**號碼**[16]。）
guà diànhuà hòu lóngmā chóngxīn bō ·le yí cì hàomǎ

龍媽：二、九、三、三、二、七、五、一，這次**應該**[17] 對了。喂？
èr jiǔ sān sān èr qī wǔ yī zhècì yīnggāi duì ·le wéi

劉太太：喂？龍 太太嗎？
liú tài·tai wéi lóng tài·tai ·ma

龍媽：**唉喲**[18]，一**聽**[19]就**認**[20]出來啦，真 **不愧是**[21]劉太太。
āi ·yo yì tīng jiù rèn chūlái ·la zhēn búkuì shì liú tài·tai

劉太太：還說 呢，早上 一直要打給你都打不**通**[22]。
hái shuō ·ne zǎoshàng yìzhí yào dǎ gěi nǐ dōu dǎ bù tōng

小辭典

1 下午 afternoon
2 閒著沒事 to feel completely idle
3 打電話 to make a phone call
4 找 to seek
5 聊天 to chat
6 打發時間 to kill time
7 喂？ hello?
8 男子 man
9 兒子 son
10 打錯 to have the wrong number
11 唉呀 oops; oh no
12 沒關係 that's OK; never mind
13 掛 to hang up
14 重新～一次 once again
15 撥 to dial
16 號碼 number
17 應該 to be supposed
18 唉喲 wow
19 聽 to hear, listen
20 認 to recognize
21 不愧是～ to deserve the name of ~
22 通 to go through

LESSON

4

龍媽：我早上在跟林太太聊天！她說有**重要**[23]**消息**[24]要**告訴**[25]我嘛。
wǒ zǎoshàng zài gēn lín tài·tai liáotiān tā shuō yǒu zhòngyào xiāoxí yào gàosù wǒ ·ma

劉太太：我看你**乾脆**[26]給我**手機**[27]號碼好了，這樣才能**隨時**[28]跟你聊天。來，多少？
wǒ kàn nǐ gāncuì gěi wǒ shǒujī hàomǎ hǎo ·le zhèyàng cái néng suíshí gēn nǐ liáo tiān lái duōshǎo

龍媽：我還沒**辦**[29]手機呢。
wǒ hái méi bàn shǒujī ·ne

劉太太：現在**平均**[30]**每**[31]一個台灣人都有一到兩支手機耶。
xiànzài píngjūn měi yí ·ge táiwān rén dōu yǒu yī dào liǎng zhī shǒujī ·ye

龍媽：唉呀，**麻煩死了**[32]。**不講這個**[33]，你知不知道蔡太太的小兒子**最近**[34]怎麼了嗎？
āi ·ya máfán sǐ ·le bù jiǎng zhè ·ge nǐ zhī bù zhīdào cài tài·tai ·de xiǎo ér·zi zuìjìn zě·me ·le ·ma

劉太太：蔡太太她兒子？快快快，**別賣關子了**[35]，他怎麼啦？
cài tài·tai tā ér·zi kuài kuài kuài bié mài guān·zi ·le tā zě·me ·la

龍媽：**聽說**[36]他**中了樂透頭獎**[37]啦！
tīngshuō tā zhòng ·le lètòu tóujiǎng ·la

小辭典

23 重要 to be important
24 消息 news, message
25 告訴 to tell
26 乾脆 let's make it simpler by
27 手機 cell phone
28 隨時 anytime, at any moment
29 辦 to undergo some procedures so as to buy
30 平均 average
31 每 every
32 麻煩死了 to be troublesome to death
33 不講這個 let's change our topic
34 最近 lately
35 別賣關子了 don't keep me guessing
36 聽說 it is said that; word has it that
37 中樂透頭獎 to hit the jackpot in a lottery

劉太太：[38]**真的假的**？你怎麼知道？
zhēn ·de jiǎ ·de nǐ ze·me zhīdào

龍媽：[39]**還不是**林太太從她女兒的同學那聽來的。
hái bú shì lín tài·tai cóng tā nǚér ·de tóngxué nà tīng lái ·de

劉太太：[40]**難怪**，你知不知道蔡太太打算搬到哪裡去住？
nánguài nǐ zhī bù zhīdào cài tài·tai dǎsuàn bān dào nǎlǐ qù zhù

龍媽：不知道欸，去哪裡？
bù zhīdào ·e qù nǎlǐ

劉太太：美國[41]**洛杉磯**呀！[42]**有了錢**就[43]**不一樣**了呢。
měiguó luòshānjī ·ya yǒu ·le qián jiù bù yíyàng ·le ·ne

龍媽：唉喲，好[44]**羨慕**呢。
āi ·yo hǎo xiànmù ·ne

（[45]**此時**，艾婕跟子維也來到[46]**客廳**。）
cǐ shí àijié gēn zǐwéi yě lái dào kètīng

艾婕：龍媽[47]**講**電話講得好[48]**開心**喔。台灣人講電話都[49]**這麼**開心嗎？
àijié lóngmā jiǎng diànhuà jiǎng ·de hǎo kāixīn ·o táiwān rén jiǎng diànhuà dōu zhè·me kāixīn ·ma

子維：她不是講電話開心——她是講[50]**八卦**開心！
zǐwéi tā bú shì jiǎng diànhuà kāixīn tā shì jiǎng bāguà kāixīn

小辭典

38 真的假的？ Are you serious?
39 還不是～ of course it is ~ that ~
40 難怪 no wonder
41 洛杉磯 Los Angeles
42 有錢 to be rich
43 不一樣 to be different
44 羨慕 to envy
45 此時 at the same time
46 客廳 living room
47 講 to talk, speak
48 開心 to feel happy, have fun
49 這麼 so, in this way
50 八卦 gossip

LESSON 4

nǐ bù kěyǐ bù zhīdào

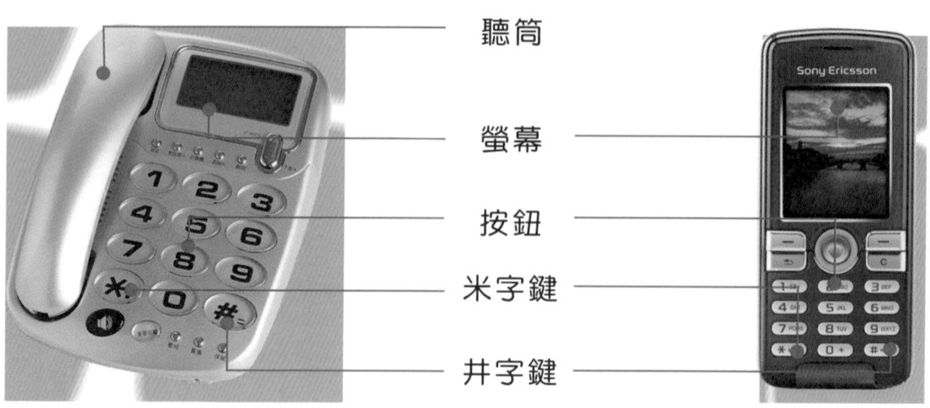

常用號碼

一一〇 報警
call police

一一九 火警／救護車
report fire / call ambulance

一〇〇 國際台
international service

一〇四 市內查號台
local number directory service

一〇五 長途查號台
long distance directory service

一〇六 英語查號台
directory service in English

一一七 報時台
correct time service

一六六 氣象台
weather service

電話號碼

	國際冠碼 national code	國碼 country calling code	區碼 mobile number	門號 area code	電話號碼 telephone number
國際長途電話	001	886	2		2044-1673
				939	483-792
長途電話			02		2044-1673
市內電話					2044-1673
手機電話				0939	483-792

● 句型演練
jùxíng yǎnliàn

問對方的電話號碼 (to ask for phone number)

請問	你的/您的	電話(號碼)	幾號？ 是多少？
		手機(號碼)	

我的	電話(號碼)	是	〇二 〇三	二三四五　六七八九。 四五六　七八九〇。
	手機(號碼)		〇九一二	三四五　六七八。

一A就B (as soon as A is fulfilled, B is fulfilled)

我	一	聽		就	認出來了。
天		黑	艾婕		回去了。
電話鈴		響	龍媽		去接電話了。

問對方知不知道某個消息
(to inquire if the addressee knows a certain piece of news)

你	知(道)不知道 曉(得)不曉得	艾婕住在哪裡？
		龍爸喜歡吃什麼？
		什麼時候開學？
		楊老師的手機是多少？
		我為什麼喜歡日本？

我	(不)知道 (不)曉得	艾婕住在哪裡。
		龍爸喜歡吃什麼。
		什麼時候開學。
		楊老師的手機是多少。
		你為什麼喜歡日本。

甲：你知不知道艾婕住在哪裡？

乙：我知道，艾婕住在龍子維家裡。

丙：我知道艾婕住在哪裡，可是我不知道怎麼走。

丁：我知道，我告訴你吧。

LESSON 4

描述動作的狀態

(to describe the manner in which an action takes place)

龍媽		聊	得	很開心。
龍爸		睡	得	很香。
子芸		起	得	很早。

子維	吃飯	吃	得	很快。
艾婕	走路	走	得	很慢。
我	讀書	讀	得	很認真。

情緒

開心 kāixīn	傷心 shāngxīn
高興 gāoxìng	生氣 shēngqì
快樂 kuàilè	難過 nánguò
煩惱 fánnǎo	害怕 hàipà
緊張 jǐnzhāng	興奮 xīngfèn

huàn wǒ shìshì kàn

挑戰一

請根據範例造句。

例一：（鬧鐘響了。我醒了。）→　鬧鐘一響我就醒了。

例二：（下雨了。路溼了。）→　一下雨路就溼了。

1.（龍媽講了電話。龍媽開心了。）→

2.（天黑了。星星亮了。）→

3.（老板看到她了。老板向她打了招呼。）→

4.（門開了。風吹進來了。）→

5.（子維躺下了。子維睡著了。）→

挑戰二

請根據範例改寫句子。

例：艾婕是<u>法國</u>人。→　我不知道艾婕是<u>哪裡</u>人。

1. 劉太太打算到<u>日本</u>去玩。→
2. 珍珠奶茶一杯<u>三十元</u>。→
3. 我同學姓<u>陳</u>。→
4. 子芸在書店<u>打工</u>。→
5. 龍爸的手機是<u>〇九一二　三四五　六七八</u>。→

挑戰三

請根據範例完成句子。

例：（龍爸／吃麵／開心）→　龍爸吃麵吃得很開心。

（龍媽／講電話／生氣）

（子芸／看電視／傷心）

（子維／睡／香）

（艾婕／跑步／快）

（龍爸／起／早）

聽力練習

tīnglì liànxí

請根據四則給子維的留言，記下留言中的電話號碼，並回答下列問題。

姊姊 龍子芸	法語系系辦 林助教
0933-164-085	
來自法國的留學生 席薇	打工的同事 小陳

1. 請問子維跟小陳在什麼地方工作？
（餐廳／郵局／系辦公室）

2. 法國留學生席薇想要跟子維
（一起吃飯／一起打工／語言交換）。

3. 助教要子維到系辦去領
（信／包裹／傳真）。

小辭典

聽取＝聽
tīngqǔ

按 to press
àn

開機 to turn on the phone
kāijī

存 to save
cún

代替 to replace
dàitì

趕快 hurry up!
gǎnkuài

拜託 please!
bàituō

約個時間 to decide on a date to meet
yuē·ge shíjiān

抽空 at your convenience
chōukòng

過來 to come here
guòlái

MEMO

MEMO

LESSON 5

第五課 外出用餐
dì wǔ kè wàichū yòngcān

對話
duìhuà

（子芸公司的經理[1]想請[2]子芸負責[3]接待[4]一位來自日本的客戶[5]。那位客戶名叫森川晴史，會說一點[6]簡單[7]的中文。經理已經跟[8]森川約好，連同[9]子芸在內三個人一起去吃午餐[10]。）
zǐyún gōngsī ·de jīnglǐ xiǎng qǐng zǐyún fùzé jiēdài yíwèi láizì rìběn ·de kèhù nàwèi kèhù míngjiào sēnchuān qíngshǐ huì shuō yìdiǎn jiǎndān ·de zhōngwén jīnglǐ yǐjīng gēn sēnchuān yuē hǎo liántóng zǐyún zài nèi sān ·ge rén yìqǐ qù chī wǔcān

經理：森川先生，你好！敝姓林[11]。初次見面[12]，請多多指教[13]！
sēnchuān xiānshēng nǐhǎo bì xìng lín chūcì jiànmiàn qǐng duōduō zhǐjiào

子芸：你好，初次見面，我姓龍。
nǐhǎo chūcì jiànmiàn wǒ xìng lóng

森川：林經理好！龍小姐好！我叫森川晴史，這是我的名片[14]。
lín jīnglǐ hǎo lóng xiǎojiě hǎo wǒ jiào sēnchuān qíngshǐ zhè shì wǒ ·de míngpiàn

經理：大家肚子[15]應該餓[16]了吧。森川　先生 喜歡 吃中國　菜嗎？
dàjiā dù·zi yīnggāi è·le ·ba sēnchuān xiānshēng xǐhuān chī zhōngguó cài ·ma

森川：我對 中國　菜了解[17]得不多，在日本 的時候 只吃過 幾次
wǒ duì zhōngguó cài liǎojiě ·de bùduō zài rìběn ·de shíhòu zhǐ chīguò jǐcì

餃子[18]跟 麻婆豆腐[19]。林經 理，就請 你 介紹介紹 了。
jiǎo·zi gēn mápó dòufǔ lín jīnglǐ jiù qǐng nǐ jièshàojièshào ·le

經理：來一盤[20]螞蟻[21]上 樹[22]跟一盤 紅燒[23] 獅子[24]頭[25]，最道地[26]了，
lái yì pán mǎyǐ shàng shù gēn yì pán hóngshāo shī·zi tóu zuì dàodì ·le

怎麼樣？
zě·meyàng

子芸：好！螞蟻上樹　跟 紅燒　獅子頭最 合我胃口[27] 了。
hǎo mǎyǐ shàngshù gēn hóngshāo shī·zitóu zuì hé wǒ wèikǒu ·le

森川：不好意思，請問 你們 平常[28]　都吃螞蟻 跟 獅子嗎？
bùhǎoyì·si qǐngwèn nǐ·men píngcháng dōu chī mǎyǐ gēn shī·zi ·ma

1 經理 manager
2 請 to request
3 負責 to be responsible for
4 接待 to receive someone
5 客戶 client
6 一點 a little
7 簡單 easy
8 跟……約好 to have made anappointment with someone
9 連同……在內 including something or someone
10 午餐 lunch
11 敝姓林 a very polite way to say 我姓林, my surname is Lin
12 初次見面 this is the first time we meet = nice to meet you
13 多多指教 your advice for me will always be welcomed = nice to meet you
14 名片 business card
15 肚子 belly
16 餓 to be hungry
17 了解 to understand, be familiar with
18 餃子 dumplings
19 豆腐 tofu
20 盤 plate
21 螞蟻 ant
22 樹 tree
23 紅燒 to stew in soy sauce
24 獅子 lion
25 頭 head
26 道地 authentic
27 合……（的）胃口 to give good appetite to someone
28 平常 normally

LESSON 5

子芸：不是啦！螞蟻上樹 就是**絞肉**[29] **炒**[30] **冬粉**[31]，螞蟻就是絞肉啦
búshì ·la mǎyǐ shàngshù jiù shì jiǎoròu chǎo dōngfěn mǎyǐ jiù shì jiǎoròu ·la

經理：紅燒 獅子頭 是**豬肉**[32] **丸子**[33]，也不是獅子肉做 的！
hóngshāo shī·zitóu shì zhūròu wán·zi yě bú shì shī·zi ròu zuò ·de

森川：哈，**嚇**[34]了我一跳！這樣 我就**敢**[35] 吃了！
hā xià ·le wǒ yí tiào zhèyàng wǒ jiù gǎn chī ·le

子芸：再來個 **鳳梨**[36]**蝦**[37]球、**宮保**[38] **高麗菜**[39]跟 **酸菜**[40] **白肉**[41]**鍋**[42] 吧！
zàilái ·ge fènglí xiā qiú gōngbǎo gāolìcài gēn suāncài báiròu guō ·ba

森川先生 **特地**[43] 從 日本過來，當然 要 吃**飽**[44] 一點、
sēnchuān xiānshēng tèdì cóng rìběn guòlái dāngrán yào chī bǎo yìdiǎn

吃好 一點。
chī hǎo yìdiǎn

經理：說 得沒錯！
shuō·de méicuò

森川：謝謝 兩位！
xiè·xie liǎngwèi

服務生：不好意思，請問可以**點**[45] 了嗎？
fúwùshēng bùhǎoyì·si qǐngwèn kěyǐ diǎn ·le ·ma

經理：當然；我們 要麻婆豆腐、螞蟻上樹、紅燒 獅子頭、
dāngrán wǒ·men yào mápó dòufǔ mǎyǐ shàngshù hóngshāo shī·zitóu

鳳梨蝦球、宮保高麗菜 跟 酸菜白肉鍋。
fènglí xiāqiú gōngbǎo gāolìcài gēn suāncài báiròuguō

小辭典

29 絞肉 chopped meat
30 炒 to stir-fry
31 冬粉 green bean noodle
32 豬肉 pork
33 丸子 meatball
34 嚇（……）一跳 to surprise someone
35 敢 to dare, be okay to
36 鳳梨 pineapple
37 蝦 shrimp
38 宮保 Gongbao sauce
39 高麗菜 cabbage
40 酸菜 pickle
41 白肉 white part of pork
42 鍋 pot
43 特地 specially
44 飽 to be filled
45 點 to order

子芸：還要 三 **碗**[46] **白飯**[47]！
hái yào sān wǎn báifàn

服務生：好的，請 **稍等**[48]。
hǎo·de qǐng shāoděng

（吃完 飯後）
chī wán fàn hòu

森川：吃得 好飽！謝謝你們，這一**頓**[49]飯 真 好吃。
chī·de hǎobǎo xiè·xie nǐ·men zhè yí dùn fàn zhēn hǎochī

子芸：對呀，真的 **吃不下**[50]了！
duì·ya zhēn·de chī bú xià ·le

經理：大家吃得 開心最 重要 了。
dàjiā chī·de kāixīn zuì zhòngyào ·le

森川：謝謝 兩位 這麼 **熱情**[51]的 **招待**[52]！**下次**[53]兩位 有**機會**[54]到日本
xiè·xie liǎngwèi zhè·me rèqíng ·de zhāodài xiàcì liǎngwèi yǒu jīhuì dào rìběn

來的話，**換我**[55] **請你們 吃飯**[56]！
lái ·de huà huàn wǒ qǐng nǐ·men chīfàn

子芸：森川先生， 您太客氣了！
sēnchuān xiānshēng nín tài kèqì ·le

經理：就是說 啊。森川先生，我 打算吃 完 飯後 請子芸帶你
jiù shì shuō ·a sēnchuān xiānshēng wǒ dǎsuàn chī wán fàn hòu qǐng zǐyún dài nǐ

四處[57]走走，**認識**[58]認識台灣，您**覺得**[59]怎麼樣？
sìchù zǒuzǒu rènshi rènshi táiwān nín jué·de zě·me yàng

森川：太好了！子芸，請你多多 指教了。
tài hǎo ·le zǐyún qǐng nǐ duōduō zhǐjiào ·le

子芸：多多指教！
duōduō zhǐjiào

小辭典

46 碗 bowl
47 白飯 white rice, polished rice
48 稍等 wait a moment
49 頓 measure for a meal
50 吃不下 can eat no more
51 熱情 heartwarming
52 招待 to entertain
53 下次 next time
54 機會 chance
55 換我…… it is my turn to do something
56 請……吃飯 to treat someone
57 四處 everywhere around
58 認識 to get familiar with
59 覺得 to feel

你不可以不知道

nǐ bù kěyǐ bù zhīdào

菜單

湯SOUP
酸辣湯
蛋花湯
蛤蜊湯

豬肉類DISH OF PORK
紅燒獅子頭
蒜泥白肉
東坡肉
糖醋排骨

牛肉類DISH OF BEEF
青椒牛肉
牛肉烙餅
牛肉麵

海鮮類DISH OF SEAFOOD
鳳梨蝦球
清蒸鱈魚

雞肉類DISH OF CHICKEN
宮保雞丁

鴨肉類DISH OF DUCK
北京烤鴨

素菜VEGETARIAN DISH
家常豆腐
燙青菜
番茄炒蛋
素炒雙冬

點心類DESSERT
鍋貼
韭菜水餃
小籠包

飯類RICE
牛腩飯
排骨飯
魯肉飯
廣州炒飯

小菜SIDE DISH
皮蛋豆腐

麵類NOODLES
炸醬麵
炒麵

火鍋類HOT POT
酸菜火鍋

句型演練
jùxíng yǎnliàn

點菜 (to order)

請問您要點什麼？／請問您要吃什麼？
→我要麻婆豆腐。
→來一盤麻婆豆腐吧！

使役動詞「請」、「叫」(causative verbs請and叫)

龍爸	請 叫	我	幫他/她 替他/她	買啤酒。
龍媽		子維		關門。
子芸		艾婕		翻譯一段法文。

*請is used to request somebody politely to do something.
叫is used to order/command somebody to do something.

說明材料 (to name the ingredients or materials of something)

紅燒獅子頭	是	豬肉	做的。
螞蟻上樹		冬粉跟絞肉	
麻婆豆腐		豆腐跟辣醬	

陳述經驗 (to show experience about something)

我	吃	過	（一次） （兩次）	臭豆腐。
	去			日本。
	看			這部電影。

推測 (to conjecture)

肚子	應該	餓了	吧。
艾婕		睡了	
紅燒獅子頭		不是獅子肉做的	

LESSON

5

huàn wǒ shìshì kàn

挑戰一

請介紹你最喜歡的一道菜(最好是你的家鄉菜)，並說明其材料是什麼。

挑戰二

請根據範例造句。

例一：我：「媽媽，買禮物給我好不好？」→ 我請媽媽買禮物給我。

例二：龍媽：「子芸，去開窗戶！」→ 龍媽叫子芸去開窗戶。

1. 龍爸：「艾婕，你方不方便幫我買包菸？」→
2. 森川：「子芸，可以帶我去便利商店嗎？」→
3. 小陳：「子維，你趕快回來啦！」→
4. 劉太太：「老板，算便宜一點啦！」→
5. 全班同學：「老師請客！老師請客！」→

挑戰三

請根據範例造句。

例：（艾婕／吃／臭豆腐／二）→艾婕吃過兩次臭豆腐。

／艾婕吃過臭豆腐兩次。

1.（龍媽／去／法國／一）
2.（龍爸／坐／飛機／三）
3.（子芸／看／這部影集／二）
4.（子維／拿／獎／不少）
5.（艾婕／聽／這個故事／很多）

挑戰四

請根據範例造句。

例：（肚子餓了）→中午十二點了，肚子應該餓了吧。

1.（他出門了）→電話沒人接，

2.（森川起床了）→都早上七點了，

3.（子維吃不下了）→吃了那麼多東西，

4.（課開始了）→上午九點了，

5.（龍爸跟龍媽睡了）→半夜兩點了，

聽力練習

tīnglì liànxí

請聽四段對話，並回答下列問題。

1. 艾婕跟子維去的餐廳是一家
（西班牙餐廳／德國餐廳／義大利餐廳）

2. 艾婕跟子維點了什麼菜？

3. 艾婕點的飲料是
（紅茶／綠茶／花茶／咖啡）

4. 出錢的人是
（艾婕／子維／艾婕跟子維／免費）

5. 請問他們一共付了多少錢？

小辭典

海鮮 seafood
hǎixiān

墨汁 ink(in this case,of squid)
mòzhī

飲料 drink,beverage
yǐnliào

沙拉吧 salad bar
shālābà

自行取用 to serve oneself
zìxíng qǔyòng

各付各的 to go Dutch
gèfù gè·de

(別)破費 to spend money(polite)
bié pòfèi

領薪水 to receive salary
lǐng xīnshuǐ

買單 to pay the bill
mǎidān

發票 invoice
fāpiào

LESSON 6

第六課 出遊
dì liù kè chūyóu

對話
duìhuà

（1上次一起吃飯之後，子芸跟森川又2利用3週末4假期一起
shàngcì yìqǐ chīfàn zhīhòu zǐyún gēn sēnchuān yòu lìyòng zhōumò jiàqí yìqǐ

出去玩了兩、三次，現在已經是5無話不談的好朋友了。
chūqù wán ·le liǎng sān cì xiànzài yǐjīng shì wúhuàbùtán ·de hǎo péngyǒu ·le

這個週末子芸打算帶森川去6九份玩。）
zhè ·ge zhōumò zǐyún dǎsuàn dài sēnchuān qù jiǔfèn wán

（子芸7撥了森川8住處的電話號碼）
zǐyún bō ·le sēnchuān zhùchù ·de diànhuà hàomǎ

子芸：喂？森川嗎？
wéi sēnchuān ·ma

森川：對，我是森川，你是子芸吧？
duì wǒ shì sēnchuān nǐ shì zǐyún ·ba

子芸：哇！你已經9認得出我的10聲音了。
wā nǐ yǐjīng rèn·de chū wǒ ·de shēngyīn ·le

森川：我們是朋友嘛！找我有什麼事嗎？
wǒ·men shì péngyǒu ·ma zhǎo wǒ yǒu shé·me shì ·ma

子芸：當然是週末出去玩的事啊。這個11禮拜六我想帶你去
dāngrán shì zhōumò chūqù wán ·de shì ·a zhè ge lǐbàiliù wǒ xiǎng dài nǐ qù

九份玩。
jiǔfèn wán

森川：九份？在哪裡？
jiǔfèn zài nǎlǐ

子芸：九份在台北[12]**縣**瑞芳[13]**鎮**，是一個很有[14]**懷舊氣氛**的[15]**觀光景點**。
jiǔfèn zài táiběi xiàn ruìfāng zhèn shì yí ·ge hěn yǒu huáijiù qìfēn ·de guānguāng jǐngdiǎn

森川：懷舊氣氛啊，這我喜歡。
huáijiù qìfēn ·a zhè wǒ xǐhuān

子芸：那就[16]**約**禮拜六上午八點半，在我們公司門口[17]**見面**，好不好？
nà jiù yuē lǐbàiliù shàngwǔ bādiǎn bàn zài wǒ·men gōngsī ménkǒu jiànmiàn hǎo bù hǎo

森川：好啊！上午八點半，公司[18]**門口**，對不對？
hǎo ·a shàngwǔ bādiǎn bàn gōngsī ménkǒu duì bú duì

子芸：對。那我們就[19]**不見不散**囉！
duì nà wǒ·men jiù bújiànbúsàn ·luo

森川：嗯！不見不散！
·en bújiànbúsàn

小辭典

1 上次 the previous time
2 利用 to take advantage of
3 週末 weekend
4 假期 holidays, vacation
5 無話不談 that can talk about any subject, very compatible
6 九份 Jiufen, a quaint small town and an attraction in the Northeast of Taiwan
7 撥 to dial
8 住處 place where one lives, lodgment
9 認得出 to be able to recognize
10 聲音 voice
11 禮拜六 the sixth day of a week, Saturday = 星期六
12 縣 County
13 鎮 Township
14 懷舊氣氛 nostalgia,a nostalgic atmosphere
15 觀光景點 attraction for sightseeing, spot to visit
16 約 to make the appointment for; Let's meet at
17 見面 to meet
18 門口 entrance
19 不見不散 stay until we meet

LESSON

6

（禮拜六上午　八點四十分，公司門口）
lǐbàiliù shàngwǔ bādiǎn sìshí fēn gōngsī ménkǒu

子芸：對不起！[20]**結果**我自己[21]**反而**[22]**遲到**了。
duìbùqǐ jiéguǒ wǒ zìjǐ fǎnér chídào ·le

森川：沒關係、沒關係，我也才剛　到而已。
méiguān·xi méiguān·xi wǒ yě cái gāng dào éryǐ

子芸：真　高興你不[23]**介意**！
zhēn gāoxìng nǐ bú jièyì

森川：對了，我們 要 怎麼過去呢？
duì·le wǒ·men yào zě·me guòqù ·ne

子芸：我 們 先 搭公車　到 [24]**火車站**，再坐 到 瑞芳 火車站，
wǒ·men xiān dā gōngchē dào huǒchēzhàn zài zuò dào ruìfāng huǒchēzhàn

然後 坐[25]**接駁 公車** 到 九份。
ránhòu zuò jiēbó gōngchē dào jiǔfèn

森川：我[26]**了解**了，那我們 就[27]**出發**吧！
wǒ liǎojiě ·le nà wǒ·men jiù chūfā ·ba

子芸：嗯，出發！
·en chūfā

（接駁公車　[28]**終於** [29]**抵達**了九份，兩人下車）
jiēbó gōngchē zhōngyú dǐdá ·le jiǔfèn liǎngrén xiàchē

子芸：這裡就是九份了！
zhèlǐ jiùshì jiǔfèn ·le

森川：哇，這邊 的路好[30]**特別**，好多 [31]**樓梯**喔！
wā zhèbiān ·de lù hǎo tèbié hǎo duō lóutī ·o

子芸：這一條路叫豎崎路，兩邊　的 [32]**茶館** 也都很　[33]**有名** 喔！
zhè yì tiáo lù jiào shùqí lù liǎngbiān ·de cháguǎn yě dōu hěn yǒumíng ·o

森川：哇，已經 中午 了，難怪 我的[34]**肚子這麼餓**。
wā yǐjīng zhōngwǔ ·le nánguài wǒ ·de dù·zi zhè·me è

子芸：對了，到九份一定要 吃[35]**芋圓**、喝[36]**魚丸湯**。來，跟我來！
duì·le dào jiǔfèn yídìng yào chī yùyuán hē yúwán tāng lái gēn wǒ lái

（兩人 在金山 街的魚丸 湯 店）
liǎngrén zài jīnshān jiē ·de yúwán tāng diàn

子芸：老板 娘！我們 要 兩碗 魚丸湯。
lǎobǎn niáng wǒ·men yào liǎng wǎn yúwán tāng

老板娘：好！**馬上**[37] 來！
hǎo mǎshàng lái

森川：魚丸是魚肉做 的丸子嗎？
yúwán shì yúròu zuò ·de wánzi ·ma

子芸：**答對**[38]了！九份的魚丸 湯 最好喝了。
dá duì ·le jiǔfèn ·de yúwán tāng zuì hǎohē ·le

老板娘：魚丸 湯來了！小心 **燙**[39]喔！
yúwán tāng lái ·le xiǎoxīn tàng ·o

森川：（喝了一口）真 好喝！
hē ·le yì kǒu zhēn hǎo hē

子芸：他們 用 的魚肉很 **新鮮**[40]，魚丸湯 當然 就好喝囉！
tā·men yòng ·de yúròu hěn xīnxiān yúwán tāng dāngrán jiù hǎo hē ·luo

你喝**慢**[41] 一點喔，不要 **嗆**[42] 到了。
nǐ hē màn yìdiǎn ·o bú yào qiàng dào ·le

森川：（喝太快，結果 嗆 到了）
hē tài kuài jiéguǒ qiàng dào ·le

20 結果 in the end; the result is
21 反而 on the contrary, instead
22 遲到 to come late
23 介意 to mind
24 火車站 railway station
25 接駁公車 shuttle bus
26 了解 to understand
27 出發 to set off, start the travel
28 終於 finally, in the long run
29 抵達 to arrive at
30 特別 special
31 樓梯 stairs
32 茶館 teahouse
33 有名 to be famous
34 肚子餓 to be hungry
35 芋圓 taro ball, a kind of snack
36 魚丸湯 soup with fish balls
37 馬上 right away
38 答對 to answer correctly
39 燙 to be very hot
40 新鮮 fresh
41 慢 to be slow
42 嗆 to choke

LESSON 6

子芸：才說 就嗆 到了。（拍背[43][44]）我去 幫你拿餐巾紙[45]喔。
cái shuō jiù qiàng dào ·le　pāi bèi　wǒ qù bāng nǐ ná cānjīnzhǐ ·o

森川：（心想：沒 想到 子芸這 麼體貼[46]……。）
xīnxiǎng　méi xiǎngdào zǐyún zhè·me tǐtiē

子芸：（遞[47]餐巾紙給 森川）你吃慢 一點啦，要不然我就吃掉你的魚丸喔。
dì cānjīnzhǐ gěi sēnchuān　nǐ chī màn yìdiǎn ·la　yàobùrán wǒ jiù chī diào nǐ ·de yúwán ·o

森川：（心想：而且又很可愛[48]……。）
xīnxiǎng　érqiě yòu hěn kěài

（兩人 在金山街的 紀念品[49]店）
liǎngrén zài jīnshān jiē ·de jìniànpǐn diàn

子芸：九份 曾經[50] 因為 出產[51] 黃金[52] 而繁榮[53] 過，但是後來[54]因為挖[55]不到 黃金 而沒落[56]了。不過現在 九份 變成[57] 了 觀光景點 之後，又 跟以前一樣 興盛[58] 了。
jiǔfèn céngjīng yīnwèi chūchǎn huángjīn ér fánróng guò　dànshì hòulái yīnwèi wā bú dào huángjīn ér mòluò ·le　búguò xiànzài jiǔfèn biànchéng ·le guānguāng jǐngdiǎn zhī hòu　yòu gēn yǐqián yíyàng xīngshèng ·le

森川：難怪[59]這裡有 這麼 多 賣 各種 石頭 的店。
nánguài zhèlǐ yǒu zhè·me duō mài gèzhǒng shí·tou ·de diàn

子芸：對啊。哇，這一塊 透明[60] 的石頭好 漂亮 喔。
duì a　wā　zhè yíkuài tòumíng ·de shí·tou hǎo piàoliàng ·o

森川：你想 要 的話，我買給你吧。
nǐ xiǎng yào ·dehuà　wǒ mǎi gěi nǐ ·ba

子芸：這樣 我會不好意思啦！
zhèyàng wǒ huì bùhǎoyì·si ·la

老板：小姐你很 有眼光[61] 喔！你這麼 識貨[62]，我就算 你便宜一點吧
xiǎojiě nǐ hěn yǒuyǎnguāng ·o　nǐ zhè·me shìhuò　wǒ jiù suàn nǐ piányí yìdiǎn ·ba

兩人：謝謝老板！
xiè·xie lǎobǎn

老板：要不要我在上面**刻**[63]你們**小倆口**[64]的名字啊？**免費**[65]的喔！
yào bú yào wǒ zài shàngmiàn kē nǐ·men xiǎoliǎngkǒu ·de míng·zi ·a miǎnfèi ·de ·o

子芸：（**臉紅**[66]）我……我們不是小倆口啦！
liǎnhóng wǒ wǒ·men búshì xiǎoliǎngkǒu ·la

老板：小姐**害羞**[67]了喔！
xiǎojiě hàixiū ·le ·o

森川：子芸，什麼是小倆口啊？
zǐyún shé·me shì xiǎoliǎngkǒu ·a

子芸：不告訴你啦！
bú gàosù nǐ ·la

（**黃昏**[68]，兩人正在等接駁公車回去）
huánghūn liǎngrén zhèngzài děng jiēbó gōngchē huíqù

森川：今天又**麻煩**[69]你帶我出來玩，真的很謝謝你！
jīntiān yòu máfán nǐ dài wǒ chūlái wán zhēn·de hěn xiè·xie nǐ

43 拍 to pat
44 背 back
45 餐巾紙 paper napkin
46 體貼 to be considerate
47 遞 to pass something to
48 可愛 to be cute
49 紀念品 souvenir
50 曾經 used to
51 出產 to produce
52 黃金 gold
53 繁榮 to prosper
54 後來 later on
55 挖 to dig
56 沒落 to decline
57 變成 to become
58 興盛 to prosper
59 難怪 no wonder
60 透明 transparent
61 有眼光 to have a sense in telling good from bad
62 識貨 to be able to tell good from bad
63 刻 to carve, inscribe
64 小倆口 little couple
65 免費 free of charge
66 臉紅 to blush
67 害羞 to be shy
68 黃昏 dusk
69 麻煩 to bother

LESSON 6

子芸：才不麻煩，我也玩得很**開心**[70]啊。
cái bù máfán　wǒ yě wán de hěn kāixīn ·a

森川：你看，**夕陽**[71]好漂亮喔。
nǐ kàn　xìyáng hǎo piàoliàng ·o

子芸：對呀。
duì ·ya

森川：子芸，……。
zǐyún

子芸：你看，車子來了！我們回去吧！
nǐ kàn　chē·zi lái ·le　wǒ·men huíqù ·ba

森川：（心裡的話：我好想**留**[72]住這一**刻**[73]……。）
xīnlǐ ·de huà　wǒ hǎo xiǎng liú zhù zhè yí kè

子芸：我們下次到**淡水**[74]去玩吧！
wǒ·men xiàcì dào dànshuǐ qù wán ·ba

森川：嗯，好！你帶我到哪裡去都好！（心想：下次還有**機會**[75]！淡水的夕陽應該也一樣美吧！）
·en　hǎo　nǐ dài wǒ dào nǎlǐ qù dōu hǎo　xīn xiǎng　xiàcì hái yǒu jīhuì　dànshuǐ ·de xìyáng yīnggāi yě yíyàng měi ·ba

子芸：（心想：淡水的魚丸應該也很好吃吧！）
xīn xiǎng　dànshuǐ ·de yúwán yīnggāi yě hěn hǎochī ·ba

小辭典

70 開心 to be happy
71 夕陽 the setting sun
72 留 to keep, hold, make stay
73 刻 moment
74 淡水 Tamshui or Danshui,a town and an attraction in Northwest of Taiwan
75 機會 chance, opportunity

nǐ bù kěyǐ bù zhīdào

台灣地圖與台灣的觀光景點
the map of Taiwan with the spots to visit

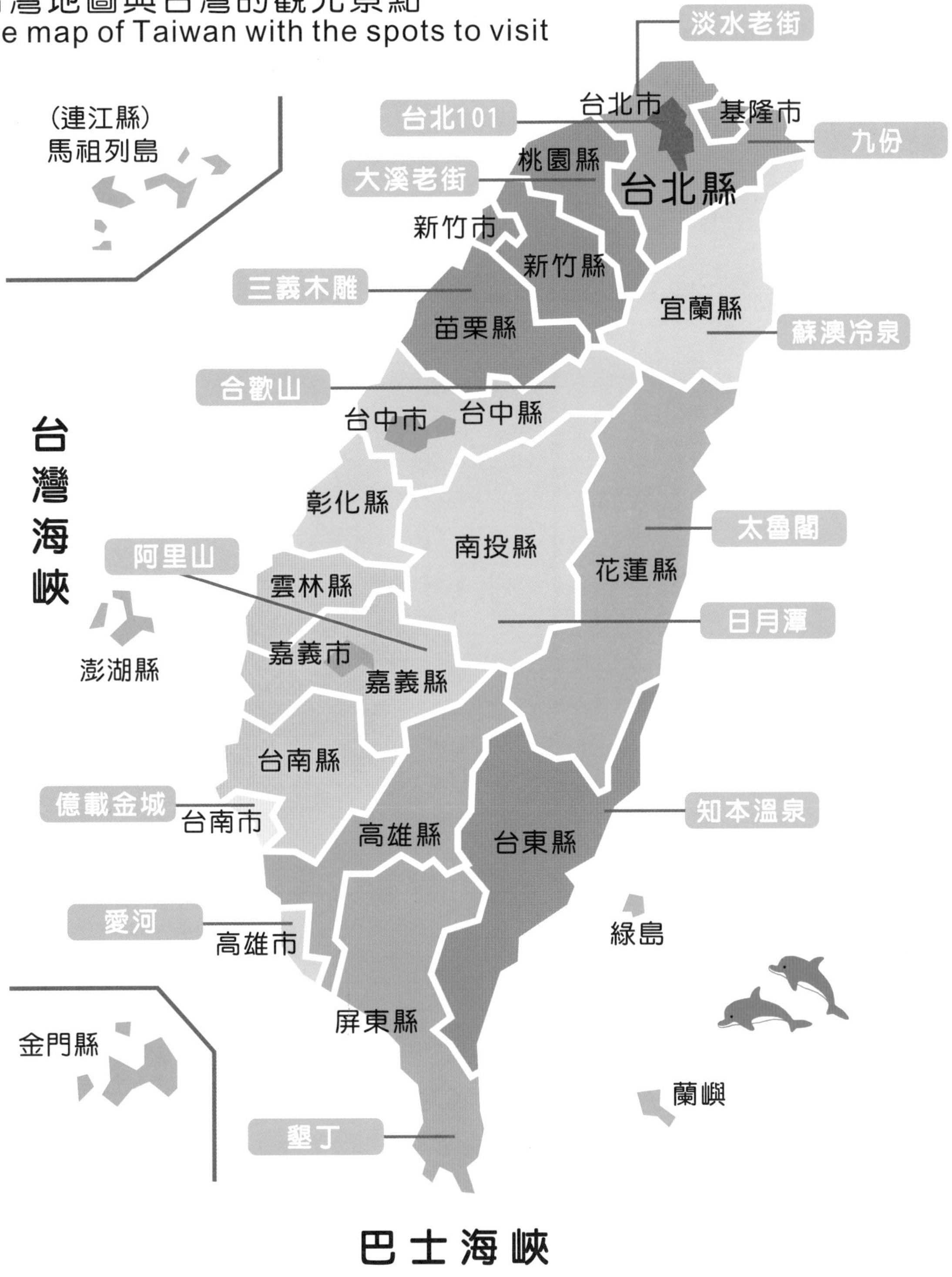

LESSON 6

地址的寫法 how an address looks like in Chinese

直式寫法

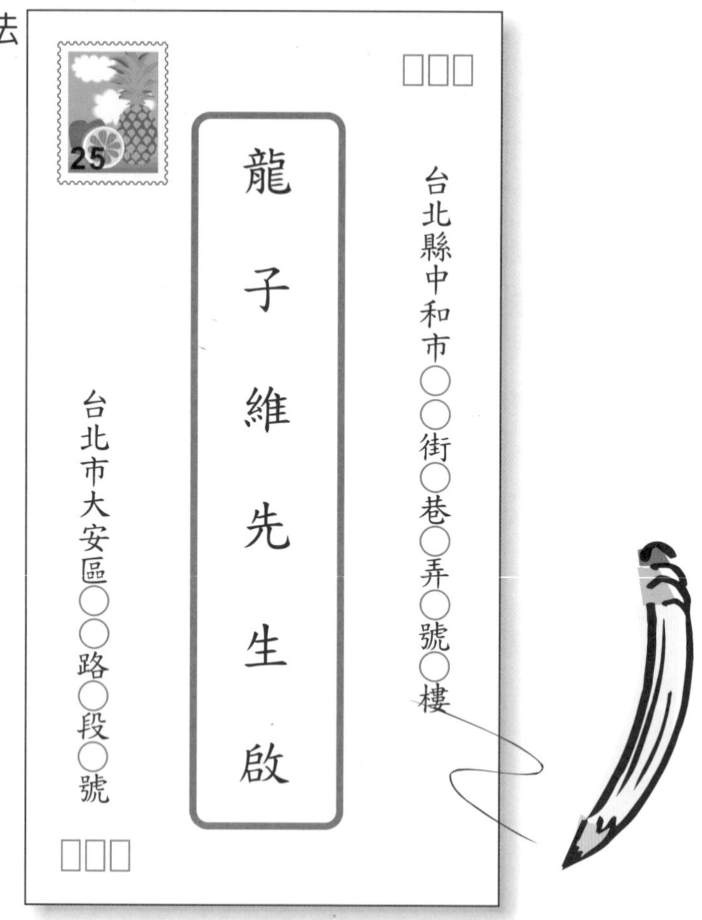

橫式寫法

□□□
台北市大安區○○路○段○號 國立○○大學

25

□□□
台北縣中和市○○街○巷○弄○號○樓
龍 子 維 先生 啟

句型演練
jùxíng yǎnliàn

「結果」與結果補語("jiéguǒ" and resultative complements)

"A，結果B" means B is the result of A.

森川喝魚丸湯喝得太快	，結果	嗆到了。
艾婕睡太久	，結果	上課遲到了。
子維今天忘記戴眼鏡	，結果	什麼都看不到了。

When the object of A is the subject of B, B is a result that determines the success or failure of the action of A, and the predicates in both A and B are in simple form, the predicates in A and B have to be combined to function as a complex verb in the form of "predicateApredicateB" (verb + resultative complement). Observe the following examples:

?	O
我打蚊子，結果蚊子死了。	= 我打死了蚊子。
醫生救他，結果他活過來了。	= 醫生救活了他。
艾婕說答案，結果答案對了。	= 艾婕說對了答案。= ! 艾婕答對了。
龍媽打電話，結果電話(號碼)錯了。	= 龍媽打錯了電話。

!!

Some results, that is, B, correspond to certain accustomed resultative complements. There are many similar cases in Mandarin, and we are going to name two of them here. When B means the object of A disappears (e.g. it melted, it was eaten, it was thrown away), the correspondent complement is 掉. When B means the object of A is stopped from moving on (either literally or figuratively), the correspondent complement is 住. Observe the following examples:

?	O
子芸吃森川的魚丸，結果森川的魚丸沒了。	= 子芸吃掉了森川的魚丸。
龍媽抓雞，結果雞不能動了。	= 龍媽抓住了雞。

受事「給」("gěi" as dative marker)

子芸遞了一張餐巾紙	給	森川。
龍媽買了兩本新書	給	子維。
請你明天打一通電話	給	我。
龍爸上個星期寄了一封信	給	他朋友。

LESSON 6

換我試試看
huàn wǒ shìshì kàn

挑戰一

請介紹你玩過的或最想去的台灣觀光景點以及你家鄉的觀光景點。

挑戰二

請告訴你的同學你現在住在哪裡，並詢問對方住在哪裡。

挑戰三

請依照範例改寫下列句子。

例一：我買書，結果書是對的。 → 我買對了書。

例二：我喝茶，結果茶沒有了。 → 我喝掉了茶。

1. 子芸拿鑰匙出門，結果鑰匙是錯的。 →
2. 龍爸打蒼蠅，結果蒼蠅死了。 →
3. 森川叫朋友起床，結果朋友就醒了。 →
4. 子維丟垃圾，結果垃圾就沒了。 →
5. 窗帘擋陽光，結果陽光就進不來了。 →

挑戰四

請根據圖示，完成下列句子。

例：森川寫信給子芸。

1. 子芸＿＿＿＿＿＿＿＿＿。
2. 子維＿＿＿＿＿＿＿＿＿。
3. 艾婕＿＿＿＿＿＿＿＿＿。
4. 龍媽＿＿＿＿＿＿＿＿＿。
5. 龍爸＿＿＿＿＿＿＿＿＿。

tīnglì liànxí

這次艾婕跟子維一家一起去環島旅行。請聽四段對話，找出這些對話分別出現與哪個台灣觀光景點有關。

日出 sunrise,sunup
rìchū

雲海 sea of clouds
yúnhǎi

峽谷 gorge,canyon
xiágǔ

花崗岩 granite
huāgāng yán

舉世聞名 very famous
jǔshì wénmíng

國家公園 national park
guójiā gōngyuán

懸崖 cliff,precipice
xuánái

壯觀 spectacular
zhuàngguān

花蓮芋 Hualien taro
huālián yù

海灘 beach
hǎitān

陽光 sunshine
yángguāng

搖滾音樂祭 rock'n'roll festival
yáogǔn yīnyuè jì

跨年 New Year countdown celebration
kuànián

煙火 fireworks
yānhuǒ

眺望 to overlook from a high place
tiàowàng

MEMO

MEMO

第七課 祝你生日快樂
dì qī kè zhù nǐ shēngrì kuàilè

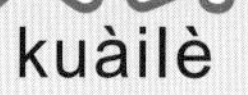

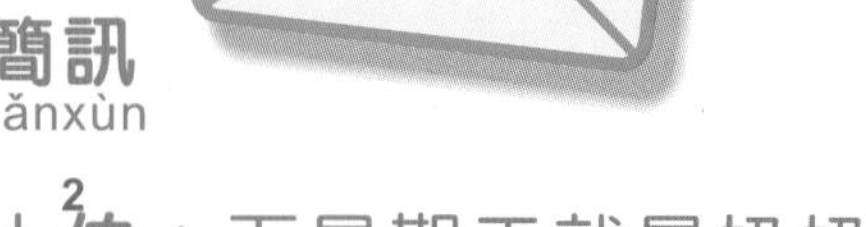

簡訊[1]
jiǎnxùn

大伯[2]：下星期天就是奶奶的生日[3]了，
dàbó ˋ ˉ ˊ ˉ ˋ ˋ ˇ ˙ ˙ shēngrì ˙

這次我們想在家鄉樓[4] 幫[5]她慶生[6]。
ˋ ˋ ˇ ˙ ˇ ˋ jiāxiānglóu bāng ˉ qìngshēng

你們會來 高雄[7] 嗎？
ˇ ˙ ˋ ˊ gāoxióng ˙

我們訂的是一月六日晚上五點半的包廂[8]。
ˇ ˙ ˋ ˙ ˋ ˉ ˋ ˋ ˋ ˇ ˋ ˇ ˇ ˋ ˙ bāoxiāng

子羽
zǐyǔ

小辭典

1 簡訊 (cell phone) message
2 伯 uncle (father's elder brother
3 生日 birthday
4 家鄉樓 name of a restaurant
5 幫 to help
6 慶生 to celebrate the birthday
7 高雄 Kaohsiung, a city in southern Taiwan
8 包廂 box (in theater, restaurant, etc)

對話 duìhuà

（在百貨公司）[9]
ˋ bǎihuò gōngsī

龍媽：前年[10] 送[11] 電鍋[12]，去年[13]送按摩椅[14]，今年[15] 應該[16]送什麼好呢？
qiánnián sòng diànguō qùnián ˋ ànmóyǐ jīnnián yīnggaī ˋ ˊ ˙ ˇ ˙

艾婕，你在看什麼？
ˋ ˊ ˇ ˋ ˋ ˊ ˙

艾婕：這個 時鐘[17] 做得好精緻[18]，龍媽媽，奶奶家裡缺[19]時鐘嗎？
ˋ ˙ shízhōng ˋ ˙ ˇ jīngzhì ˊ — ˙ ˇ ˙ — ˇ quē ˊ — ˙

9 百貨公司 department store
10 前年 the year before last year
11 送 to give as a present
12 電鍋 electric pot
13 去年 last year
14 按摩椅 massage chair
15 今年 this year
16 應該 should, ought to
17 時鐘 clock
18 精緻 to be fine, delicate
19 缺 to lack

龍媽：哈哈，在我們的文化[20]裡，生日是不能送時鐘的，
wénhuà

因為聽起來跟[21]喪禮[22]的「送終[23]」一樣，這樣不吉利[24]。
tīngqǐlái gēn sānglǐ sòngzhōng jílì

艾婕：原來如此[25]。那送圍巾[26]怎麼樣？
yuánláirúcǐ wéijīn

或是手機[27]也不錯啊？
shǒujī

龍媽：嗯……圍巾不錯是不錯，就是普通[28]了點；
pǔtōng

送手機嘛，又怕[29]奶奶不會用。
ma pà

艾婕：不然的話[30]…哇，那件[31]中國式[32]的衣服好漂亮！
bùrán ·de huà jiàn shì

龍媽：真的，料子[33]也不錯，穿起來一定[34]很保暖[35]。
liào·zi chuānqǐlái yídìng bǎonuǎn

好，決定[36]了，我們就買這件吧！
juédìng

20 文化 culture
21 跟 with
22 喪禮 funeral
23 送終 to have a funeral
24 吉利 to be lucky, auspicious
25 原來如此 that's the reason, that's why
26 圍巾 scarf
27 手機 cell phone
28 普通 to be odinaried
29 怕 to worry
30 不然的話 if not so, otherwise
31 件 measure for clothes
32 式 style
33 料子 cloth; fabrics for clothing
34 一定 surely, certainly
35 保暖 to keep warm
36 決定 to decide

（家鄉樓，龍奶奶的**慶生會**[37]）
— — ˊ ˊ ˇ · · qìngshēng huì

龍**姑姑**[38]：大**哥**[39]！大**嫂**[40]！你們 **終於**[41] 到了！
gū ·gu dàgē dàsǎo ˇ · zhōngyú ˋ ·

快來吃**豬腳 麵線**[42]！再不吃麵線就要**涼**[43] 了！
ˋ ˊ — zhūjiǎo miànxiàn ˋ ˋ — ˋ ˋ ˋ ˋ liáng ·

龍爸：真謝謝你！哇，好 **香**[44] 的麵線！
— ˋ · ˇ — ˇ xiāng · ˋ ˋ

龍媽：媽，這是艾婕跟我**一起**[45]**挑**[46]的**禮物**[47]！
— ˋ ˋ ˋ ˊ — ˇ yìqǐ tiāo · lǐwù

快打開來看看**您**[48]喜歡不喜歡！
ˋ ˇ — ˊ ˋ ˋ nín ˇ — ˋ ˇ —

龍奶奶：我們做爸媽的，**只要**[49]看到**自己**[50]的**小孩**[51]就**開心**[52]了，
ˇ · ˋ ˋ — · zhǐyào ˋ ˋ zìjǐ · xiǎohái ˋ kāixīn ·

哪[53]還**需要**[54]什麼禮物呢！哇，謝謝，你們真是**貼心**[55]，
nǎ ˊ xūyào ˊ · ˇ ˋ · · ˋ · ˇ · — ˋ tiēxīn

最近[56]天氣開始變冷了，我 **正**[57] 想要一件這樣的衣服呢！
zuìjìn — ˋ — ˇ ˋ ˇ · ˇ zhèng ˇ ˋ ˊ ˋ ˋ ˋ · — ˊ ·

37 慶生會 birthday party
38 姑姑 aunt (father's sister)
39 哥 brother
40 嫂 sister-in-law (elder brother's wife)
41 終於 finally, at last
42 豬腳麵線 noodle with pig foot
43 涼 to be cold
44 香 savory
45 一起 together
46 挑 to pick, to select
47 禮物 gift, present
48 您 [formal] you
49 只要 as long as
50 自己 self
51 小孩 child, children
52 開心 to be happy, to feel joyful
53 哪 (as interrogative) where, how, what, which (one)
54 需要 to need,demand
55 貼心 understanding, considerate
56 最近 recently
57 正 just, exactly

LESSON 7

龍叔叔[58]：今天是奶奶的七十二歲[59]大壽[60]，
shú·shu ˉ ˉ ˋ ˇ · · ˉ ˊ ˋ suì dàshòu

大家快來跟奶奶說些吉祥話[61]！
ˋ ˉ ˋ ˊ ˉ ˇ · ˉ ˉ jíxiánghuà

子維：我來我來，我先！
ˇ ˊ ˇ ˊ ˇ ˉ

祝[62]奶奶「福如東海，壽比南山[63]」！
zhù ˇ · fú rú dōnghǎi shòu bǐ nánshān

子芸：那我祝奶奶身體[64]健康[65]，「長命百歲[66]」！
ˋ ˇ ˋ ˇ · shēntǐ jiànkāng chángmìng bǎisuì

子羽：換我[67]，祝奶奶「天天開心[68]」，「萬事如意[69]」！
huàn ˇ ˋ ˇ · tiāntiān kāixīn wànshì rúyì

大家：奶奶生日快樂[70]！
ˇ · shēngrì kuàilè

小辭典

58 叔叔 uncle (father's younger brother)
59 歲 a year (of age)
60 大壽 (for elderly people) birthday
61 吉祥話 auspicious words
62 祝 to express good wishes
63 福如東海，壽比南山 May your luck as great as the sea to the east, and your life as long as the mountain in the south
64 身體 body; health
65 健康 to be healthy
66 長命百歲 may you live a long life
67 換我 it's my turn
68 天天開心 may you joyful everyday
69 萬事如意 may everything goes well
70 生日快樂 happy birthday

● 你不可以不知道

nǐ bù kěyǐ bù zhīdào

一、親屬稱謂

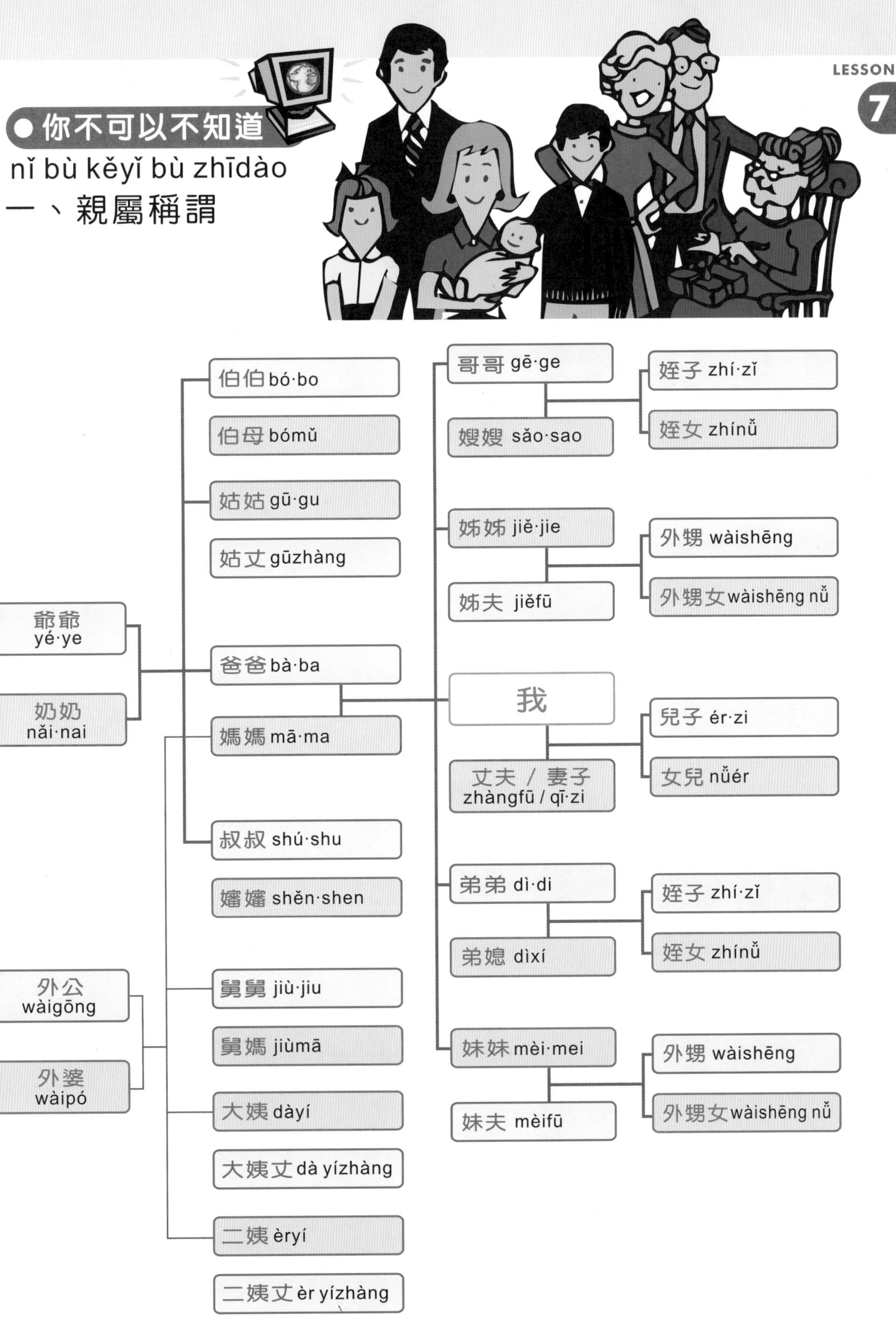

爺爺 yé·ye
奶奶 nǎi·nai
外公 wàigōng
外婆 wàipó
伯伯 bó·bo
伯母 bómǔ
姑姑 gū·gu
姑丈 gūzhàng
爸爸 bà·ba
媽媽 mā·ma
叔叔 shú·shu
嬸嬸 shěn·shen
舅舅 jiù·jiu
舅媽 jiùmā
大姨 dàyí
大姨丈 dà yízhàng
二姨 èryí
二姨丈 èr yízhàng
哥哥 gē·ge
嫂嫂 sǎo·sao
姊姊 jiě·jie
姊夫 jiěfū
我
丈夫 / 妻子 zhàngfū / qī·zi
弟弟 dì·di
弟媳 dìxí
妹妹 mèi·mei
妹夫 mèifū
姪子 zhí·zǐ
姪女 zhínǚ
外甥 wàishēng
外甥女 wàishēng nǚ
兒子 ér·zi
女兒 nǚér
姪子 zhí·zǐ
姪女 zhínǚ
外甥 wàishēng
外甥女 wàishēng nǚ

二、祝賀語 zhùhèyǔ

祝賀語 zhùhèyǔ

祝你… / 希望你… zhùnǐ.../ xīwàng nǐ...
wish you... may you...

……順利 / 順心 ...shùnlì / shùnxīn

一切順心 yíqiè shùnxīn (May you) everything go well

工作順利 gōngzuò shùnlì work go well

感情順利 gǎnqíng shùnlì love go well

考試順利 kǎoshì shùnlì exams go well

生活順心 shēnghuó shùnxīn. life go well

天天開心 tiāntiān kāixīn

新年 / 中秋節……快樂 xīnnián / zhōngqiū jié......kuàilè
Happy New Year / The Mid-Autumn Festival ...etc.

工作 gōngzuò

早日升遷 zǎorì shēngqiān Lit：to get promotion earlier

步步高升 bùbù gāoshēng Lit：to attain eminence step by step

生日 shēngrì

生日快樂 shēngrì kuàilè Lit：Happy birthday

長命百歲 chángmìng bǎisuì Lit：May you live a hundred years

永遠年輕 yǒngyuǎn niánqīng Lit：May you be young forever

感情 gǎnqíng

有情人終成眷屬 yǒuqíngrén zhōng chéng juànshǔ Lit：Lovers finally get married

永浴愛河 yǒngyù aìhé Lit：To bathe in the river of love forever

早生貴子 zǎoshēng guìzǐ Lit：To have a dear son soon

學業 xuéyè

學業進步 xuéyè jìnbù　Lit：To progress one's studies.

金榜題名 jīnbǎng tímíng　Lit：To succeed in the exam.

搬家 bānjiā

喬遷之喜 qiáoqiān zhīxǐ　Lit：The joy of moving to a better place

美輪美奐 měilún měihuàn　Lit：To have a gorgeous house.

句型演練 jùxíng yǎnliàn

A是A，就是B了點

This sentence is used to express the negative opinion in an indirect way, an indirect way. A is normally opposite to B.

圍巾不錯是不錯，就是普通了點。
這個杯子精緻是精緻，就是貴了點。
他長得漂亮是漂亮，就是個性壞了點。

再 + A + 就 + B了

if somebody kept doing A, B would occurred.

再不吃麵線就要涼了！
他再不努力工作錢就要用光了。
你再說一次我就生氣了。

LESSON 7

A不A

To form questions in Chinese, repeat the A with a "不" in between, which is equal to "......嗎?".

你喜歡嗎? →你喜歡不喜歡？
妳要睡一下嗎? →妳要不要睡一下？
你站得起來嗎? →你站不站得起來？

If the A has more than 2 syllables, it is fine to shorten the expression as following :

喜歡不喜歡 → 喜不喜歡
好看不好看 → 好不好看
奇怪不奇怪 → 奇不奇怪
貼心不貼心 → 貼不貼心
無聊不無聊 → 無不無聊

做……的

As (a teacher, a man, a child......etc.)

我們做爸媽的，只要看到自己的小孩就開心了，哪還需要什麼禮物呢！
做老師的，本來就該好好教學生。

換我試試看

huàn wǒ shìshì kàn

挑戰一

請根據範例造句。

你/看/很累，沒事吧？→你看起來很累，沒事吧？

1. 他/笑/很大聲。
2. 他的椅子/坐/很舒服。
3. 這件事/說/簡單，做/難。
4. 這個主意/聽/不錯。
5. 媽媽煮的菜/聞/很香。

挑戰二

請根據範例改寫句子。

這個杯子很精緻，可是太貴。→這個杯子精緻是精緻，就是貴了點。

1. 這部電影很好看，可是太長。
2. 他做得很好，可是太慢。
3. 這間房子很大，可是離捷運站太遠。
4. 這個工作很吸引人，可是薪水太少。
5. 這件衣服很漂亮，可是尺寸太大。

挑戰三

請根據範例造句。

他/不努力工作/錢/用光。→他再不努力工作錢就要用光了。

1. 我/吃/太飽。
2. 你/走兩條街/到郵局。
3. 你/賴床/要遲到。
4. 飯/煮/不好吃。
5. 妳/不走/天/黑。

LESSON 7

換我試試看

huàn wǒ shìshì kàn

挑戰四

請根據範例改寫句子。

妳要睡一下嗎?→妳要不要睡一下？

1. 這件褲子好看嗎?
2. 你覺得中文難嗎?
3. 這件毛衣保暖嗎?
4. 就要放假了，你開心嗎？
5. 老師上課無聊嗎?

挑戰五

請根據範例改寫句子。

老師應該好好教學生。→做老師的，本來就應該好好教學生。

1. 學生應該好好念書。
2. 商人都很會說話。
3. 法官(judge)必須要很有正義感。

聽力練習

tīnglì liànxí

請根據對話回答問題。

1. 子維他們什麼時候要幫嘉立辦慶生會？
   1.這星期天　2.下星期一　3.上星期二　4.下星期五
2. 他們要去哪家餐廳？
   1.Mamamia　2.Papabia　3.Lolalita　4.Fenomenal
3. 那是家什麼式的餐廳？
   1.義大利式　2.西班牙式　3.泰國式　4.日本式
4. 大家要在哪裡集合？
   1.總統府　2.捷運市政府站　3.火車站　4.捷運古亭站
5. 大家想給嘉立什麼樣的驚喜？
   1.一個蛋糕　2.一束花　3.一本書　4.一幅畫

閱讀 yuèdú

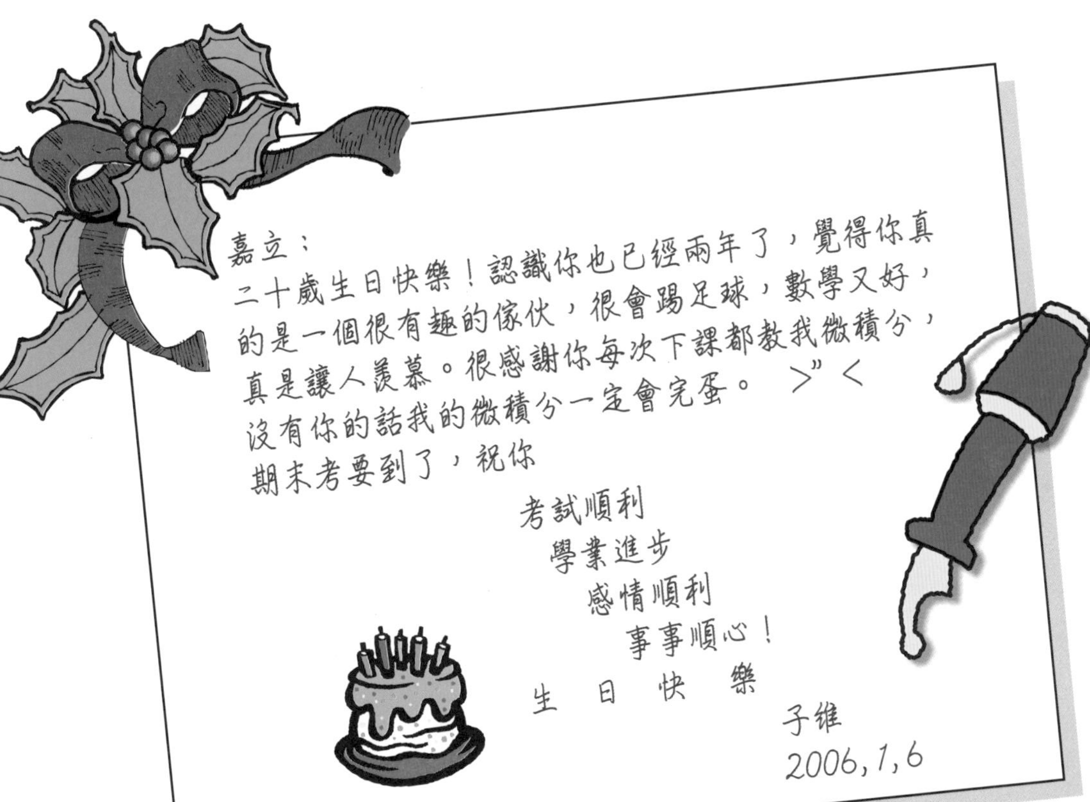

嘉立：

二十歲生日快樂！認識你也已經兩年了，覺得你真的是一個很有趣的傢伙，很會踢足球，數學又好，真是讓人羨慕。很感謝你每次下課都教我微積分，沒有你的話我的微積分一定會完蛋。 >"<

期末考要到了，祝你

考試順利
學業進步
感情順利
事事順心！

生 日 快 樂

子維
2006,1,6

小辭典

1 有趣 yǒuqù
SV：interesting

2 傢伙 jiā·huo
Familiar：buddy, guy

3 踢足球 tī zúqió
VO：tp play soccer

4 羨慕 xiànmù
FV：to admire, to envy

5 微積分 wéjīfēn
N：calculus

6 完蛋 wándàn
Colloquial：the game is up

7 期末考 qímòkǎo
N：final exam

8 學業進步 xuéyè jìnbù
Lit：May you make progress in your studies

9 感情 gǎnqíng
N：feeling, emotion, sentiment. Here means love

10 事事順心 shìshì shùnxīn
Lit：May everything go well

LESSON 8 第八課 洗手作羹湯

dì bā kè xǐshǒu zuò gēng tāng

對話 duìhuà

艾婕自從[1]到台灣以後，就對台灣豐富[2]的小吃很感興趣[3]。
zìcóng fēngfù gǎn xìngqù

今天她決定要向[4]龍媽學做菜，回法國後[5]就可以煮給家人和朋友吃了。
xiàng hòu

（龍媽找了一份[6]食譜[7]，準備教艾婕她最愛吃的蝦仁蛋炒飯[8]）
fèn shípǔ xiārén dàn chǎofàn

小辭典

1 自從 since, from
2 豐富 to be abundant
3 感興趣 to be interested in
4 向 conjunction to mark the direction of an action
5 後 after
6 份 measure for fixed quantity
7 食譜 recipe
8 蝦仁火腿蛋炒飯 fried rice with egg, shrimp and ham
9 材料 ingredients
10 適量 suitable amount
11 匙 spoon
12 克 gram
13 碗 bowl
14 隻 measure for animals
15 顆 measure for spherical, usually small things

蝦仁蛋炒飯
ˉ ˊ ˋ ˇ ˋ

9【材料】
cáiliào

蠔油 10適量
háoyóu shìliàng

油
ˊ

胡椒適量
hújiāo ˋ ˋ

罐頭 玉米一11匙
guàntóu yùmǐ ˋ chí

洋蔥 丁 20 12克
yángcōng dīng kè

鹽適量
yán ˋ ˋ

白飯一13碗
báifàn ˋ wǎn

蝦仁八14隻
xiārén ˉ zhī

紅蘿蔔丁 1/4 個
hóngluó·bo dīng sì fēng zhī yī ·

雞蛋一15顆
jīdàn ˋ kē

蔥花 適量
cōnghuā ˋ ˋ

16【作法】
zuòfǎ

1. 17先把油 18倒入 19鍋 中。
xiān ˇ yóu dàorù gūo ˉ

2. 20用 21中火 先 22炒 洋蔥丁和蝦仁，23撈起來。
yòng zhōnghuǒ ˉ chǎo ˊ ˉ ˉ ˋ ˉ ˊ lāoqǐlái

3. 再炒蛋和蔬菜，然後倒入白飯24均勻 25拌炒。
ˋ ˇ ˋ ˋ shūcài ˊ ˋ ˋ ˋ ˊ ˋ jūnyún bànchǎo

4. 26加入27之前 的洋蔥、蝦仁和調味料 炒均勻。
jīa ˋ zhīqián · ˊ ˉ ˉ ˊ ˋ tiáowèiliào ˇ ˉ ˊ

5. 最後灑上蔥花28即可。
ˋ ˋ ˇ ˋ ˉ ˉ jíkě

LESSON 8

（廚房裡）[29]
chúfáng

艾婕：我們要怎麼開始呢？

龍媽：先來**準備**[30] (zhǔnbèi) 材料吧！我來洗蝦子、**打蛋**[31] (dǎ dàn) 和開罐頭，艾婕，你可以幫我切菜嗎？

艾婕：好啊，要怎麼切呢？

龍媽：蘿蔔先洗一洗，然後再**削**[32]**皮**[33] (xiāo pí)；洋蔥也先**剝**[34] (bō) 皮，然後切**丁**[35] (dīng)。**小心**[36] (xiǎoxīn) 一點不要切到手了。

艾婕：什麼是切丁？

龍媽：切丁就是把材料切成小**方塊**[37] (fāngkuài)。

艾婕：龍媽媽，我切好了，這樣可以嗎？

小辭典

16 作法 directions
17 先 first
18 倒入 to pour in
19 鍋 pot,pan
20 用 to use
21 中火 middle fire
22 炒 to fry
23 撈 to scoop up from
24 均勻 to be well mixed
25 拌炒 to mix and fry
26 加 to add
27 之前 before, ago
28 即可 it's ready
29 廚房 kitchen
30 準備 to prepare, to arrange
31 打蛋 to beat egg
32 削 to pare or peel with a knife
33 皮 skin, fur, leather
34 剝 to shell, peel
35 丁 small cube
36 小心 to be careful
37 方塊 cube

龍媽：太[38]**棒**(bàng)了！那現在我們可以開始了。你看，先倒一些油到鍋子裡，[39]**等**[40]**它**(děng tā)熱了[41]**以後**(yǐhòu)，先炒蝦仁和洋蔥，[42]**記得**(jìdé)不要炒太[43]**久**(jiǔ)，炒太久的話蝦子會[44]**硬**硬的(yìngyìng·de)。嗯，這樣就好了(hǎo·le)。

艾婕：然後呢？

龍媽：然後我們把那些打好的蛋啊，蔬菜啊放下去炒。好，現在可以把飯倒進來炒了。火不要太大，不然菜會[45]**燒焦**(shāojiāo)。

艾婕：這樣就好了嗎？

龍媽：[46]**還沒**(háiméi)呢！再把洋蔥、蝦仁加進來，炒一炒。現在可以放調味料和蔥了。OK，這樣就行了(xíng·le)。你吃一口看看會不會太[47]**鹹**(xián)。

艾婕：聞起來好香喔！嗯……好好吃喔！

龍媽：來吧，去洗個手，我們[48]**開動**(kāidòng)囉！

38 棒 to be excellent
39 等 to await
40 它 it
41 以後 after
42 記得 to remember, recall
43 久 for a long time
44 硬 hard,stiff
45 燒焦 to scorch, to burn
46 還沒 not yet
47 鹹 to be salty
48 開動 to start eating

LESSON 8

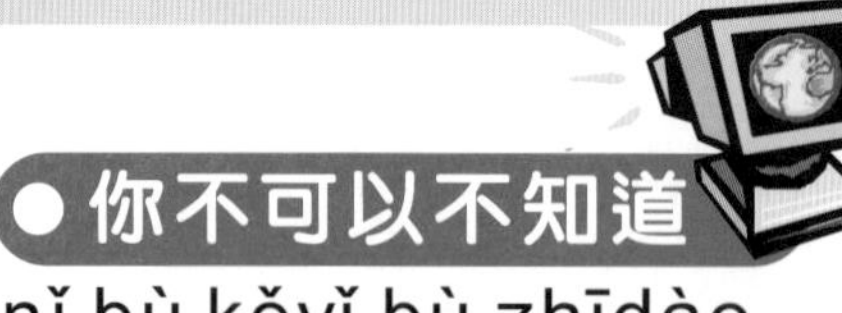

你不可以不知道

nǐ bù kěyǐ bù zhīdào

涼拌耳絲

【材料】

熟豬耳朵 四兩
辣椒 少許
蒜頭 少許

【調味料】

辣豆瓣醬 少許
白醋 少許
麻油 少許
糖 少許

【作法】

1. 把熟豬耳朵切絲。
2. 把豬耳朵、辣椒、蒜頭和所有調味料攪拌均勻即可。

煮法 (way of cooking)

煮 (zhǔ) to cook / to boil

烤 (kǎo) to roast, barbecue, bake, toast

煎 (jiān) to fry in fat or oil

炒 (chǎo) to stir-fry

炸 (zhá) to deep-fry

涼拌 (liángbàn) cold and dressed with sauce

味道 (sense of taste)
wèidào

鹽吃起來很鹹 (xián) to be salty

檸檬吃起來很酸 (suān) to be sour

糖果吃起來很甜 (tián) to be sweet

藥吃起來很苦 (kǔ) to be bitter

辣椒吃起來很辣 (là) to be spicy

調味料 (flavoring)

黑胡椒 (hēi hújiāo) black pepper

糖 (táng) sugar

醋 (cù) vinegar

橄欖油 (gǎnlǎn yóu) oliver oil

辣椒醬 (làjiāo jiàng) chili sauce

蕃茄醬 (fānqié jiàng) ketchup

辣豆瓣醬 (làdòubàn jiàng)
spicy bean sauce

香油 (xiāng yóu) sesame oil

麻油 (má yóu) sesame oil

醬油 (jiàngyóu) soy sauce

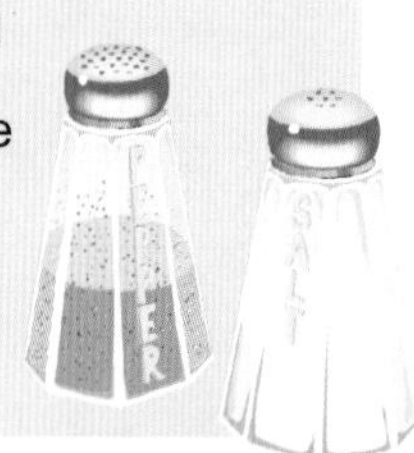

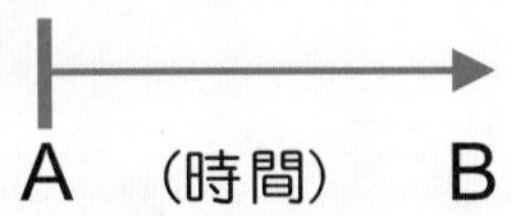

句型演練
jùxíng yǎnliàn

自從A(以後)，就B
since A happens, B happens

A （時間） B

子維自從學了日文(以後)，就對日本文化很感興趣。
嘉立自從去過墾丁(以後)，就很喜歡吃烤魷魚。

先A，再B，然後再C，最後再D
first A, then B, and then C, at last D

A → B → C → D

先倒油，再放蛋，然後放鹽，最後再放胡椒，就好了。
我等下要先去郵局，再去銀行，然後再到醫院，最後再去市場。

不要……不然……
don't...,or A would....

不要炒太久，不然（的話）菜會燒焦。
＝不要炒太久，炒太久（的話）菜會燒焦。
不要吃太多，不然（的話）你等一下會吃不下。
＝不要吃太多，吃太多（的話）你等一下會吃不下。

……啊……啊 = ……啦……啦
To list examples, you can use "啊" or "啦" as the "etc" in English.

美美討厭動物，不管是貓啦，狗啦，鳥啦，她都不喜歡。
他本來就喜歡花啊草啊的，難怪會去當農夫。

V看 看 （=V V看）
to try Ving

你穿看看會不會太大 = 你穿穿看會不會太大。
你吃看看會不會太鹹 = 你吃吃看會不會太鹹。

LESSON

8

動詞 + 個 + 賓語

to emphasize a short period action, make it casual or less sinificant, add a "個".

洗手 → 洗個手
打球 → 打個球
吃飯 → 吃個飯

把

to tell or ask how something is made or affected by an action, use " 把 ".

我關窗戶 → 我把窗戶關起來
龍媽倒掉垃圾 → 龍媽把垃圾倒掉
那隻小貓喝牛奶 → 那隻小貓把牛奶喝下去

我關窗戶
to explain the fact "I close the window"

我把窗戶關起來
to tell "the window" is affected (closed) by my action "close"

否定

我 龍媽 那隻小貓	沒有	把	窗戶 垃圾 牛奶	(給)	關起來。 倒掉。 喝下去。

你 龍媽 那隻小貓	不	可以 可能	把	窗戶 垃圾 牛奶	(給)	關起來。 倒掉。 喝下去。

換我試試看
huàn wǒ shìshì kàn

挑戰一

請根據範例造句。

例：嘉立 / 去過墾丁以後 / 很喜歡吃烤魷魚

→ 嘉立自從去過墾丁以後，就很喜歡吃烤魷魚。

1. 艾婕 / 跟龍媽一起去買菜 / 很喜歡殺價
2. 她 / 有了小孩 / 變得很溫柔
3. 子芸 / 上了大學 / 沒有彈鋼琴了
4. 他 / 那天 / 沒有回來過
5. 我 / 看完醫生 / 好多了

挑戰二

請根據範例造句。

例：倒油 → 放蛋 → 放鹽 →放胡椒

→ 先倒油，再放蛋，然後再放鹽，最後再放胡椒。

1. 煮飯 → 炒菜
2. 洗澡 → 刷牙 → 睡覺
3. 掃地 → 拖地 → 洗碗
4. 買肉 → 買蘿蔔 → 買蝦仁 → 買火腿
5. 去市場 → 去銀行 → 去郵局 → 去學校

挑戰三

請根據範例造句。

例：炒太久 → 菜會燒焦

→ 不要炒太久，不然的話菜會燒焦。=不要炒太久，炒太久的話菜會燒焦。

1. 說太大聲 → 被別人聽到 ____ = ____
2. 走太遠 → 你迷路 ____ = ____
3. 穿太少 → 你感冒 ____ = ____
4. 太甜 → 客人會不喜歡 ____ = ____
5. 加太多辣椒 → 我會吃不下____ =____

LESSON

8

挑戰四

請根據範例造句。

例：美美討厭動物，不管是狗鳥貓她都不喜歡。

→ 美美討厭動物，不管是貓啊，狗啊，鳥啊，她都不喜歡。

1. 小紅喜歡海鮮不管是魚、蝦子、螃蟹，她都喜歡。
2. 他常常跟我說一些他在英國、法國、德國看到的事。
3. 千千愛漂亮，鞋子、衣服、耳環、都是她的最愛。
4. 嘉立喜歡吃水果，不管是蘋果、橘子、草莓、他都喜歡。
5. 子軒喜歡運動，不管是籃球、棒球、網球、他都打得很好

挑戰五

請根據範例造句。

例：你 / 穿 / 會不會太大

→ 你穿看看會不會太大。= 你穿穿看會不會太大。

1. 我 / 問 / 有沒有牛奶 ___ = ___
2. 你 / 說 / 對不對 ___ = ___
3. 我 / 聽 / 她說什麼 ___ = ___
4. 你 / 喝 / 會不會太甜 ___ = ___
5. 我 / 想 / 要怎麼說 ___ = ___

挑戰六

請根據範例造句。

例：打球 → 打個球

1. 上廁所 ________________
2. 打招呼 ________________
3. 吃飯 ________________
4. 睡覺 ________________
5. 搭公車 ________________

挑戰七

請根據範例造句。

例：我炒一炒蔬菜

→ 我把蔬菜炒一炒

1. 爸爸喝光了啤酒
2. 我切一切水果
3. 貓吃了魚
4. 我不打開窗戶
5. 媽媽沒關音樂

挑戰八

請你教同學做一道你最愛吃的家鄉菜

食譜: ______

【材料】

______

______

______

______

【作法】

1. ______
2. ______
3. ______
4. ______

聽力練習
tīnglì liànxí

子芸想去印度玩，她打電話給千千，她去過印度。

問她應該怎麼辦簽證（visa）。

請根據對話依序填上1-6。

◯ 準備錢

◯ 搭公車611到印度－台北協會（INDIA-TAIPEI ASSOCIATION）

◯ 訂機票

◯ 2-3天以後，到印度－台北協會拿簽證

◯ 照相

◯ 把身分證拿去影印

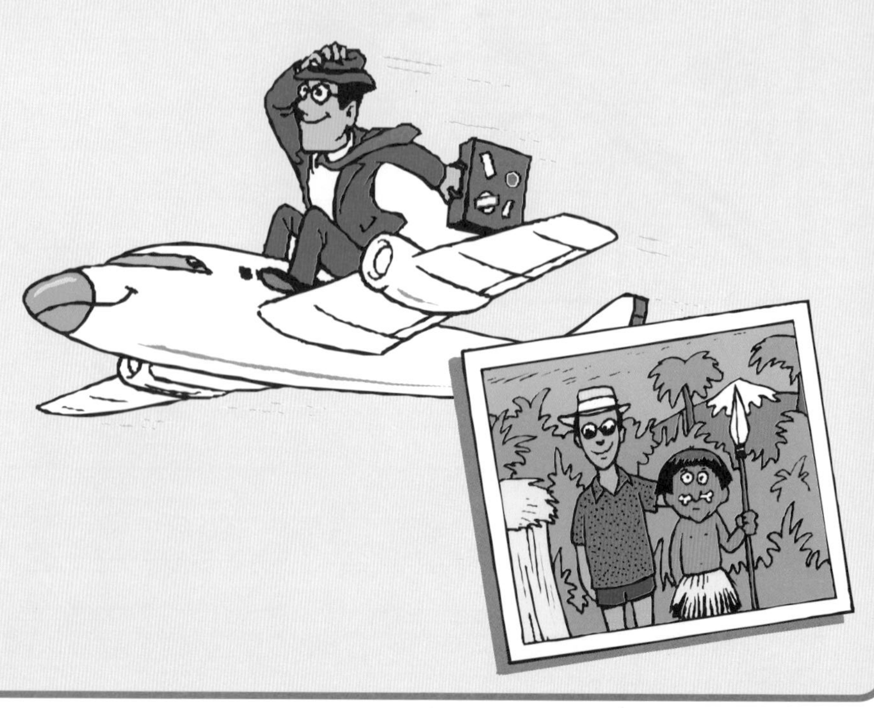

MEMO

LESSON 9

第九課 看電影

dì jiǔ kè kàn diànyǐng

對話
duìhuà

自從上次吃完飯後，子芸和森川就變[1]成了好朋友。子芸怕[2]森川
ˋ ˊ ˋ ˋ — ˊ ˋ ˋ   ˇ ˊ ˋ — — biàn ˊ ˙ ˇ ˊ ˇ   ˇ ˊ pà — —

剛來台灣還[3]不適應[4]，會無聊[5]，所以有時[6]會帶[7]他出去[8]走走，
— ˊ ˊ — hái ˊ shìyìng   ˋ wúliáo   ˇ ˇ yǒushí ˋ dài — chūqù ˇ ˇ

參加[9]一些活動[10]。這個星期六，她決定邀[11]森川去看電影[12]。
cānjiā ˋ — huódòng   ˋ ˙ — ˊ ˋ   — ˊ ˋ yāo — — ˋ ˋ ˋ ˇ

（在餐廳，子芸和森川一邊[13]吃飯，一邊討論[14]等一下[15]要看
ˋ — —   ˇ ˊ ˋ — — yìbiān — ˋ   yìbiān tǎolùn děngyíxià ˋ ˋ

哪部[16]電影）
ˇ bù ˋ ˇ

森川：看「007」怎麼樣？聽說這一次不只**故事**[17]很**精采**[18]，
ˋ ˊ ˊ ˊ ˇ ˙ ˋ ─ ─ ˋ ˊ ˋ ˋ ˇ gùshì ˇ jīngcǎi

女**主角**[19]也很漂亮，而且還**得**[20]了不少**獎**。
ˇ zhǔjiǎo ˇ ˇ ˋ ˋ ˊ ˇ ˊ dé ˙ ˋ ˇ jiǎng

子芸：不要啦，我不喜歡**打**[21]打**殺**[22]殺的**片子**[23]。
ˊ ˋ ˙ ˇ ˋ ˇ ─ dǎ ˇ shā ─ ˙ piàn·zi

森川：那去看「**電車**[24]」**最近**[25]**一直**[26]在**廣告**[27]的日本**鬼片**[28]。
ˋ ˋ ˋ diànchē zuìjìn yìzhí ˋ guǎnggào ˙ ˋ ˇ guǐ piàn

演[29]女鬼的**演員**[30]也很漂亮。
yǎn ˇ ˇ ˙ yǎnyuán ˇ ˇ ˋ ˋ

小辭典

1 變 to become
2 怕 to worry
3 還 still, yet / even more
4 適應 to adapt, to get with it
5 無聊 to be bored, boring
6 有時 sometimes, at times
7 帶 to carry, take
8 出去 to go out, to get out,to exit
9 參加 to take part in
10 活動 activity
11 邀 to invite
12 電影 movie
13 一邊……一邊 while, at the same time
14 討論 to discuss, talk about / discussion, talking
15 等一下 later / wait for a minute
16 部 measure for dramas, TV series and films
17 故事 story
18 精采 to be splendid
19 主角 leading role
20 得獎 to win a prize
21 打 to beat, fight
22 殺 to kill
23 片子 film, video
24 電車 tram
25 最近 recently
26 一直 all the time
27 廣告 advertisement
28 鬼片 ghost film
29 演 to act
30 演員 actor, actress

LESSON

9

子芸：你就只知道漂亮的女演員。我[31]**比較**[32]**膽小**，看[33]**恐怖片** 晚上
ˇ ˋ ˇ ˉ ˋ ˋ ˋ · ˇ ˇ ˊ ˇ bǐjiào dǎnxiǎo ˋ kǒngbù piàn ˇ ˋ

會[34]**作惡夢**。花錢自己[35]**嚇**自己，太[36]**划不來**了。
ˋ zuò èmèng ˉ ˊ ˋ ˇ xià ˋ ˇ ˋ huá bù lái ·

森川：我知道了，「[37]**單身**[38]**日記**」怎麼樣？[39]**愛情**[40]**喜劇片**，[41]**雜誌**上
ˇ ˉ ˋ · dānshēn rìjì ˇ · ˋ aìqíng xǐjù piàn zázhì ˋ

的[42]**影評** 說[43]**內容** 很[44]**有趣**。一個墨西哥[45]**導演** [46]**拍**的。
· yǐngpíng ˉ nèiróng ˇ yǒuqù ˊ · ˋ ˉ ˉ dǎoyǎn pāi ·

子芸：阿！我知道那部片！我很喜歡那個導演，[47]**只要**是他的
· ˇ ˉ ˋ ˋ ˋ ˋ ˇ ˇ ˇ ˉ ˋ · ˇ ˇ zhǐyào ˋ ˉ ·

[48]**作品**我都看過！
zuòpǐn ˇ ˉ ˋ ˋ

森川：我也很喜歡他，[49]**特別**是他的「[50]**命運**之歌」，[51]**劇情**又[52]**幽默**
ˇ ˇ ˇ ˇ ˉ ˉ tèbié ˋ ˉ · mìngyùn ˉ ˉ jùqíng ˋ yōumò

又[53]**諷刺**。他的電影有一種很特別的[54]**風格**。
ˋ fèngcì ˉ · ˋ ˇ ˇ ˋ ˇ ˇ ˋ ˊ · fēnggé

小辭典

31 比較 relatively, rather
32 膽小 to be timid
33 恐怖片 scary movie, horror movie
34 作惡夢 to have a nightmare
35 嚇 to scare
36 划不來 not worthwhile
37 單身 to be single
38 日記 diary
39 愛情 love
40 喜劇片 comedy
41 雜誌 magazine
42 影評 film review
43 內容 content
44 有趣 to be interesting, amused
45 導演 director; direct
46 拍 to record
47 只要 as long as, on condition of
48 作品 work
49 特別 to be special
50 命運 destiny
51 劇情 the story or plot of a play
52 幽默 humor
53 諷刺 to be satirized
54 風格 style

子芸：「命運之歌」真的很棒，可是我更愛「回家」。那是他
ˋ ˋ — — — ˙ ˇ ˋ ˇ ˋ ˇ ˋ ˋ ˊ — ˋ ˋ —

55 **唯一**的56 **紀錄片**，非常57 **感人**。
wéiyī ˙ jìlù piàn — ˊ gǎnrén

森川：真的嗎？我下次去58 **找** 來看。
— ˙ — ˇ ˋ ˋ ˋ zhǎo ˊ ˋ

子芸：看不出來你是會看59 **冷門** 電影的人，我還60 **以為**你只喜歡
ˋ ˋ — ˊ ˇ ˋ ˋ ˋ lěngmén ˋ ˇ ˙ ˊ ˇ ˊ yǐwéi ˇ ˇ ˇ —

61 **刺激** 62 **好玩** 的 63 **動作 片** 或恐怖片。
cìjī hǎowán ˙ dòngzuò piàn ˋ ˇ ˋ ˋ

森川：你64 **誤會**我了，我65 **品味**可是很好的。電影的66 **內涵**很重要。
ˇ wùhuì ˇ ˙ ˇ pǐnwèi ˇ ˋ ˇ ˇ ˙ ˋ ˇ ˙ nèihán ˇ ˋ ˋ

子芸：太好了，67 **反正** 68 **好萊塢**片也看69 **膩**了，這次就來點70 **新鮮**
ˋ ˇ ˙ fǎnzhèng hǎoláiwù ˋ ˇ ˋ nì ˙ ˋ ˋ ˋ ˊ ˇ xīnxiān

的吧！啊，六點四十三分了！我們快去買71 **票**吧，
˙ ˙ ˙ ˋ ˇ ˋ ˊ — — ˙ ˇ ˙ ˋ ˋ ˇ piào ˙

不然到時候就只能看72 **午夜場** 了！
ˋ ˊ ˋ ˊ ˋ ˋ ˇ ˊ ˋ wǔyèchǎng ˙

55 唯一 only
56 紀錄片 documentary
57 感人 to be touching
58 找 to search, look for
59 冷門 to be unpopular
60 以為 to suppose
61 刺激 to be excited
62 好玩 to be amused
63 動作片 action
64 誤會 to misunderstand; misunderstanding
65 品味 taste
66 內涵 cultivation thoughtfulness
67 反正 anyway
68 好萊塢 Hollywood
69 膩 to be bored with, to be tired of
70 新鮮 to be fresh, new
71 票 ticket
72 午夜場 late show in theater

nǐ bù kěyǐ bù zhīdào

2006台北電影節

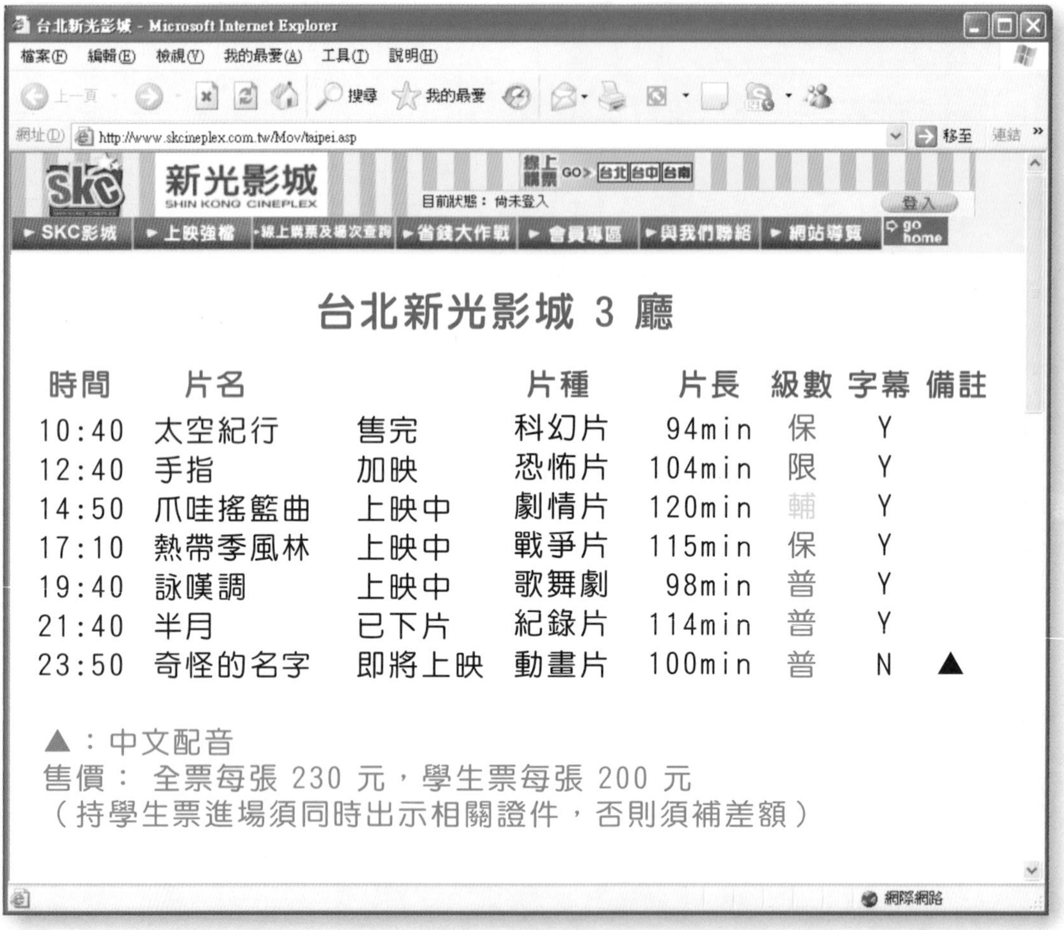

台北新光影城 - Microsoft Internet Explorer

檔案(F) 編輯(E) 檢視(V) 我的最愛(A) 工具(T) 說明(H)

網址(D) http://www.skcineplex.com.tw/Mov/taipei.asp

新光影城 SHIN KONG CINEPLEX

目前狀態：尚未登入

SKC影城 ｜ 上映強檔 ｜ 線上購票及場次查詢 ｜ 省錢大作戰 ｜ 會員專區 ｜ 與我們聯絡 ｜ 網站導覽 ｜ go home

台北新光影城 3 廳

時間	片名		片種	片長	級數	字幕	備註
10:40	太空紀行	售完	科幻片	94min	保	Y	
12:40	手指	加映	恐怖片	104min	限	Y	
14:50	爪哇搖籃曲	上映中	劇情片	120min	輔	Y	
17:10	熱帶季風林	上映中	戰爭片	115min	保	Y	
19:40	詠嘆調	上映中	歌舞劇	98min	普	Y	
21:40	半月	已下片	紀錄片	114min	普	Y	
23:50	奇怪的名字	即將上映	動畫片	100min	普	N	▲

▲：中文配音

售價： 全票每張 230 元，學生票每張 200 元

（持學生票進場須同時出示相關證件，否則須補差額）

影片類型（movie types）

恐怖片 scary movie, horror movie
kǒngbù piàn

劇情片 drama
jùqíng piàn

喜劇片 comedy
xǐjù piàn

悲劇 tragedy
bēijù

科幻片 sci-fi movie
kēhuàn piàn

動作片 action movie
dòngzuò piàn

戰爭片 war
zhànzhēng piàn

紀錄片 documentary
jìlù piàn

動畫片 animation
dònghuà piàn

卡通 animation
kǎtōng

歌舞劇 musical
gēwǔjù

影集 series
yǐngjí

關於電影 (about movie)

影展 film festival
yǐngzhǎn

配角 supporting role
pèijiǎo

影評人 film reviewer
yǐngpíng rén

影迷 movie fan
yǐngmí

配音 dub
pèiyīn

字幕 subtitle
zìmù

預告片 trailer
yùgào piàn

上映 now playing/ now showing
shàngyìng

即將上映 coming soon
jíjiāng shàngyìng

下片 off
xiàpiàn

票房很好 / 很差 sells well/ bad
piàofáng hěnhǎo / hěnchā

二輪電影院 secondrun cinema
èrlún diànyǐngyuàn

錄影帶店 video shop
lùyǐngdài diàn

場次 (runtime)
chǎngcì

早場 morning show
zǎo chǎng

晚場 evening show
wǎn chǎng

午夜場 late show
wǔyè chǎng

買票 (to buy ticket)

售票處 ticket office
shòu piào chù

全票 adult ticket
quán piào

半票 children ticket
bàn piào

學生票 student ticket
xuéshēng piào

jùxíng yǎnliàn

一邊……，一邊……（= 一面……，一面……）
（= 邊……，邊……）
while,at the same time

我	一邊	吃飯	一邊	看電視
他	一面	洗澡	一面	唱歌
媽媽	邊	講電話	邊	笑

LESSON 9

A不只A，還B not only A but also B

這家店的東西	不只	很精緻，	還	很便宜。
這本書		很厚		很難懂。
今天的天氣		很冷，		下雨。

比較 / 更

To compare the degrees of more than two things, you can use 比較 and 更. However, the two words are used in different situations. Compare the following pairs:

（其他的花不怎麼漂亮，）這朵花比較漂亮。
（其他的花也很漂亮，）這朵花更漂亮。
（昨天不怎麼冷，）今天比較冷。
（昨天也很冷，）今天更冷。
（小王的個性還可以，）老李的個性比較壞。
（小王的個性不好，）老李的個性更壞。

Also, 比較is often used to talk in a tactful way.

只要……就/都

Use"只要......就 / 都"to talk about something under conditions.

只要	是	媽媽作的菜，	我	都	喜歡吃。
		這個導演拍的電影，	他		看。
		我知道，	我	就	告訴你。
		小英喜歡，	子羽		買給她。

是……的

Use'是 ......的' to express/ explain one's idea, opinion or attitude. The word after '是'is the point of the sentence. You can even add "可"to emphasize the point more.

你的品味怎麼樣？/ 我品味（可）是很好的。
這部電影是誰演的？/ 這部電影（可）是成龍演的。(不是別人演的)
你是什麼時候知道這件事的？/ 我是昨天知道這件事的。(不是今天不是昨天)

換我試試看
huàn wǒ shìshì kàn

挑戰一

請根據範例造句。

例：我吃飯 + 看電視

→ 我一邊吃飯一邊看電視

1. 我讀書 + 聽音樂
2. 小明打球 + 大叫
3. 媽媽煮湯 + 切菜
4. 她寫日記 + 笑
5. 子芸看電影 + 哭

挑戰二

請根據範例造句。

例：這一次的故事很精采 + 得了不少獎 。

→這一次不只故事很精采，還得了不少獎。

1. 這個歌手 ： 長得漂亮 + 很有氣質
2. 這個籃球選手 ： 跑得快 + 跳得高
3. 這部片 ： 演員好 + 很有內涵
4. 艾婕 ： 會說中文 + 會說英文
5. 子維 ： 喜歡爬山 + 騎腳踏車

LESSON 9

看圖造句。

今天 9月25 20°C
昨天 9月24 22°C

昨天 2月13 0°C
今天 2月14 -5°C

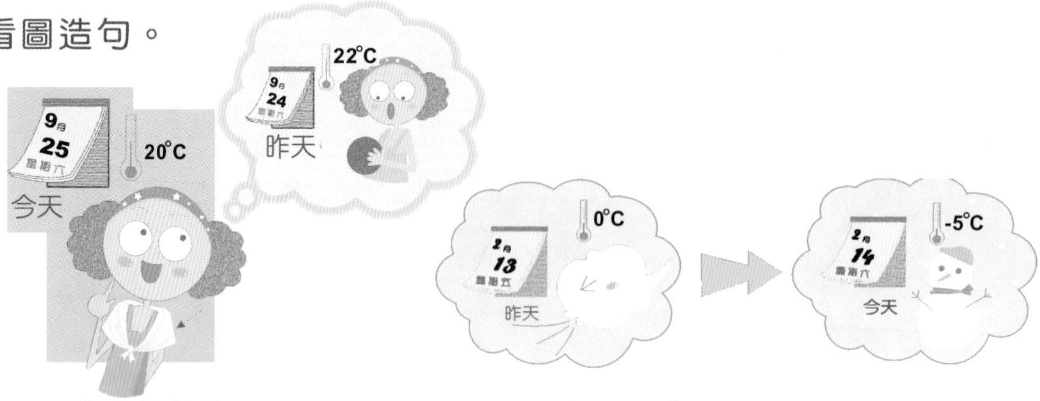

例：今天比較冷。　　今天更冷。

1. 30公分　5公分　200公分　100公分

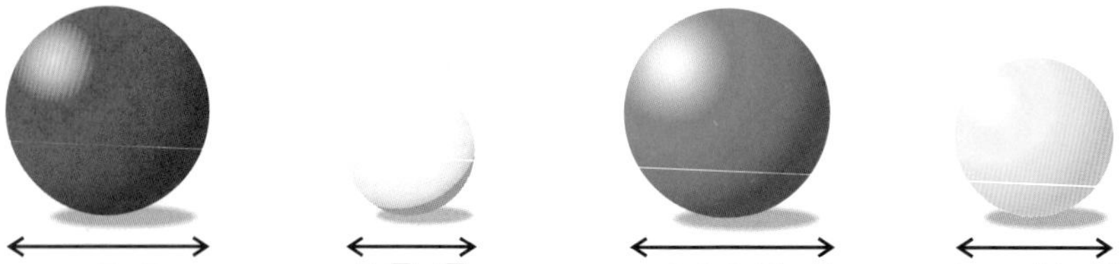

2. 普通房子　巴黎鐵塔　巴黎鐵塔　美國帝國大廈

3. $100　$500　$10000　$50000

挑戰四

請根據範例造句。

例：那個導演拍的電影 / 他 / 看

→ 只要是那個導演拍的電影，他都看。

1. 小英給的東西 / 小狗 / 吃
2. 老師上課說過的 / 我們 / 記下來
3. 你敢說 / 我 / 敢做
4. 看到書 / 他 / 想買
5. 公司放假 / 爸爸 / 帶我們出去玩

挑戰五

請根據範例造句。

例：我買這本書。

→誰買這本書的？

→ 是我買這本書的。

1. 爸爸把啤酒喝光了。
2. 艾婕在台灣學中文。
3. 這臺電腦在台灣製造。
4. 這個演員很有名。
5. 這部電影得過很多獎。

LESSON 9

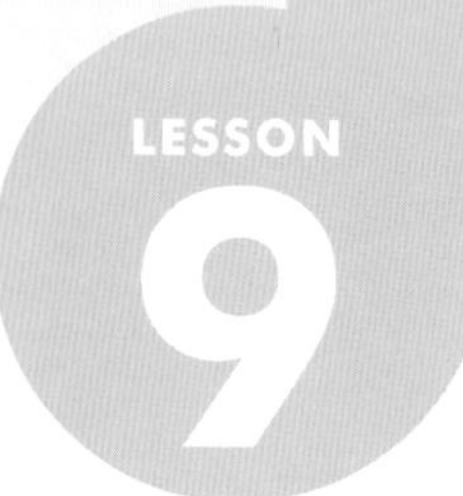

台北新光影城 - Microsoft Internet Explorer
http://www.skcineplex.com.tw/Mov/taipei.asp
新光影城
SHIN KONG CINEPLEX
SKC影城
上映強檔
線上購票及場次查詢
省錢大作戰
會員專區
與我們聯絡
網站導覽

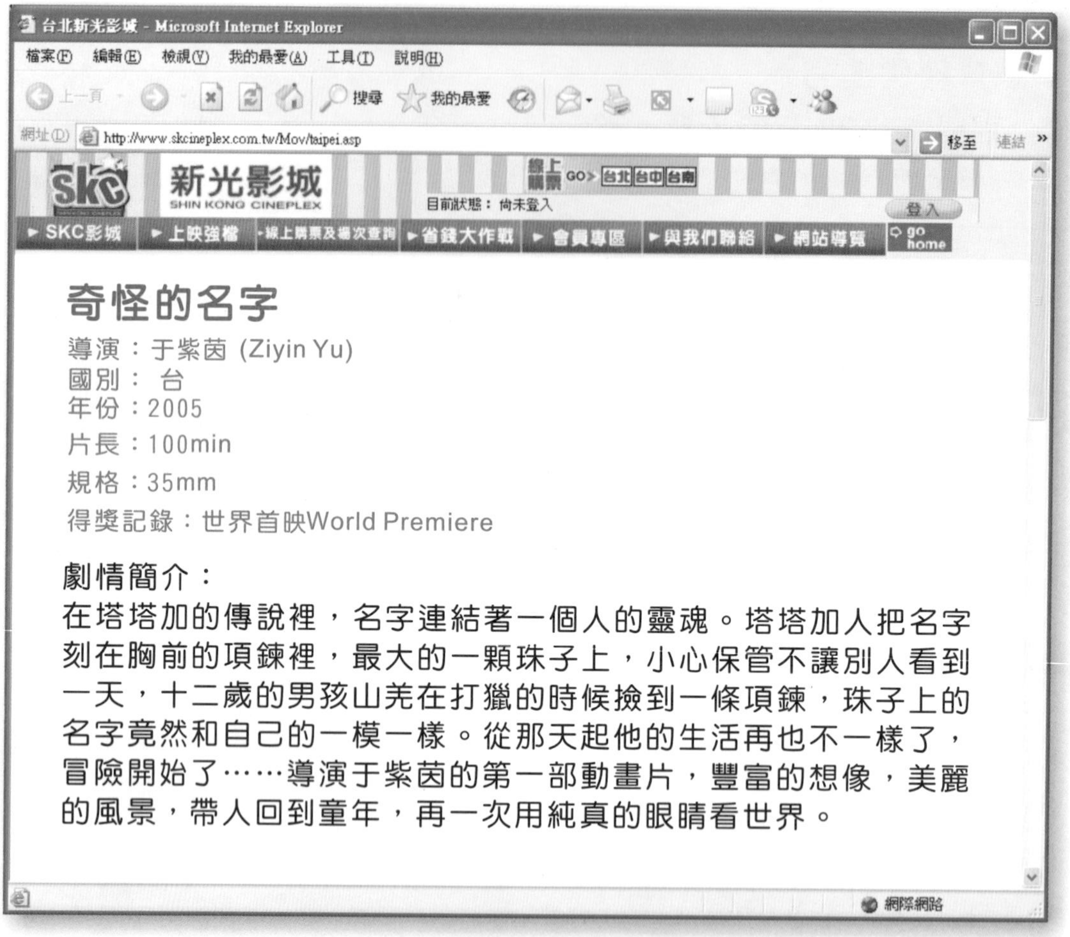

奇怪的名字

導演：于紫茵 (Ziyin Yu)
國別： 台
年份：2005
片長：100min
規格：35mm
得獎記錄：世界首映World Premiere

劇情簡介：

在塔塔加的傳說裡，名字連結著一個人的靈魂。塔塔加人把名字刻在胸前的項鍊裡，最大的一顆珠子上，小心保管不讓別人看到一天，十二歲的男孩山羌在打獵的時候撿到一條項鍊，珠子上的名字竟然和自己的一模一樣。從那天起他的生活再也不一樣了，冒險開始了……導演于紫茵的第一部動畫片，豐富的想像，美麗的風景，帶人回到童年，再一次用純真的眼睛看世界。

傳說 legend chuánshuō	珠子 bead zhū·zi	一模一樣 completely identical yìmóyíyàng
連結 to link liánjié	保管 to safekeep bǎoguǎn	冒險 adventure màoxiǎn
靈魂 soul,spirit línghún	山羌 Formosan Muntjac shānqiāng	想像 imagination xiǎngxiàng
胸 chest xiōng	打獵 to hunt dǎliè	童年 childhood tóngnián
項鍊 necklace xiàngliàn	撿 to pick up jiǎn	純真 to be pured chúnzhēn

聽力練習
tīnglì liànxí

請根據對話找到適合的海報，並填上數字。

1. (　　　　　　)

2. (　　　　　　)

3. (　　　　　　)

4. (　　　　　　)

MEMO

MEMO

LESSON 10

第十課 看醫生

dì shí kè kàn yīshēng

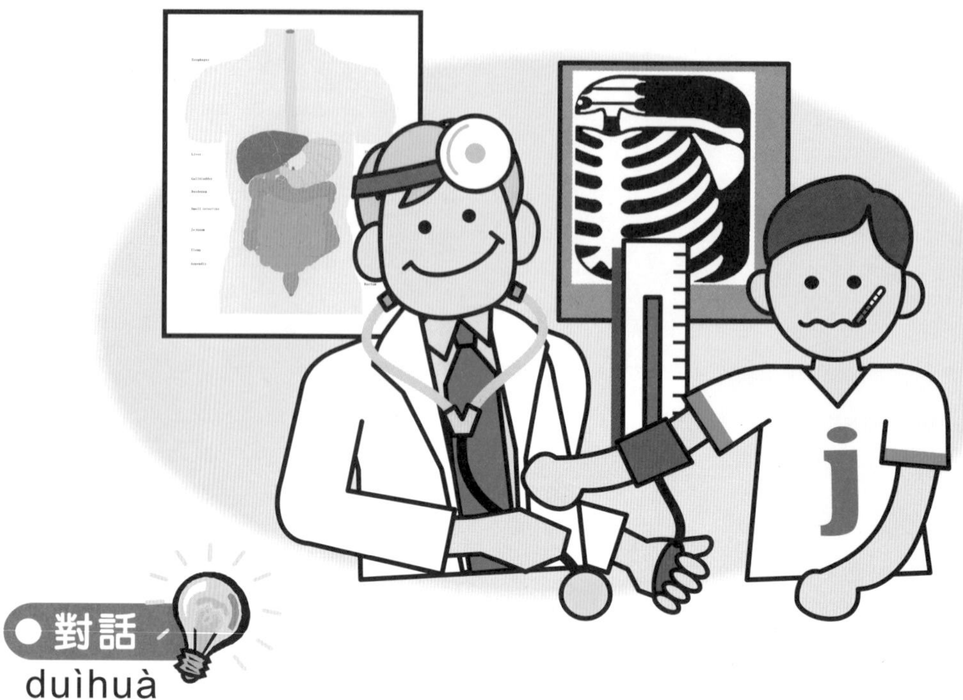

對話
duìhuà

森川　來台北兩個月了，台北[1]冬天的[2]天氣不太[3]穩定，常常
— — ˊ ˊ ˇ ˇ • ˋ • ˊ ˇ dōngtiān • tiānqì ˊ ˋ wěndìng ˊ ˊ

[4]一下冷，一下熱。上星期五他[5]下班回家時，[6]突然覺得[7]身體
yíxià ˇ yíxià ˋ ˋ — ˊ ˇ — xiàbān ˊ — ˊ túrán jué·de shēntǐ

不大[8]舒服，[9]休息了幾天都沒有好，[10]便決定去看[11]醫生。
ˊ ˋ shūfú xiūxí • ˇ — — ˊ ˇ ˇ biàn ˊ ˋ ˋ ˋ yīshēng

（在[12]診所[13]櫃檯）
ˋ zhěnsuǒ guìtái

森川：你好，我想[14]掛號。
ˇ ˇ ˇ ˇ guàhào

[15]護士：您是[16]初診嗎？
hùshì ˊ ˋ chūzhěn •

森川：對。
ˋ

護士：好的。請[17]填一下這張[18]病歷表，有[19]健保卡嗎？
ˇ • ˇ tián ˊ ˋ ˋ — bìnglì biǎo ˇ jiànbǎokǎ •

森川：有的。

護士：掛號**費**[20]是一百五十元。請到那邊**稍**[21]**等**一下，到你的時候會**叫**[22]你。

森川：好。謝謝。

（**診療室**[23]裡）

醫生：森川晴史……你是日本人呀！剛來台灣嗎？

森川：嗯，剛來沒多久，可能還不習慣台灣的天氣，所以感冒了。

醫生：有哪些**症狀**[24]？

森川：我**頭暈**[25]、沒有**食慾**[26]、覺得很累，整天都只想睡覺。

小辭典

1 冬天 winter
2 天氣 weather
3 穩定 to be stable
4 一下 in a short while
5 下班 after working
6 突然 suddenly
7 身體 body
8 舒服 to be comfortable
9 休息 to rest
10 便 an auxiliary confirming and stressing the verb following
11 醫生 doctor
12 診所 clinic
13 櫃檯 desk
14 掛號 to register
15 護士 nurse
16 初診 the first time to diagnose
17 填 to fill
18 病歷表 case history
19 健保卡 card of health insurence
20 費 fee
21 稍等 to wait for a minute
22 叫 to call
23 診療室 consulting room
24 症狀 symptom
25 頭暈 to feel dizzy
26 食慾 appetite

LESSON 10

醫生：有沒有**發燒**[27]、**咳嗽**[28]、**鼻塞**[29]、流**鼻涕**[30]或**鼻水**[31]？
ˇ ˊ ˇ fāshāo késòu bísāi liú bítì ˋ bíshuǐ

森川：什麼是鼻塞？
ˊ ˙ ˋ ˊ ˉ

醫生：鼻塞就是**鼻子**[32]**塞**[33]住，沒**辦法**[34] **正常**[35] **呼吸**[36]。
ˊ ˉ ˋ ˋ bí·zi sāi ˋ ˊ bànfǎ zhèngcháng hūxī

森川：有鼻涕，沒有發燒。咳嗽**倒**[37]還好，
ˇ ˊ ˋ ˊ ˇ ˉ ˉ ˊ ˋ dào ˊ ˇ

只是有時**喉嚨**[38] 會**癢**[39] 癢的。
ˇ ˋ ˇ ˊ hóulóng ˋ yǎng ˇ ˙

醫生：我看看，**吸氣**[40]……**吐氣**[41]……很好，轉過來，吸……吐
ˇ ˋ ˋ xīqì tǔqì ˇ ˇ ˇ ˋ ˊ ˉ ˇ

……好，**嘴巴**[42] **張開**[43]，啊……好了。
ˇ zuǐ·ba zhāngkāi ˙ ˇ ˙

森川：我的**狀況**[44] 還好嗎？
ˇ ˙ zhuàngkuàng ˊ ˇ ˙

醫生：還不錯，只是**輕微**[45] 的**流行性** **感冒**[46]，沒有**發炎**[47]的症狀。
ˊ ˊ ˋ ˇ ˋ qīngwéi ˙ liúxíngxìng gǎnmào ˊ ˇ fāyán ˙ ˋ ˋ

休息幾天就會好了。
ˉ ˊ ˇ ˉ ˋ ˋ ˇ ˙

27 發燒 fever / to fever
28 咳嗽 cough / to cough
29 鼻塞 to have a stuffy nose
30 鼻涕 nasal mucus, snot
31 鼻水 to have a runny nose
32 鼻子 nose
33 塞 to stuff
34 辦法 way
35 正常 to be normal
36 呼吸 to breath
37 倒 on the contrary
38 喉嚨 throat
39 癢 to be itched
40 吸氣 to breath in
41 吐氣 to breath out
42 嘴巴 / 嘴 mouth
43 張開 to open
44 狀況 condition
45 輕微 to be slight
46 流行性感冒 flu, influenza
47 發炎 inflammation, irritation

記得多喝熱開水，不要吃**冰**[48]的東西，也不要吃**羊肉**[49] 和**橘子**[50]。
ˋ • — — ˋ — ˇ ˊ ˋ — bīng • — — ˇ ˋ ˋ — yángròu ˋ jú·zi

森川：為什麼不要吃羊肉和橘子？
ˋ ˊ • ˊ ˋ — ˊ ˋ ˋ ˊ •

醫生：哦，這跟**中醫**[51]有**關**[52]，**根據**[53]中醫**理論**[54]，吃橘子咳嗽會**加重**[55]；
• ˋ —zhōngyī ˇ guān gēnjù — — lǐlùn — ˊ • ˊ ˋ ˋjiāzhòng

吃羊肉也會加重**病情**[56]。來，這是你的**處方**[57]，到**藥局**[58]去**領**[59]藥吧！
— ˊ ˋ ˇ ˋ — ˋ bìngqíng ˊ ˋ ˋ ˇ • chǔfāng ˋ yàojú ˋ lǐngyào •

（藥局裡）
ˋ ˊ ˇ

森川：小姐你好，我想**拿**[60]藥。
ˇ ˇ ˇ ˇ ˇ ˇ ná ˋ

小姐：好的……這是你的藥，白包三餐飯後吃，綠包睡前吃。
ˇ • ˋ ˋ ˇ • ˋ ˊ — — — ˋ ˋ — ˋ — ˋ ˊ —

紅色的這包是**退燒**[61]藥。
ˊ ˋ • ˋ — ˋ tuìshāoyào

森川：會有**副作用**[62]嗎？我還**得**[63]工作。
ˋ ˇ fùzuòyòng • ˇ ˊ děi — ˋ

小姐：只有綠包吃了會想睡覺，**放心**[64]吧！
ˇ ˇ ˋ — — • ˋ ˇ ˋ ˋ fàngxīn •

森川：好的。謝謝！
ˇ • ˋ •

小辭典

48 冰 to be iced
49 羊肉 mutton
50 橘子 orange
51 中醫 Chinese medicine
52 關 to be related
53 根據 according to
54 理論 theory
55 加重 to become more serious
56 病情 patient's condition
57 處方 prescription
58 藥局 pharmacy
59 領 to get, recive
60 拿 to take
61 退燒 to bring down a fever
62 副作用 side effect
63 得 must, have to
64 放心 to take one's ease

LESSON 10

你不可以不知道

nǐ bù kěyǐ bù zhīdào

臉部圖

身體圖

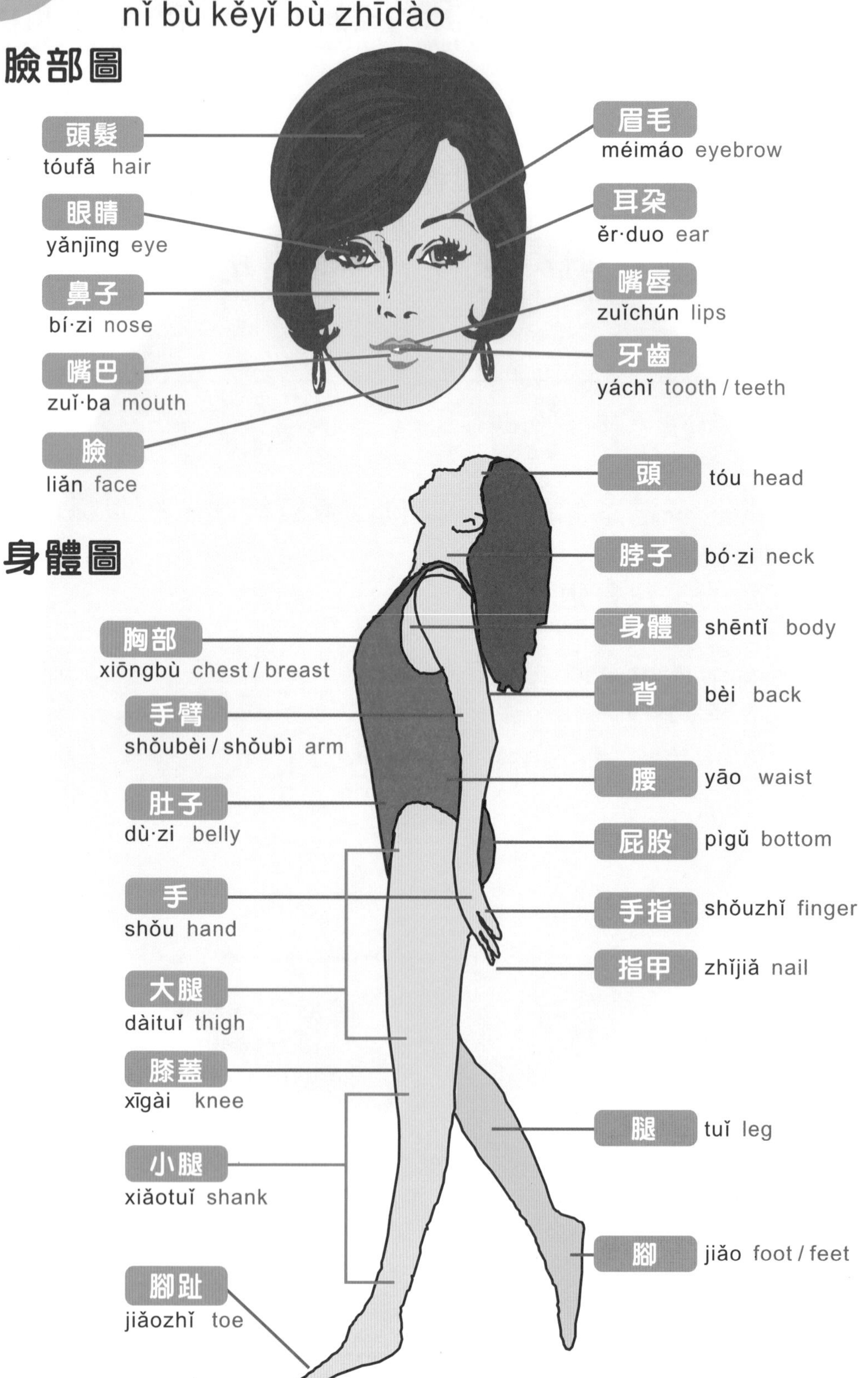

健康檢查表

學生健康檢查項目表
ITEMS REQUIRED FOR HEALTH CERTIFICATE

(照片)

基本資料
BASIC DATA

姓名(Name) ____________
xìngmíng
身分證字號(ID No.) ____________
shēnfènzhèng zìhào
出生年月日(Date of Birth) ____/____/____
chūshēng nián yuè rì
護照號碼(Passport No.) ____________
hùzhào hàomǎ
國籍(Nationality) ____________
guójí

性別(Sex) □男 □女
xìngbié
年齡(Age) ________ 歲
niánlíng
身高(Height) ________ 公分
shēngāo
體重(Weight) ________ 公斤
tǐzhòng
血型 (Blood type) ______ 型
xiěxíng

病 史
MEDICAL HISTORY

您有沒有過下列疾病：(Have you ever had of the following diseases)
nín yǒuméiyǒu guò xiàliè jíbìng

□ 心臟病 (Heart disease)
xīnzàngbìng
□ 高血壓 (Hypertension)
gāoxiěyā
□ 肺病 (Lung disease)
fèi
□ 肝病 (Liver disease)
gān
□ 腎臟病 (Kidney disease)
shènzàng
□ 胃病 (Stomach disease)
wèi
□ 皮膚病 (Skin disease)
pífū

□ 近視 (Nearsightedness)
jìnshì
□ 手術 (Surgury) ○動過 ____次手術
shǒushù 哪裡：____________
○沒有
□ 過敏 (Allergy) ○有，對 ________ 過敏
guòmǐn ○沒有
□ 耳聾 (Deaf)
ěrlóng
□ 啞 (Mute)
yǎ
□ 蛀牙 (Decayed tooth) ○有，________ 顆
zhùyá ○沒有
□ 其他 (Other) ____________

LESSON 10

我肚子/牙齒/胃……痛。

哪裡不舒服?
哪裡痛?

痠痛 suān tòng
muscular pains

頭暈 tóuyūn
to feel dizzy

吐 tù
to vomit, to throw up

昏倒 hūndǎo
to faint

拉肚子 lādù·zi
to have loose bowels

受傷 shòushāng
to injured, to hurt

流血 liúxiě
to bleed

病情有點嚴重，
你可能必須……

打針 dǎzhēn
to make an injection

打點滴 dǎdiǎndī
to get the IV,
intravenous injection

住院 zhùyuàn
to be hospitalized

句型演練
jùxíng yǎnliàn

一下……，一下……

Use "一下……一下……"to discribe a form of short action.

台北的冬天天氣不穩定，常常一下冷，一下熱的。

你一下說要去百貨公司，一下要去博物館，你到底要去哪裡？

姊姊結婚時一下要訂飯店，一下要寫邀請卡，把大家都累壞了。

覺

1. jué　to be aware, feel 例：覺得 (to think, to feel) / 發覺(to become aware of)
   我覺得這個想法很好。
   小明上了公車，才發覺自己沒帶錢包。
2. jué　to sense 例：知覺(consciousness) / 味覺 (sense of taste)
   那位小姐在路邊失去知覺昏倒了。
   當廚師必須要有好的味覺。
3. jiào　sleep 例：睡覺(sleep)
   小胖每天什麼都不做，就只睡覺。

(一)整 + measure + N + 都

整

"整"means "whole, complete" , normally followed with a "都" to express the completion.

弟弟一口就把(一)整杯水都喝完了。
今天(一)整天都在下雨。
王太太罵人的聲音，(一)整條街都聽得到。

不用量詞的字:
一整天, 一整年, 一整夜,
一整晚(!一整個晚上!)

倒

Use 倒 to describe a fact which is beyond expectation; sometimes the word 還is added to stress.

咳嗽倒還好，只是有時候喉嚨會癢癢的。
那家小店看起來不怎樣，生意倒還不錯。
艾婕的中文雖然聲調不清楚，發音倒是很好。

SALE

得

1. ·de a particle used after a verb to express possibility or capability
   艾婕寫字寫得很漂亮。
   龍媽講電話講得很開心。
2. dé to get, gain
   這本書得了很多獎。
   老陳得了一種怪病，沒有一個醫生能治得好。
3. děi have to, need, will
   不要太晚睡了，明天還得早起呢！
   我們做老師的，就得好好教學生。

得=必須=應該
děi

換我試試看

huàn wǒ shìshì kàn

挑戰一

照範例重組句子

例:姊姊結婚時/訂飯店/寫邀請卡/把大家都累壞了。

→姊姊結婚時一下要訂飯店,一下要寫邀請卡,把大家都累壞了。

1. 妹妹/哭,/笑,/我都不知道該怎麼辦了。
2. 中秋節的時候,/我們/吃柚子,/放煙火,/好不熱鬧。
3. 爸爸/擦窗戶,/洗碗,從早上忙到下午。
4. 天氣/下雨,/出太陽,/真是奇怪。
5. 他/要開會,/要送貨,/真是忙。

挑戰二

短文填空

覺得　知覺　發覺　聽覺　睡覺

中國人說人的身體裡面有三個靈魂,七個「魄」。有時晚上___的時候,人的魂魄會偷偷的從身體裡跑出來。中國人把這種現象叫做「靈魂出竅」。靈魂出竅的時候,人的身體是沒有___的,但是視覺、___、觸覺等等都還在。所以靈魂的主人往往沒有___自己靈魂出竅了。所以,下次你若睡完覺了還是___身體很累,小心,說不定你的魂魄剛剛跑出去玩了呢!

挑戰三

請把下列句子改為「(一)整 + measure + N + 都」的形式。

例:弟弟一口就把水喝完了。

→弟弟一口就把(一)整杯水都喝完了。

1. 長假的時候,高速公路上都是車。
2. 房間有一股燒焦的味道。
3. 龍爸把蘋果吃光了。
4. 我的心屬於他。
5. 你可以一天不上網嗎?

挑戰四

連連看

那家小店看起來不怎樣● ----▶	● 生意倒還不錯。
爺爺雖然老●	● 跑起來倒是很快。
他看起來胖胖的●	● 倒不是因爲他窮，而是因爲他脾氣不好。
大家都說小花很醜●	● 我倒不這麼覺得
颱風來農人叫苦●	● 學生倒是很高興，因爲又可以放假了。
我不讓女兒嫁給他●	● 心倒是很年輕。

挑戰五

請寫出句子中「得」的拼音

1. 十一點了，我得(　　)回家了！
2. 楊小姐的西班牙文說得(　　)很好。
3. 子芸從千千那裡得(　　)到了不少出國玩的資訊。
4. 老陳自從得(　　)了那種怪病，每天都得(　　)到醫院給醫生檢查，累得(　　)他哇哇叫。
5. 人生有失必有得(　　)，想活得(　　)自在，就得(　　)看得(　　)開。

LESSON 10

對話重組
duèhuà chóngzǔ

請依對話順序填上數字。

小豬的牙齒已經痛了一個星期了，連飯都沒有辦法吃。他媽媽帶他去看[1]牙醫。

☐ 醫生：好。這瓶[2]漱口水給你。下個月記得回來[3]複診喔。
☐ 小豬：我的牙齒已經痛一星期了，現在都沒辦法吃飯。
☐ 小豬：我知道了，我以後會多[4]刷牙和做[5]定期檢查的。
☐ 小豬：好的。謝謝醫生！
☐ 醫生：來，我看看。不要怕，嘴巴張開，啊……嗯……
☐ 醫生：你有好幾顆[6]蛀牙，你平常有刷牙的習慣嗎？
☐ 醫生：小朋友哪裡痛呢？
☐ 小豬：我的狀況還可以嗎？
☐ 醫生：這樣不夠，想要有[7]健康的牙齒，每次吃完東西都得刷牙才行。還有，每半年都得定期檢查。不然等牙齒蛀壞了，就得[8]拔牙了。
☐ 小豬：嗯……我每天早上起來都有刷牙。

1. 牙醫 yáyī dentist
2. 漱口水 shùkǒushuǐ mouthwash
3. 複診 fùzhěn subsequent visit
4. 刷牙 shuāyá to brush teeth
5. 定期檢查 dìngqí jiǎnchá regular examination
6. 蛀牙 zhùyá decayed tooth
7. 健康 jiànkāng to be healthy
8. 拔牙 báyá to extract a tooth

小辭典

聽力練習

tīnglì liànxí

請判斷下列陳述是對（○）或錯（×）。

阿里星期三晚上突然肚子痛住院。他的朋友嘉立和子維一起去探望他。

☐ 醫生說阿里可以吃水果，而且要多喝牛奶。
☐ 阿里沒有動手術。
☐ 阿里肚子痛是因為他吃太多了。
☐ 阿里不只肚子痛，還吐和拉肚子。
☐ 阿里是吃海鮮食物中毒的。
☐ 阿里現在狀況好多了，應該下星期就可以出院了。

MEMO

LESSON

11 第十一課 約會

dì shí yī kè yuē huì

對話

duìhuà

[1]**其實**森川一看到子芸，就對她[2]**一見鍾情**。加上跟子芸在一起
qíshí — — ˊ ˋ ˋ ˇ ˊ ˋ ˋ — yíjiàn zhōngqíng — ˋ — ˇ ˊ ˋ ˋ ˇ

工作久了，更對她愈來愈有[3]**好感**。下個星期就是[4]**情人節**了，
— ˋ ˇ ˙ ˋ ˋ — ˋ ˊ ˋ ˇ hǎogǎn ˋ ˙ — ˊ ˋ ˋ qíngrén jié ˙

森川希望能約子芸出去，對她說出心裡的話。為了在那天有
— — — ˋ ˊ — ˇ ˊ — ˋ ˋ — — — — ˇ ˙ ˋ wèi ·le ˋ ˋ — ˇ

最好的表現，森川打電話給他的台灣朋友碧玉[5]**求救**。
ˋ ˇ ˙ ˇ ˋ — — ˇ ˋ ˋ ˇ — ˙ ˊ — ˊ ˇ bìyù qiújiù

碧玉：喂？
ˊ

森川：碧玉嗎？我是森川。那個……我有件事情想[6]**請教**你。
ˋ ˋ ˙ ˇ ˋ — — ˋ ˙ ˇ ˇ ˋ ˋ ˊ ˇ qǐngjiào ˇ

碧玉：怎麼了？[7]**發生**什麼事了嗎？
ˇ ˙ ˙ fāshēng ˊ ˙ ˋ ˙ —

森川：那個……其實是這樣，我喜歡上一個台灣女生，想[8]**趁**
ˋ ˙ ˊ ˊ ˋ ˋ ˋ ˇ ˇ — ˋ ˊ ˙ ˊ — ˇ — ˇ chèn

情人節跟她[9]**告白**，可是我是日本人，不知道有沒有什麼
ˊ ˊ ˊ — — gàobái ˇ ˋ ˇ ˋ ˋ ˇ ˊ ˋ — ˋ ˇ ˊ ˇ ˊ ˙

[10]**禁忌**，所以想[11]**拜託**你給我一點[12]**建議**。
jìnjì ˇ ˇ ˇ bàituō ˇ ˇ ˇ ˋ ˇ jiànyì

碧玉：哈哈哈，我還**以為**[13] (yǐwéi) 是什麼事呢！哪個女生這麼幸運啊？

森川：嗯……是一起**合作**[14] (hézuò) 的**同事**[15] (tóngshì)。

碧玉：是那個你跟我**提**[16] (tí) 過，「又漂亮又聰明笑起來很**迷人**[17] (mírén) 看到她會被電到」的小姐嗎？

森川：我已經很**不好意思**[18] (bùhǎo yì·si) 了，你就別再**鬧**[19] (nào) 我了。對，就是她。

碧玉：好啦，這次就先**饒**[20] (ráo) 你，**咱們**[21] (zán·men) 來**講**[22] (jiǎng) **正經**[23] (zhèngjīng) 的。台灣女生**一般來說**[24] (yìbān láishuō) 比較**害羞**[25] (hàixīu)、**矜持**[26] (jīnchí)，加上你們又是同事，所以追的時候最好**含蓄**[27] (hánxù) 一點，不要太**急**[28] (jí)，不然**弄**[29] (nòng) 得**彼此**[30] (bǐcǐ) **尷尬**[31] (gāngà) 就不好了。

森川：那我該怎麼做？

小辭典

1 其實 actually
2 一見鍾情 to fall in love at the first sight
3 好感 good feeling
4 情人節 St.Valentine's Day
5 求救 to ask for help
6 請教 to ask for advice
7 發生 to happen
8 趁 while
9 告白 to confess,tell something in one's heart
10 禁忌 taboo
11 拜託 to request a favor of
12 建議 advice, suggestion
13 以為 to mistakenly believe
14 合作 cooperation
15 同事 colleague
16 提 to mention
17 迷人 to be charming
18 不好意思 to be embarrassed
19 鬧 to make fun of
20 饒 to forgive
21 咱們 we; let's
22 講 to speak; to tell
23 正經 to be serious
24 一般來說 generally
25 害羞 shy
26 矜持 to be reserved
27 含蓄 to be implicited, veiled
28 急 in a hurry
29 弄 to do, to deal with
30 彼此 each other
31 尷尬 to be embarrassed

LESSON

11

碧玉：要有[32]**紳士** [33]**風度**，[34]**體貼**一點，像幫她拿東西或開門，
shēnshì fēngdù tǐtiē
送一點小禮物也不錯，最好能[35]**逗**她笑。台灣女生
dòu
喜歡溫柔體貼又[36]**幽默**的男人。記得要說些[37]**甜言蜜語**，
yōumò tiányán mìyǔ
可是[38]**千萬** 不要太[39]**肉麻**！
qianwàn ròumá

森川：唉，[40]**如果**我能逗她笑就好了。 還有呢？
rúguǒ

碧玉：[41]**另外**，台灣女生說話不喜歡太[42]**露骨**，她們比較會用[43]**委婉**、
lìngwài lùgǔ wěiwǎn
[44]**暗示**的[45]**方法**說話。而你就得[46]**花**點[47]**心思**去[48]**破解**她們的[49]**密碼**囉！
ànshì fāngfǎ huā xīnsī pòjiě mìmǎ

森川：唔......我會[50]**努力**的。
wú nǔlì

碧玉：放心吧，我[51]**相信** 你不是[52]**不解風情**的[53]**木頭**。來，
xiāngxìn bùjiě fēngqíng mùtóu
我教你幾[54]**招**......
zhāo

（二月十四號晚上，在[55]**居酒屋**）
jūjiǔwū

子芸：剛剛的日本[56]**能劇**真美！你的[57]**解說**好[58]**詳細**，你真的
néngjù jiěshuō xiángxì
是[59]**行家**呢！
hángjiā

森川：哪裡，我要學的還多著呢。你喜歡這裡的菜嗎？

子芸：好[60]**極**了。真[61]**佩服**你，能找到這麼[62]**優雅**又好吃的餐廳。
jí pèifú yōuyǎ

森川：你這樣講我就[63]**鬆一口氣**了，我還怕你吃不慣呢。
sōng yìkǒuqì

子芸：不不，我真的很喜歡。不過……你的臉[64]怎麼這麼紅，不舒服嗎？
（liǎn … hóng）

森川：好像有點熱，妳不覺得嗎？

子芸：今天寒流[65]來耶！日本人果然[66]比較不怕冷。
（hánliú … ·ye … guǒrán）

森川：子芸小姐，我有些話想跟你說。

子芸：呃？子芸小姐？

森川：我……我一直想告訴[67]你，我真的很喜歡……喜歡……喜歡台灣啦。
（gàosù）

小辭典

32 紳士 gentleman
33 風度 manner
34 體貼 considering, understanding
35 如果 if
36 逗 to elicit
37 幽默 humour
38 甜言蜜語 sweet words and honeyed phrases
39 千萬 to be sure to do so
40 肉麻 to be sickeningly disgusting
41 另外 besides, furthermone
42 露骨 to be undisguised,bald
43 委婉 to be tactful, euphemistic
44 暗示 hint
45 方法 way, manner
46 花 spend
47 心思 thought, idea
48 破解 to decipher, decobe
49 密碼 code
50 努力 to make effort
51 相信 to believe
52 不解風情 to be unable to get flirtatious expressions
53 木頭 wood
54 招 means; trick
55 居酒屋 izakaya (small bar of Japanese style)
56 能劇 noh, traditional Japanese musical drama
57 解說 explanation
58 詳細 to be detailed
59 行家 expert
60 極 extremely, very
61 佩服 to admire
62 優雅 to be elegant
63 鬆一口氣 to set one's mind at ease
64 臉紅 to blush
65 寒流 cold current
66 果然 just as expected
67 告訴 to tell

● 你不可以不知道
nǐ bù kěyǐ bù zhīdào

愛情心理測驗

愛情就像糖果，有些酸有些甜，讓人捨不得一口吃掉。你想知道自己的愛情像是哪一種糖果嗎？請從下面選出你現在最想吃的糖果。

Ⓐ巧克力 Ⓑ麥芽糖 Ⓒ喉糖 Ⓓ牛奶糖 Ⓔ薑糖 Ⓕ棉花糖

Ⓐ巧克力 類型 - 浪漫感性

你很浪漫，缺少了愛情，人生好像就沒了意義。巧克力只要愛上一個人，就會完全投入這段感情。敏感而浪漫的你，對有才華的對象，最沒有抵抗力。

Ⓑ麥芽糖 類型 - 愛情高手

你是天生的愛情高手，懂得享受愛情，製造浪漫。麥芽糖可能很黏，也可能很硬，所以對你的伴侶來說，跟你在一起非常刺激，可能幾天前才甜甜蜜蜜跟你一起計畫未來，幾天後你已經不見人影，或態度大變。

Ⓒ喉糖 類型 - 外冷內熱

你很實際，外表冷漠穩重，內心卻是溫柔又感性。不了解你的人，一開始會認為你是不重感情的人。事實上，就是因為你重感情，所以對愛情的態度才會這麼謹慎。你對精心挑選的情人非常堅貞，只要認定了最愛，就會相當投入。

Ⓓ牛奶糖 類型 - 柔情似水

牛奶糖類型的人為愛而活，每件事都以伴侶為優先。在愛情中，你是個小女人/小男人，你很溫柔體貼，大部分的人都為你心動。敏感、愛幻想的你，對別人很包容，也不吝嗇與人分享一切美好的事物。

E 薑糖 類型 - 敢愛敢恨

敢愛敢恨的薑糖有一種特別的魅力，愛情雖不是你生命中的唯一，可是只要談戀愛便會轟轟烈烈，當發現喜歡的目標，就會勇往直前。天生熱情的你，放電與被電都易如反掌。

F 棉花糖 類型 - 冷若冰霜

外表冷漠的棉花糖，通常給人的感覺都是不好接近，性格冷漠。其實你的冷淡來自謹慎，跟人保持距離不過是保護自己而已。當你遇見自己喜歡的人，會對他非常的好，對感情十分忠誠執著。

浪漫 to be romantic
làngmàn

感性 to be sensitive
gǎnxìng

敏感 to be sensitive
mǐngǎn

黏 to be sticky
nián

伴侶 companion
bànlǚ

甜甜蜜蜜 to be sweet together
tiántián mìmì

實際 to be practical
shíjì

冷漠 to be cold and detached
lěngmò

重感情 to take feeling as an important thing
zhòng gǎnqíng

堅貞 to be faithful
jiānzhēn

柔情似水 to be as gentle as water
róuqíng sì shuǐ

小女人 woman who appears dependent and vulnerable
xiǎonǚrén

心動 to be moved mentally
xīndòng

包容 to tolerate, to forgive
bāoróng

魅力 charm
mèilì

談戀愛 to be in love with
tán liànài

轟轟烈烈 on a grand and spectacular scale
hōnghōng lièliè

易如反掌 to be as easy as turning one's own wrist
yì rú fǎnzhǎng

冷若冰霜 to be as cold as ice
lěng ruò bīngshuāng

忠誠 to be loyal, faithful
zhōngchéng

執著 to persist in
zhízhuó

LESSON 11

句型演練
jùxíng yǎnliàn

一……就……
as soon as

我一看到她的人，就決定要娶她做老婆。
人們一思考，上帝就發笑。
森川很聰明，小玉一說，他就懂了。

已經……就……
Use已經……就 to give advice

兒子已經知道錯了，你就不要再罵他了。
爸爸工作回來已經很累了，你就別吵他了。
你女朋友已經很傷心了，你就少說兩句吧。

愈來愈……
more and more...

蘇小妹長大以後愈來愈漂亮，我都認不出來了。
很多人擔心地球會變得愈來愈熱。
他們之間的問題愈來愈多，最後就分手了。

趁
to make use of; to take advantage of (an opportunity)

小偷趁大家不注意的時候跑掉了。
趁現在還有時間，趕快把問題說一說。
小孩趁媽媽午睡的時候跑出去玩。

為了……
for N (motivation)……

為了你的健康，以後不可以再抽菸了。
為了能買一棟自己的房子，龍姊努力工作賺錢。
這個男人為了錢什麼都做得出來。

如果……就好了
It would be great if... (to wish things which are not true)

如果這雙鞋子再小一點就好了。
如果他在這裡就好了。
人如果能永遠快樂就好了！

換我試試看
huàn wǒ shìshì kàn

挑戰一

按照範例重組句子。

例：人們/思考，/上帝/發笑
　　→人們一思考，上帝就發笑。

1. 艾婕/打開門，/小狗/跑進來了
2. 婉婷/坐車/頭暈
3. 學生/考試/忘記答案
4. 小胖/想到媽做的菜/流口水
5. 他/喝酒/亂唱歌

挑戰二

按照範例改寫句子。

例：爸爸工作回來很累，你別吵他。
　　→爸爸工作回來已經很累了，你就別吵他了。

1. 大雄很緊張，你別再嚇他了。
2. 時間不早，你快點睡吧。
3. 小明考不好，你別再說他了。
4. 這道菜很鹹，你別再加醬油了。
5. 事情過去，你別再想了。

LESSON 11

huàn wǒ shìshì kàn

挑戰三

按照範例改寫句子。

例：王伯伯病得很嚴重，誰都醫不好。

→王伯伯病得愈來愈嚴重，誰都醫不好。

1. 森川的臉紅了。
2. 夏天到了，白天變長了。
3. 自從失戀以後，貝貝就變瘦了。
4. 結婚以後，千千的老公對她很體貼。
5. 老了以後，睡覺的時間短了。

挑戰四

按照範例重組句子。

例：大家不注意的時候/跑掉了。/小偷

→小偷趁大家不注意的時候跑掉了。

1. 媽媽 / 寫作。 / 寶寶睡覺的時候
2. 陳小姐 / 商店特價 / 買了好多東西。
3. 小翁 / 睡了一下覺。 / 坐公車的時候
4. 老闆不在的時候/ 偷懶。 / 員工們
5. 把她的東西藏起來。 / 小男生 / 小女生不注意的時候

按照範例改寫句子。

例：龍姊的夢想是出國唸書。龍姊努力賺錢。

→龍姐為了出國唸書的夢想而努力賺錢。

1. 艾婕想學好中文。艾婕到台灣來。
2. 森川想要一個美好的約會。森川查了很多家餐廳。
3. 子芸想在約會時看起來更美。子芸很小心的化了妝。
4. 陳媽媽希望讓孩子健康。陳媽媽不再喝酒。
5. 大家希望能讓龍奶奶開心。大家幫她辦了一個慶生會。

挑戰六

按照範例造句。

例：我沒有錢

→如果我有錢就好了！

1. 颱風來了，今天我們不能去海邊了。
2. 真可惜葛雷不會說中文。
3. 剛剛糖放太多了。
4. 人不會飛。
5. 狗不會說話。

學生活動 森川的告白

森川實在是太害羞了，只要一看到子芸的臉，腦袋就變得一片空白，把跟碧玉練習過的話忘得一乾二淨。你覺得他該怎麼辦，才能贏得子芸的心？跟你的同伴一組，將接下來的故事演出來。

聽力練習

tīnglì liànxí

中午在辦公室裡，淑惠和怡君小聲的討論他們最新的八卦。請根據問題回答對或錯。

1. 淑惠昨天在居酒屋看到子芸和森川。
2. 森川在辦公室是個萬人迷，大家都很喜歡他。
3. 同事們覺得子芸是個害羞的女生。
4. 淑惠和怡君對森川和子芸的戀情很樂觀。
5. 怡君對談戀愛沒有興趣。

LESSON 12

第十二課 

dì shíèr kè zhǎo gōngzuò

duìhuà yī

森川到台灣來快一年了，**按照**[1]（ànzhào）公司**規定**[2]（guīdìng），明年六月他就必須回日本去了。可是森川喜歡台灣，更**捨不得**[3]（shěbù·de）**離開**[4]（líkāi）子芸，於是決定要在台灣找工作。

小辭典

1 按照 according to
2 規定 regulation
3 捨不得 reluctant to give up,let go,etc.
4 離開 to leave
5 科技 technology
kējì
6 資深 to be experienced
zīshēn
7 工程師 engineer
gōngchéngshī
8 說明 to explain,to illustrate;explanation
shuōmíng
9 系統 system
xìtǒng
10 設計 to design;design
shèjì
11 程式 program
chéngshì
12 管理 management,to manage
guǎnlǐ
13 責任 responsibility
zérèn
14 全職 full-time job
quánzhí
15 出差 to be on a business trip
chūchāi
16 待遇 treatment
dàiyù
17 面議 [lit] to talk about it face to face
miànyì
18 休假 to take a day off; day off
xiūjià
19 制度 system
zhìdù
20 條件 conditions,terms
tiáojiàn
21 限制 limitation,to limit
xiànzhì
22 學歷 the educational background
xuélì
23 科系 a college department
kēxì
24 經驗 experience
jīngyàn
25 電腦 computer
diànnǎo
26 專業 profession
zhuānyè
27 辦公室 office
bàngōngshì
28 作業 to work
zuòyè
29 資料庫 a data bank;archives;a database
zīliàokù
30 熟悉 to be familiar with
shóuxī
31 應徵 to respond to a wanted ad
yìngzhēng

104人力銀行~不只找工作，爲你找方向！104人力銀行以"全職、獵才、派遣、外包、家教、教育資訊、評量、創業、104 i "等...

檔案(F) 編輯(E) 檢視(V) 我的最愛(A) 工具(T) 說明(H)

上一頁 搜尋 我的最愛

網址(D) http://www.104.com.tw/ 移至 連結

104家族 人力銀行 人脈銀行 家教網 外包網 人才派遣 獵才顧問 創業網 教育資訊 黃頁 辦公市 登入

加入最愛 104動態 104中國 滿意度問卷 :: 常見問題 :: 意見反應 :: 服務總覽 :: English

DJS [5]**科技**股份有限公司

[6]**資深**[7]**工程師**(人數：1人)

■內容[8]**說明**

【工作說明】1.[9]**系統**[10]**設計**　2.寫[11]**程式**

【工作種類】Internet程式設計師

【[12]**管理**[13]**責任**】無

【工作性質】[14]**全職**

【上班地點】台北市信義區和松仁路一段119號8樓

【是否[15]**出差**】不需要

【工作[16]**待遇**】[17]**面議**

【可以開始上班】兩週內

【[18]**休假**[19]**制度**】週休二日

■工作[20]**條件**[21]**限制**

【年齡限制】35歲以下

【[22]**學歷**要求】大學

【[23]**科系**限制】不限

【工作[24]**經驗**】2年以上

【語言條件】英文、日文聽/中等、說/中等、讀/中等、寫/中等

【[25]**電腦**[26]**專業**】[27]**辦公室**：Word、Excel、PowerPoint、Outlook、Project

[28]**作業**系統：Win NT、LINUX、Windows 2000

程式設計：JAVA、XML、JSP

[29]**資料庫**：MS SQL、Oracle、DB2、MySQL

【其它條件】1.必需[30]**熟悉**JAVA、XML、 JSP、 MS-SQL

2.有兩年以上JAVA程式設計師的經驗

■[31]**應徵**方法：

【職務聯絡人】劉小姐 0936-000338

【聯絡E-Mail】gongzuo@msn.com.tw

104人力銀行　網際網路

LESSON

12

（下班以後在森川家，子芸和子維一起幫森川找[32] 工作）

森川：外國人要在台灣找工作真是不容易。

子維：不過只要找得到，能有**合法**[33]的**工作證**[34]， 待遇都還不錯。

松本 公司怎麼樣？**薪水**[35]高，**福利**[36]也好，

還有**年終**[37] **獎金**[38] 和**員工**[39] 旅遊。

森川：可是上班時間太長了，工作**壓力**[40]很大。

而且還必須**配合**[41]公司出差和**加班**[42]耶！

子維：那也不錯啊，松本是日本**分公司**[43]，

出差的話你還可以**順便**[44] 回家！

子芸：這家呢？DJS科技，週休二日，**勞保**[45]、**健保**[46] 都有，

附[47]員工**宿舍**[48]，薪水也不錯。

小辭典

32 找 to search, to find
33 合法 legal
34 工作證 employee's card
35 薪水 salary
36 福利 welfare
37 年終 the end of a year; year-end
38 獎金 reward, bonus
39 員工 employee
40 壓力 pressure, stress
41 配合 to operate in coordination
42 加班 to work overtime; to take on an additional shift
43 分公司 branch company
44 順便 conveniently; in passing
45 勞保 (勞工保險) laborer insurance
46 健保 (健康保險) health insurance
47 附 to attach; to enclose
48 宿舍 dormitory

森川：還有員工**教育**[49] **訓練**[50]，和……年終**尾牙**[51]大**摸彩**[52]。
jiàoyù xùnliàn wěiyá mōcǎi

年終尾牙是什麼啊？

子芸：年終尾牙就是年底的時候**老闆**[53]請員工吃飯。
lǎobǎn

森川：喔……，這個日本也有耶！不過我們叫做「忘年會」。

子維：不管哪一家，先寄**履歷**[54]過去再說吧！
lǚlì

森川：上次已經寄一些過去了，希望很快就會有**面試**[55] 的機會。
miànshì

（電話鈴聲）

森川：我來接！喂？您好！我是森川。嗯……真的嗎？那真是太好了……什麼時候……五月八號下午三點半在**人事部**[56]？好的，好的，我一定會準時到。謝謝你，謝謝！（掛上電話）有公司請我去面試了！
rénshìbù

49 教育 education, to educate
50 訓練 to train, training
51 尾牙 a tradition that every business owner treat all employee a dinner party in the 16th day of the 12th of luner calendar
52 摸彩 to draw lots to get prize or gift
53 老闆 boss
54 履歷 resume
55 面試 interview
56 人事部 personnel (administration)office

子芸：這麼快就有**回應**[57] 了？！真是太好了！
ˋ ˙ ˋ ˋ ˇ huíyìng ˙ ˉ ˋ ˋ ˇ ˙

子維：來吧，我們快來幫他**惡補**[58]一下，**免得**[59] 他到時候又害
ˊ ˙ ˇ ˙ ˋ ˊ ˉ ˉ èbǔ ˊ ˋ miǎn·de ˉ ˋ ˊ ˋ ˋ ˋ

羞起來，什麼都忘了，**老是**[60]說一些**奇怪**[61]的話！
ˉ ˇ ˊ ˊ ˙ ˉ ˋ ˙ lǎoshì ˉ ˋ ˉ qíguài ˙ ˋ

（森川臉紅了一下）
ˉ ˉ ˇ ˊ ˙ ˊ ˋ

對話 二
duìhuà èr

（在竹內公司的辦公室裡，森川正在面試）
ˋ ˊ ˋ ˉ ˉ ˙ ˋ ˉ ˋ ˇ ˉ ˉ ˋ ˋ ˋ ˋ

經理[62]：森川先生，可以請您先自我介紹嗎？
jīnglǐ ˉ ˉ ˉ ˙ ˇ ˇ ˇ ˊ ˉ ˋ ˇ ˋ ˋ ˙

森川：好的。我叫森川晴史，來自日本大阪。大學的時候
ˇ ˙ ˇ ˋ ˉ ˉ ˊ ˇ ˊ ˋ ˋ ˇ dàbǎn ˋ ˊ ˙ ˊ ˋ

主修[63] **資訊**[64]工程，之前在日本的山下公司**服務**[65]，
zhǔxiū zīxùn ˉ ˊ ˉ ˊ ˋ ˋ ˇ ˙ ˉ ˋ ˉ ˉ fúwù

57 回應 respond, to respond	61 奇怪 to be odd, queered
58 惡補 to cram tips into somebody in an overwhelming manner	62 經理 manager
59 免得 so as not to, in case	63 主修 to major in
60 老是 always	64 資訊 information
	65 服務 to serve; service

當程式設計師。去年三月**外派**[66]到台灣工作。現在**合約**[67]要**結束**[68]了，**由於**[69]我很喜歡台灣，所以希望能留在這裡工作。

經理：是什麼**吸引**[70]你來**本**[71]公司應徵工作呢？

森川：我在台灣**觀察**[72]了幾個月，我覺得台灣在這**方面**[73]很有**前景**[74]，我**認為**[75]在這裡我能有更大的**發展**[76]**空間**[77]。另外，我看過**貴**[78]公司的**資料**[79]，貴公司的制度很好，不過如果能更**國際化**[80]，一定會更有競爭力。

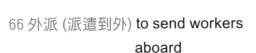

66 外派 (派遣到外) to send workers aboard
67 合約 contract
68 結束 to end,to terminate
69 由於 because
70 吸引 to attract
71 本 [formal] my,our
72 觀察 to observe
73 方面 aspect, side
74 前景 prospect,future
75 認為 to be of the opinion that ...
76 發展 to develop
77 空間 space
78 貴 [polite] your
79 資料 information
80 國際化 to internationalize

LESSON 12

經理：很好，所以你對你的專業[81]**有 自信**？
yǒu zìxìn

森川：是的。我在日本時[82]**接**的[83]**案子**都是國際[84]**企業**的案子，
jiē ànzi qìyè

我對自己的[85]**能力**很有[86]**信心**。
nénglì xìnxīn

經理：在我們公司裡[87]**團隊** [88]**合作**很[89]**重要**，你覺得你可以
tuánduì hézuò zhòngyào

[90]**勝任** 嗎？
shēngrèn

森川：我以前服務的公司也都是[91]**小組**合作，我相信對我來說，
xiǎozǔ

[92]**人際** [93]**溝通** 不是問題。
rénjì gōutōng

經理：很好，謝謝你。下星期一就來上班吧！希望我們合作

[94]**愉快**！
yúkuài

81 有自信 to be confident in
82 接 to take over
83 案子 case
84 企業 enterprise
85 能力 capability
86 信心 confidence
87 團隊 team
88 合作 cooperation, to cooperate
89 重要 important
90 勝任 to be able to do the work
91 小組 group
92 人際 interpersonal
93 溝通 communication
94 愉快 with pleasure, to be joyful

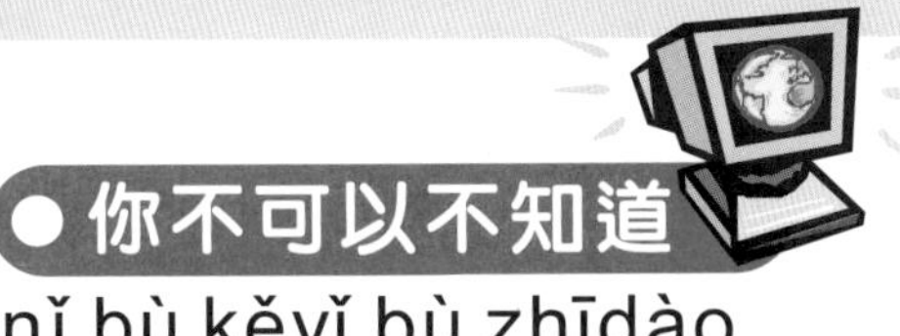

你不可以不知道
nǐ bù kěyǐ bù zhīdào

一、履歷表

<table>
<tr><td>姓名</td><td colspan="4">森川晴史
MORIKAWA HARESHI</td></tr>
<tr><td>生日</td><td colspan="2">西元1976年11月25日</td><td>婚姻狀況</td><td>未婚</td></tr>
<tr><td>學歷</td><td colspan="4">1. 日本筑波大學情報學群學士
2. 日本東京工業大學情報理工學研究所碩士</td></tr>
<tr><td>個性</td><td colspan="4">1. 積極進取、認真負責
2. 沉穩細心、應變力強</td></tr>
<tr><td>專長</td><td colspan="4">1. 電腦網路
2. 資料庫系統
3. 應用密碼
4. 電子商務
5. 作業系統設計與製作
6. 影像資料壓縮
7. 晶片設計</td></tr>
<tr><td>語文能力</td><td colspan="4">日文、英文、中文</td></tr>
<tr><td rowspan="3">聯絡方式</td><td>通訊地址</td><td>台北市信義區松仁路二段64號</td><td>電話</td><td>02-21081119</td></tr>
<tr><td>行動電話</td><td colspan="3">0936-102036</td></tr>
<tr><td>e-mail</td><td colspan="3">sashimihaochi@gmail.com</td></tr>
</table>

二、工作經歷

服務機關名稱	職別	任職起訖年月
Sphere	程式設計師	2001年8月~2003年10月
山下科技公司	電子工程師	2004年1月~2007年7月

三、自傳

我叫森川晴史，在台灣已經兩年了。畢業於日本筑波大學情報學群（相當於台灣的資訊工程學系）及日本東京工業大學情報理工學研究所。主要研究電腦網路及程式設計。

從研究所畢業以後，我接到Sphere公司的聘書，到Sphere公司擔任程式設計師。我在那裡主要做的是開發新的遊戲軟體。Sphere公司是家剛成立的小公司，雖然背景不強但是很有創意。只是因為資本較少，常常忙起來一個人要當兩個人用。在Sphere公司工作的經驗是一個很好的磨鍊，我在那裡培養出快速處理案件的能力和良好的抗壓性Sphere公司的高創意也給我許多啟發。只是在Sphere公司工作時的壓力實在太大，生活作息常常不正常，讓我的健康受到了影響。於是我最後決定離開Sphere。

在Sphere公司之後，我第二份工作是在山下公司擔任工程師。山下公司是一家跨國公司，在亞洲、美洲、歐洲都有分公司，也和很多國際公司有合作。一開始在山下公司，我被歸在程式設計小組下，接過的案子有捷運自行行駛系統設計、M-36機器人研發、TOYOTA汽車GPS系統設計等等。在2003年我升到資訊小組的組長，開始代表公司到國外去視察，所以我對歐美的資訊市場有一定的了解。

因為之前的訓練，我對人事調度略有經驗，加上表現良好，於是在2006年被調到台灣擔任台灣分公司的程式設計總監。我以前就曾經拜訪過台灣，也在台灣學過中文，所以中文和台灣對我來說都不陌生在台灣的工作是一個全新的挑戰，如何管理底下的外籍員工，並帶領大家合作，寫出最合乎客戶要求的程式，是我不停努力的目標。所幸我的努力並沒有白費，在台灣的經驗給了我寶貴的一課，除了在人事管理方面更有心得，也讓我觀察到台灣獨特的商機。台灣的電腦產業很發達，在研發的路上也已經起步。我相信現在的台灣更需要具有創意、外語能力及專業能力的人才。

貴公司身為台灣屬一屬二的新銳公司，產品以高創意和精密聞名相信對這方面的人才需要一定更為迫切。我相信以我的專業能力以及工作經驗，一定能勝任貴公司這次徵才的職位。期盼我有與貴公司合作的一天。

句型演練
jùxíng yǎnliàn

表示意見

我	覺得	台灣的資訊業很有前景。
	認為	子維這樣做是對的。
	相信	艾婕會喜歡這份禮物的。
	想	這次面試對嘉立來說很重要。

對

1.to show the way to treat someone / something

子芸對人很熱情。

森川對自己的工作能力很有信心。

龍爸對病患很有耐心。

2. to indicate the target of an action

那個女孩對我輕輕的一笑。

不知道子芸對森川有什麼看法。

艾婕對子維說了一句悄悄話。

對……來說

to lead a something/ somebody related to the concerned condition ;
to indicate seeing something from someone's eyes.

對老闆來說，員工最重要的特質是勤勞。

對艾婕來說，來台灣學中文的日子是她最好的回憶。

這只手錶你來說不算什麼，但是對我來說卻很重要。

……化

Suffix 化 means "to become...," which equals to "-ize" in English.

國際化 = internationalize

工業化 = industrialize

商業化 = commercialize

LESSON 12

換我試試看

huàn wǒ shìshì kàn

挑戰一

看圖討論

挑戰二

重組句子

例：人／很熱情／子芸

→子芸對人很熱情。

1. 妤霖／鋼琴／很有天份。
2. 森川／電腦／從小／有興趣。／就
3. 大人／說話／小孩子／要有禮貌。
4. 很好。／小英的爸媽／她
5. 有些老師／很兇。／學生

挑戰三

依照範例造句

例：艾婕：「到台灣來學中文是我最好的回憶。」

→對艾婕來說，到台灣來學中文的日子是她最好的回憶。

1. 龍媽：「我的家庭是世界上最珍貴的東西。」
2. 森川：「成為電腦專家是我從小的夢想，為了這個夢想，我很努力讀書。」
3. 子維：「英文好難。」
4. 子芸：「蟑螂是全世界最噁心的動物。」
5. 龍爸：「投給一號候選人的人都是笨蛋。」

挑戰四

填空

沙漠化　簡單化　暖化　工業化

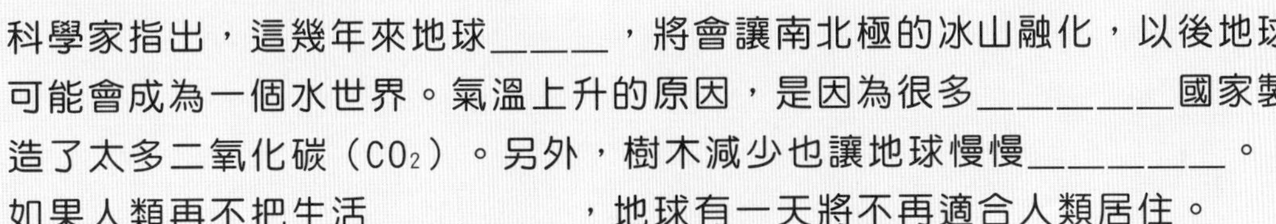

地球會變成水世界嗎？

科學家指出，這幾年來地球_____，將會讓南北極的冰山融化，以後地球可能會成為一個水世界。氣溫上升的原因，是因為很多________國家製造了太多二氧化碳（CO_2）。另外，樹木減少也讓地球慢慢________。如果人類再不把生活________，地球有一天將不再適合人類居住。

學生活動

寫一份自己的自傳

聽力練習

tīnglì liànxí

請聽廣播，並判斷問題是對（ｖ）或錯（Ｘ）。

□妤霖從十七歲才開始學鋼琴

□對妤霖來說，音樂是她生命的全部

□妤霖認為古典音樂比其他音樂更能感動人

□妤霖沒想到她會在西班牙Andorra的鋼琴比賽裡得獎

□妤霖認為藝術家遇到困難是正常的，可是不是件好事

MEMO

附錄單字&造句

詞性表

英文	中文	英文縮寫
Noun	名詞	N.
Proper noun	專有名詞	proper proN.
Pronoun	代名詞	proN.
Interrogative pronoun	疑問代名詞	interrogative proN.
Measure	量詞	M.
Verb	動詞	V.
Static verb	靜態動詞	SV.
Complement	補語	
Complement of movement	趨向補語	
Adverb	副詞	adv.
Conjunction	連接詞	conj.
Interjection	嘆詞	interj.
Particle	介詞	
Auxiliary	助詞	
Modal auxiliary	語氣助詞	
Demonstrative	指示詞	
Idiom	套語	

第一課

1. 一家 yìjiā N. / household
小李一家都很親切。
xiǎo lǐ yìjiā dōu hěn qīnqiè

2. 家庭 jiātíng N. / family
中國社會以大家庭為主。
zhōngguó shèhuì yǐ dà jiātíng wéizhǔ

家 jiā N. / home
我家在桃園。
wǒ jiā zài táoyuán

寄宿家庭 jìsù jiātíng
N. phrase / homestay family
湯姆已經回到他的寄宿家庭去了。
tāngmǔ yǐjīng huí dào tā ·de jìsù jiātíng qù ·le

家人 jiārén N. / family; family member(s)
我愛我的家人。
wǒ ài wǒ ·de jiārén

3. 要 yào V. / to want [showing desire, need]
我要去上洗手間。
wǒ yào qù shàng xǐshǒujiān

4. 向 xiàng particle / to; towards; unto
向 + noun of object
我向老師敬禮。
wǒ xiàng lǎoshī jìng lǐ

5. 介紹 jièshào V. / to introduce
我要向大家介紹一位來自德國的朋友。
wǒ yào xiàng dàjiā jièshào yíwèi láizì déguó ·de péngyǒu

自我介紹 zìwǒ jièshào
V. phrase / to introduce oneself
N. phrase / self-introduction
請阿龍先向大家自我介紹。
qǐng ālóng xiān xiàng dàjiā zìwǒ jièshào
阿龍的自我介紹很有趣。
ālóng ·de zìwǒ jièshào hěn yǒuqù

6. 新 xīn SV. / to be new
我今天認識了不少新同學。
wǒ jīntiān rènshì ·le bùshǎo xīn tóngxué

7. 朋友 péngyǒu N. / friend
我最好的朋友是一個日本人。
wǒ zuìhǎo ·de péngyǒu shì yí ·ge rìběn rén

8. 了 ·le
auxiliary / [marker of perfective aspect]
媽媽說了很多話。
mā·ma shuō ·le hěn duō huà

9. 一下 yíxià
number + M. / a while [used in a polite reques
我們先休息一下，十分鐘後回來。
wǒ·men xiān xiūxí yíxià, shí fēnzhōng hòu hu

10. 大家 dàjiā N. / everyone; you guys
大家都還沒回來。
dàjiā dōu háiméi huílái

大家好 dàjiāhǎo Hello! Everyone!
大家好！我是你們的新老師。
dàjiāhǎo! wǒ shì nǐ·men ·de xīn lǎoshī

11. 叫(做) jiào(zuò) V. / to be called
高雄以前叫做打狗。
gāoxióng yǐqián jiàozuò dǎgǒu

12. 來自 láizì V. + particle / to come from
我的葡萄牙語老師來自巴西。
wǒ ·de pútáoyá yǔ lǎoshī láizì bāxī

13. 法國 fàguó / fǎguó N. / France
法國位於歐洲西部。
fàguó wèiyú ōuzhōu xībù

14. 請 qǐng
adv. / please [used in a very polite request]
請上來寫這個字。
qǐng shànglái xiě zhè·ge zì
不要客氣，請坐！
búyào kèqì qǐngzuò

15. 把 bǎ
particle / [accusative or disposal case marke
把 + the thing (to be) disposed
幫我把那包垃圾丟掉。
bāng wǒ bǎ nà bāo lèsè diū diào

16. 這裡 zhèlǐ
demonstrative + locative N. / here, this place
這裡是台北車站。
zhèlǐ shì táiběi chēzhàn

17. 當成 dāngchéng V. / to regard ... as...
小明把他當成妹妹一樣照顧。
xiǎomíng bǎ tā dāngchéng mèi·mei yíyàng zhàogù

長得 zhǎng·de V. / to look (good, bad, etc.)
阿龍長得很帥，在學校很受歡迎。
ālóng zhǎng·de hěn shuài zài xuéxiào hěn shòu huānyíng

好 hǎo adv. / so
你好聰明啊！
nǐ hǎo cōngmíng ·a

漂亮 piàoliàng SV. / to be beautiful
這朵玫瑰花好漂亮！
zhè duǒ méiguī huā hǎo piàoliàng

問 wèn V. / to ask
有問題的話一定要問喔！
yǒu wèntí ·dehuà yídìng yào wèn ·o

問題 wèntí N. / question; problem
請回答以下的問題。
qǐng huídá yǐxià ·de wèntí
子維：艾婕，那就交給你了！艾婕：沒問題！
zǐwéi àijié nà jiù jiāo gěi nǐ ·le àijié méi wèntí

請問 qǐngwèn could you tell me ... ?
請問兔子最愛吃的食物是什麼？
qǐngwèn tù·zǐ zuìài chī ·de shíwù shì shé·me

這位 zhèwèi demonstrative + M. / this one
我向您介紹一下，這位是楊老師。
wǒ xiàng nín jièshào yíxià zhèwèi shì yáng lǎoshī

這 zhè demonstrative / this
我很喜歡這家餐廳的菜。
wǒ hěn xǐhuān zhè jiā cāntīng ·de cài

位 wèi M. / [for respected person]
對不起，請問您是哪位？
duìbùqǐ qǐngwèn nín shì nǎ wèi

主婦 zhǔfù N. / housewife
那位主婦到市場買東西。
nà wèi zhǔfù dào shìchǎng mǎi dōngxī

家庭主婦 jiātíng zhǔfù N. phr. / housewife
我的母親是位家庭主婦。
wǒ ·de mǔqīn shì wèi jiātíng zhǔfù

可以 kěyǐ V. / to be allowed to; can; may
你可以喝酒嗎？
nǐ kěyǐ hē jiǔ ·ma

25. 歡迎 huānyíng V. / to welcome; Welcome!
歡迎光臨！
huānyíng guānglín
讓我們熱烈歡迎我們的新朋友！
ràng wǒ·men rèliè huānyíng wǒ·men ·de xīn péngyǒu

26. 內科 nèikē N. / internal medicine
每次看完內科，醫生都會開很多藥。
měicì kàn wán nèikē yīshēng dōu huì kāi hěn duō yào

27. 醫生 yīshēng N. / doctor (medical)
生病的話，最好去看醫生。
shēngbìng ·dehuà zuìhǎo qù kàn yīshēng

內科醫生 nèikē yīshēng N. phr. / physician
內科醫生正在替病患看病。
nèikē yīshēng zhèngzài tì bìnghuàn kànbìng

28. 不要客氣 búyào kèqì Do feel free ... !
大家不要客氣，多吃一點！
dàjiā búyào kèqì duō chī yìdiǎn

29. 在 zài
particle / in, at, on, etc. [location marker]
晚上可以在天空中看見許多星星。
wǎnshàng kěyǐ zài tiānkōng zhōng kànjiàn xǔduō xīng·xing

30. 外貿 wàimào N. / foreign trade
台北是一個外貿中心。
táiběi shì yí ·ge wàimào zhōngxīn

外國 wàiguó N. / foreign country
學習外國語文，聽、說、讀、寫都非常重要。
xuéxí wàiguó yǔwén tīng shuō dú xiě dōu fēicháng zhòngyào

貿易 màoyì N. / trade
美國與日本之間貿易頻繁。
měiguó yǔ rìběn zhījiān màoyì pínfán

31. 公司 gōngsī N. / company, firm
麥當勞是一家大公司。
màidāngláo shì yì jiā dà gōngsī

32. 上班 shàngbān V. / to go to work
星期天不用上班。
xīngqítiān búyòng shàngbān

33. 有 yǒu V. / to have
我有兩個姊姊。
wǒ yǒu liǎng ·ge jiě·jie
板橋現在有捷運站了。
bǎnqiáo xiànzài yǒu jiéyùn zhàn ·le

34. 什麼 shé·me / shén·me
interrogative proN. / what
這是做什麼的？
zhè shì zuò shé·me ·de
什麼是武俠小說？
shé·me shì wǔxiá xiǎoshuō

35. 都 dōu
adv. / both, all; wholly, entirely
topic + 都 + comment : all the topic fits the comment
他們都喜歡楊老師的課。
tā·men dōu xǐhuān yáng lǎoshī ·de kè
整條街都是人。
zhěng tiáo jiē dōu shì rén

第二課

語氣助詞
(modal auxiliary, applied at the end of a clause)

1. 喔 ·o [used to intensify the tone]
這種花好香喔！
zhè zhǒng huā hǎo xiāng ·o
這裡有好喝的果汁，快來喝喔！
zhèlǐ yǒu hǎohē ·de guǒzhī kuài lái hē ·o

2. 吧 ·ba
[used to make the addressee do something]
一起來打球吧！
yìqǐ lái dǎ qiú ·ba

3. 啦 ·la
[used to make speech less formal but more powerful]
我就是龍子維啦！
wǒ jiù shì lóng zǐwéi ·la

副詞 (adverb)

1. 一起 yìqǐ together
要不要一起去吃早餐？
yào bú yào yìqǐ qù chī zǎocān

2. 又……又…… yòu both... and...
又美麗又動人的情歌總是最吸引人的。
yòu měilì yòu dòngrén ·de qínggē zǒng shì zuì xīyǐn rén ·de
這首情歌又美麗又動人。
zhè shǒu qínggē yòu měilì yòu dòngrén

3. 最 zuì the most; the best
(referring to the top in a group)
全世界面積最大的國家是俄羅斯。
quán shìjiè miànjī zuì dà ·de guójiā shì èluó

4. 只 zhǐ only
表弟只花了五分鐘就寫完全部功課了。
biǎodì zhǐ huā ·le wǔ fēnzhōng jiù xiě wán quánbù gōngkè ·le

5. 太 tài too, overly, excessively
你走得太快了，我跟不上。
nǐ zǒu ·de tài kuài ·le wǒ gēn bú shàng

6. 哪會 nǎhuì
(when trying to argue) no, it's not...
子芸：你吃太多了！
zǐyún nǐ chī tài duō ·le
子維：哪會多？才兩碗飯而已！
zǐwéi nǎhuì duō cái liǎng wǎn fàn éryǐ

7. 就 jiù
adverb of relation [earliness or abundance]
condition + topic + 就 + comment
(that the speaker thinks as early or many)
室友的鬧鐘一響，我就醒了。
shìyǒu ·de nàozhōng yì xiǎng wǒ jiù xǐng ·le
小英一年就去了十二個國家。
xiǎoyīng yìnián jiù qù ·le shíèr ·ge guójiā

8. 真的 zhēn·de really
小川同學真的很聰明。
xiǎochuān tóngxué zhēn·de hěn cōngmíng

名詞 (noun)

1. 市場 shìchǎng market
超級市場的東西往往比較貴一點。
chāojí shìchǎng ·de dōng·xī wǎngwǎng bǐjiào guì yìdiǎn

2. 菜 cài
vegetables; [generally] food; a dish or its ingredients

出家人只吃菜不吃肉。
chūjiārén zhǐ chī cài bù chī ròu
龍媽常常到市場買菜。
lóngmā chángcháng dào shìchǎng mǎi cài

做菜 zuòcài V. / to cook
喜歡做菜的男生不多了。
xǐhuān zuòcài ·de nánshēng bù duō ·le

飾品 shìpǐn accessories
這條街上有很多飾品店。
zhè tiáo jiē shàng yǒu hěn duō shìpǐn diàn

店 diàn store
子芸在那家店打工。
zǐyún zài nà jiā diàn dǎgōng

老板 lǎobǎn store owner; [familiar] boss
魚店的老板為人親切、待人客氣。
yú diàn ·de lǎobǎn wéirén qīnqiè dàirén kèqì
老板遲遲不肯替我加薪。
lǎobǎn chíchí bùkěn tì wǒ jiāxīn

項鍊 xiàngliàn necklace
這條項鍊是純銀的。
zhè tiáo xiàngliàn shì chúnyín ·de

戒指 jièzhǐ ring
老師的結婚戒指上有顆很漂亮的鑽石。
lǎoshī ·de jiéhūn jièzhǐ shàng yǒu kē hěn piàoliàng ·de zuànshí

邊 biān side
方形有四個邊。
fāngxíng yǒu sì ·ge biān

這邊 zhèbiān
pron. / this side; here; around here
這邊沒有空位了。
zhèbiān méiyǒu kòngwèi ·le
那邊 nàbiān pron. / that side; there; around there
哪邊 nǎbiān interrogative / where
請問你住哪邊？
qǐngwèn nǐ zhù nǎbiān

中國結 zhōngguó jié Chinese knot
中國結是一門特殊的藝術。
zhōngguó jié shì yì mén tèshū ·de yìshù

中國 zhōngguó proper N. / China
天一冷我就想吃中國菜了。
tiān yì lěng wǒ jiù xiǎng chī zhōngguó cài ·le

結 jié N. / knot
可不可以請你幫我打個蝴蝶結？
kě bù kěyǐ qǐng nǐ bāng wǒ dǎ ·ge húdié jié

10. 太太 tài·tai
mistress (Mrs.); lady (supposedly married)
太太，今天想吃點什麼？
tài·tai jīntiān xiǎng chī diǎn shé·me
去年的李小姐，今年已經是王太太了。
qùnián ·de lǐ xiǎojiě jīnnián yǐjīng shì wáng tài·tai ·le

11. 小姐 xiǎojiě miss (Miss); young lady
楊小姐跟她的男朋友已經交往三年了。
yáng xiǎojiě gēn tā ·de nánpéngyǒu yǐjīng jiāowǎng sān nián ·le

12. 點 diǎn a little bit
沒關係，多吃點，我煮了很多！
méi guān·xī duō chī diǎn wǒ zhǔ ·le hěn duō

13. 東西 dōng·xī thing
房間裡什麼東西也沒有。
fángjiān lǐ shé·me dōng·xī yě méiyǒu

量詞 (measure)

1. 家 jiā [measure for stores]
那家餐廳的生意一向很好。
nà jiā cāntīng ·de shēngyì yíxiàng hěn hǎo
學校附近有幾家書店？
xuéxiào fùjìn yǒu jǐ jiā shūdiàn

2. 條 tiáo
[measure for long, soft, stripe-shaped things]
這條腰帶跟衣服不搭。
zhè tiáo yāodài gēn yīfú bù dā
有一條繩子掛在牆上。
yǒu yì tiáo shéng·zi guà zài qiáng shàng
我養的兩條狗正為了爭一條香腸吃而打架。
wǒ yǎng ·de liǎng tiáo gǒu zhèng wèi·le zhēng yì tiáo xiāngcháng chī ér dǎjià
張太太一次就買了六條魚。
chāng tài·tai yí cì jiù mǎi ·le liù tiáo yú

3. 塊 kuài = 元 yuán
[measure for New Taiwan Dollars]
一杯珍珠奶茶二十塊。
yì bēi zhēnzhū nǎichá èrshí kuài
一杯珍珠奶茶二十元，對嗎？
yì bēi zhēnzhū nǎichá èrshí yuán duì ·ma

動詞與靜態動詞 (verb and static verb)

1. 陪 péi V. / to accompany
留下來陪我好嗎？
liú xiàlái péi wǒ hǎo ·ma

2. 去 qù V. / to go
你要到哪裡去？我要到台北。
nǐ yào dào nǎlǐ qù wǒ yào dào táiběi qù

3. 買 mǎi V. / to buy
子維買了一雙球鞋。
zǐwéi mǎi ·le yì shuāng qiúxié
媽媽買了兩條裙子給我。
mā·ma mǎi ·le liǎng tiáo qún·zi gěi wǒ

4. 看 kàn V. / to see; look at; watch; read
我看到老師坐在休息室裡看報紙。
wǒ kàn dào lǎoshī zuò zài xiūxíshì lǐ kàn bàozhǐ
子芸看電視的時候，一直感覺有人在看他。
zǐyún kàn diànshì ·de shíhòu yìzhí gǎnjué yǒu rén zài kàn tā

5. 賣 mài V. / to seil
這家店不賣香菸。
zhè jiā diàn bú mài xiāngyān

6. 小 xiǎo SV. / to be small, little, young
我小時候最喜歡玩小汽車了。
wǒ xiǎoshíhòu zuì xǐhuān wán xiǎo qìchē ·le

7. 便宜 piányí
SV. / to be inexpensive; to be cheap
便宜一點好嗎？
piányí yìdiǎn hǎo ·ma

8. 不錯 búcuò SV. / not bad; pretty good
你的作文寫得很不錯！
nǐ ·de zuòwén xiě ·de hěn búcuò

9. 貴 guì SV. / to be expensive; costly
住旅館太貴了。
zhù lǚguǎn tài guì ·le

10. 打聽 dǎtīng V. / to inquire
張三負責打聽李四的下落。
chāng sān fùzé dǎtīng lǐ sì ·de xiàluò

11. 不行 bùxíng
SV. / not to be feasible; not to be agreeable; no way
你要在這裡吃飯，可以；想要吃飯不給錢，不行。
nǐ yào zài zhèlǐ chīfàn kěyǐ xiǎng yào chīfà
bù gěi qián bùxíng

12. 虧本 kuīběn
V. / to lose money in doing business
花的錢比賺的還多就叫虧本。
huā ·de qián bǐ zhuàn ·de hái duō jiù jiào kuīběn

13. 算 suàn
V. / to count (or, as in the dialogue, to give a special discount for)
這碗麵老板算我二十塊錢。
zhè wǎn miàn lǎobǎn suàn wǒ èrshí kuài qián

14. 殺價 shājià V. / to bargain
姊姊每次到泰國購物，一定殺價。
jiě·jie meicì dào tàiguó gòuwù yídìng shājiā

15. 懂 dǒng V. / to understand
邁克不懂這一句話的意思。
màikè bù dǒng zhè yí jù huà ·de yì·si

16. 厲害 lìhài SV. / to be skillful
王聰明太厲害了，我完全贏不了他。
wáng cōngmíng tài lìhài ·le wǒ wánquán yíng bùliǎo tā

17. 教 jiāo V. / to teach
媽媽目前在國小教鋼琴演奏。
mā·ma mùqián zài guóxiǎo jiāo gāngqín yǎnzòu

動詞作 補語用 (verb as compliment)

1. 到 dào [compliment of consequence]
Tip: the perceiver + V. of sense + 到 + the perceived thing
你看到我了嗎？
nǐ kàn dào wǒ ·le ·ma
小真在公車上聽到一首動人的歌。
xiǎozhēn zài gōngchē shàng tīng dào yì shǒu dòngrén ·de gē
我好像聞到一股怪味。
wǒ hǎoxiàng wén dào yì gǔ guàiwèi
大兒子終於想到解決辦法了。
dà ér·zi zhōngyú xiǎng dào jiějué bànfǎ ·le

2. 起來 qǐlái
in the aspect of (a certain sense)
[compliment of movement]
the described thing + V. of sense + 起來 + description
這些歌聽起來都很吵。
zhè xiē gē tīng qǐlái dōu hěn chǎo
他做的蛋糕看起來不怎樣，吃起來卻非常可口。
tā zuò ·de dàngāo kàn qǐlái bùzěnyàng chī qǐlái què fēicháng kěkǒu

疑問代詞 (interrogative pronoun)

1. 多少錢 duōshǎo qián
how much? how is the price for... ?
饅頭一個多少錢？
mántóu yí ·ge duōshǎo qián

多少 duōshǎo
interrogative proN. / how many(much)
你有多少兄弟姊妹？
nǐ yǒu duōshǎo xiōngdí jiěmèi
錢 qián N. / money
最近我的錢常常不夠花。
zuìjìn wǒ ·de qián chángcháng bú gòu huā

第三課

1. 後 hòu N. of place / after (either temporally or spatially), behind
她死後留下許多傷心難過的影迷。
tā sǐ hòu liú xià xǔduō shāngxīn nánguò ·de yǐngmí
表哥要找的書在你身後的桌子上。
biǎogē yào zhǎo ·de shū zài nǐ shēn hòu ·de zhuō·zi shàng

名詞 (noun)

1. 路 lù N. / road; way
小朋友迷路了。
xiǎopéngyǒu mí lù ·le
我住在中山路三段。
wǒ zhù zài zhōngshān lù sān duàn
叔叔沿著小路走了一個多小時，終於走到了目的地。
shù·shu yán ·zhe xiǎo lù zǒu ·le yí ·ge duō xiǎoshí zhōngyú zǒu dào ·le mùdì dì

2. 信 xìn N. / letter
網路普及以後，人們就很少寫信了。
wǎnglù pǔjí yǐhòu rén·men jiù hěn shǎo xiě xìn ·le

3. 郵局 yóujú N. / post office
在台灣，郵局的招牌是綠色的。
zài táiwān yóujú ·de zhāopái shì lǜsè ·de

4. 地點 dìdiǎn N. / location, spot
那所大學的地點不好，太遠了。
nà suǒ dàxué ·de dìdiǎn bù hǎo tài yuǎn ·le

5. 先生 xiānshēng N. / mister, Mr.
不好意思，先生，你的筆掉了。
bùhǎo yì·sī xiānshēng nǐ ·de bǐ diào ·le
林先生是在六年前的一場酒會上認識林太太的。
lín xiānshēng shì zài liù nián qián ·de yì chǎng jiǔhuì shàng rènshì lín tài·tai ·de

6. 路人 lùrén N. / passer-by
街頭表演吸引了許多路人圍觀。
jiē·tou biǎoyǎn xīyǐn ·le xǔduō lùrén wéiguān
他不過是個路人甲而已。
tā búguò shì ·ge lùrén jiǎ éryǐ

7. 底 dǐ N. / end (of a road, hallway, etc.); bottom (of a bottle, cup, etc.)
走廊走到底你就會看到廁所了。
zǒuláng zǒu dào dǐ nǐ jiù huì kàn dào cèsuǒ ·le
咖啡杯的杯底沒有洗乾淨。
kāfēibēi ·de bēi dǐ méiyǒu xǐ gānjìng

到底 dàodǐ adv. / on earth
你喜歡的到底是誰？
nǐ xǐhuān ·de dàodǐ shì shéi

8. 第 dì N prefix. / ordinal number marker
（第一first第二second第三third... ）
他夠用功，所以拿到了第一名。
tā gòu yònggōng suǒyǐ ná dào ·le dìyī míng

9. 紅綠燈 hónglǜdēng N. / traffic light
台北街頭的行人紅綠燈很有意思。
táiběi jiē·tou ·de xíngrén hónglǜdēng hěn yǒu yì·sī

紅 hóng SV. / red
綠 lǜ SV. / green
燈 dēng N. / lamp, light
紅燈停，綠燈行。
hóng dēng tíng lǜ dēng xíng

10. 捷運 jiéyùn N. / Taipei Metro, MRT (Mass Rapid Transit)
如果你要去碧潭的話，坐捷運最方便。
rúguǒ nǐ yào qù bìtán ·dehuà zuò jiéyùn zuì fāngbiàn

11. 動物園 dòngwùyuán N. / zoo
在台灣如果想看到熊貓，就一定要到動物園。
zài táiwān rúguǒ xiǎng kàn xióngmāo jiù yídìng yào dào dòngwùyuán qù

動物 dòngwù N. / animal
人也是動物的一種。
rén yě shì dòngwù ·de yì zhǒng

12. 站 zhàn N. / station
台北火車站一共有四個月臺。
táiběi huǒchē zhàn yígòng yǒu sì ·ge yuètái

13. 車 chē N. / car
姊姊的車壞了。
jiě·jie ·de chē huài ·le

搭車 dāchē
V. phrase / to take a bus, a train, MRT, etc.
我要搭六點的車到台北。
wǒ yào dā liù diǎn ·de chē dào táiběi

14. 終點 zhōngdiǎn N. / destination, end
有人認為死亡不是生命的終點。
yǒu rén rènwéi sǐwáng bú shì shēngmìng ·de zhōngdiǎn

終(點)站 zhōng(diǎn)zhàn
N. phrase / terminal, terminal station
淡水線的終站就是淡水站。
dànshuǐ xiàn ·de zhōngzhàn jiù shì dànshuǐ zhàn

15. 出口 chūkǒu N. / exit
十五分鐘後，表妹依然找不到迷宮的出口。
shíwǔ fēnzhōng hòu biǎomèi yīrán zhǎo bú dào mígōng ·de chūkǒu

出 chū V. / [mainly as compliment of movement] to go out
小君一整天都沒出過房門。
xiǎojūn yìzhěngtiān dōu méi chū guò fángmén
你給我出去！
nǐ gěiwǒ chū qù

爸爸打開箱子，拉出那件舊洋裝，又仔細地看了一遍。
bà·ba dǎ kāi xiāng·zi lā chū nà jiàn jiù yángzhuāng yòu zǐxì ·de kàn ·le yí biàn

介詞 (particle)

1. 往 wǎng
particle / towards, to, for (+ destination)
那群燕子往北邊的山脈飛去。
nà qún yàn·zi wǎng běibiān ·de shānmài fēi q
我們應該不斷往前走。
wǒ·men yīnggāi búduàn wǎng qián zǒu

2. 從 cóng particle / from; via
我朋友是從日本來的。
wǒ péngyǒu shì cóng rìběn lái ·de
老鼠大概是從這個洞溜出去的。
lǎoshǔ dàgài shì cóng zhè ·ge dòng liū chū qù ·de

動詞作趨向補語用
qūxiàng
(verb as compliment of movement)

1. 回 huí
V. / to go back, come back; to return
爸爸每天六點準時回家。
bà·ba měitiān liù diǎn zhǔnshí huí jiā
(as compliment of movement) V. + 回 + place as starting point or home
我們一邊聊天一邊走回宿舍。
wǒ·men yìbiān liáotiān yìbiān zǒu huí sùshè
最後青蛙終於變回了王子。
zuìhòu qīngwā zhōngyú biàn huí ·le wángzǐ

2. 到 dào V. / [mostly as a compliment of movement] to arrive
你要到哪裡去？
nǐ yào dào nǎlǐ qù
(as compliment of movement) V. + 到 + the destination of the verb
老板把車開到車庫裡了。
lǎobǎn bǎ chē kāi dào chēkù lǐ ·le

動詞與靜態動詞 (verb and static verb)

1. 寫 xiě V. / to write
這個字怎麼寫？
zhè ·ge zì zě·me xiě
這位作家已經寫了好幾本小說了。
zhèwèi zuòjiā yǐjīng xiě ·le hǎojǐ běn xiǎoshuō ·le

2. 想 xiǎng V. / to think; to consider
最近一直很想到日本去玩。
zuìjìn yìzhí hěn xiǎng dào rìběn qù wán
你在想什麼？
nǐ zài xiǎng shé·me

3. 寄 jì V. / to send (letter, package, etc.)
保羅打算把一部分的行李寄回巴西。
bǎoluó dǎsuàn bǎ yíbùfèn ·de xínglǐ jì huí bāxī

4. 曉得 xiǎo·de V. / to know
沒有人曉得正確答案是哪一個。
méiyǒu rén xiǎo·de zhèngquè dáàn shì nǎ yí ·ge
你曉得老師哪一天辦婚禮嗎？
nǐ xiǎo·de lǎoshī nǎ yì tiān bàn hūnlǐ ·ma

5. 糟糕 zāogāo SV. / (informal) lousy, bad
我連這麼簡單的字都不會拼，真糟糕。
wǒ lián zhè·me jiǎndān ·de zì dōu bú huì pīn zhēn zāogāo

6. 忘 wàng
V. / to forget (usually followed by 了 or 掉)
老師突然忘了他的名字。
lǎoshī túrán wàng ·le tā ·de míng·zi
小玲又把雨傘忘在公車上了。
xiǎolíng yòu bǎ yǔsǎn wàng zài gōngchē shàng ·le

忘記 wàngjì V. / to forget
我永遠不會忘記她天使般的笑容。
wǒ yǒngyuǎn bú huì wàngjì tā tiānshǐ bān ·de xiàoróng

7. 直走 zhízǒu V. / to go straight
司機先生，遇到下個十字路口就直走。
sījī xiānshēng yù dào xià ·ge shízìlùkǒu jiù zhízǒu

8. 轉(1) zhuǎn V. / to turn
舞者優雅地轉了一圈。
wǔzhě yōuyǎ ·de zhuǎn ·le yì quān

左轉 / 右轉 zuǒzhuǎn/yòuzhuǎn
V. / to turn left/right
等一下先左轉，再右轉，就到我家了。
děng yíxià xiān zuǒzhuǎn zài yòuzhuǎn jiù dào wǒ jiā ·le

9. 走 zǒu V. / to walk, to go on foot
我快要走不動了。
wǒ kuàiyào zǒu bú dòng ·le

10. 完 wán V. / [mostly as a compliment of result] to finish
上完課就打電話給我。
shàng wán kè jiù dǎ diànhuà gěi wǒ

11. 打算 dǎsuàn V. / to plan (to do something)
室友打算明年報考國外的研究所。
shìyǒu dǎsuàn míngnián bàokǎo guówài ·de yánjiùsuǒ

12. 坐 zuò V. / to sit; to take (transportation)
師丈看到老師坐在沙發上，就在她身邊坐了下來。
shīzhàng kàn dào lǎoshī zuò zài shāfā shàng jiù zài tā shēnbiān zuò ·le xià lái
媽媽今天早上坐火車到花蓮去了。
mā·ma jīntiān zǎoshàng zuò huǒchē dào huālián qù ·le

13. 知道 zhīdào V. / to know
我不知道問題的答案。
wǒ bù zhīdào wèntí ·de dáàn

14. 搭 dā V. / to take (transportation) = 坐
日本朋友明天會搭五點半的班機到台灣來。
rìběn péngyǒu míngtiān huì dā wǔ diǎn bàn ·de bānjī dào táiwān lái

15. 轉(2) zhuǎn V. / to switch (to another line of train or of MRT)
要從一O一大樓坐捷運到淡水的話，必須在台北站轉車。
yào cóng yīlíngyī dàlóu zuò jiéyùn dào dànshuǐ ·dehuà bìxū zài táiběi zhàn zhuǎn chē

16. 下(車) xià(chē) V. / to get off (bus, train, etc.); to get out of (car, taxi, etc.)
列車快要開了，請還沒下車的旅客趕快下車。
lièchē kuàiyào kāi ·le qǐng háiméi xiàchē ·de lǚkè gǎnkuài xiàchē

量詞 (measure)

1. 封 fēng M. / [measure for letters, emails]
今天早上老師寄了兩封信過來。
jīntiān zǎoshàng lǎoshī jì ·le liǎng fēng xìn guòlái

2. 個 ·ge M. / [measure for countable things]
那個人買了兩個燈泡。
nà ·ge rén mǎi ·le liǎng ·ge dēngpào
你這個想法不錯。
nǐ zhè ·ge xiǎngfǎ búcuò

副詞 (adverb)

1. 先 xiān adv. / first, firstly
子維決定先讀書再出去逛街。
zǐwéi juédìng xiān dúshū zài chūqù guàngjiē

2. 再 zài adv. / then
先吃完早餐再出門！
xiān chī wán zǎocān zài chūmén

3. 大約 dàyuē adv. / approximately, about, around
晚會來了大約五十個人。
wǎnhuì lái ·le dàyuē wǔshí ·ge rén

4. 一直 yìzhí adv. / always, all the way; to keep (doing something)
路上他一直不說話，只是看著窗外的風景。
lùshàng tā yìzhí bù shuōhuà zhǐshì kàn ·zhe chuāng wài ·de fēngjǐng

疑問代詞 (interrogative pronoun)

1. 哪裡 nǎlǐ interrogative proN. / where
完蛋了，我把護照放到哪裡去了？
wándàn ·le wǒ bǎ hùzhào fàng dào nǎlǐ qù ·le

這裡 zhèlǐ demonstrative proN. / here
那裡 nàlǐ demonstrative proN. / there
這裡有兩張椅子，那裡有一張桌子。
zhèlǐ yǒu liǎng zhāng yǐ·zi nàlǐ yǒu yì zhāng zhuō·zi
從你那裡開車到我這裡要花多少時間？
cóng nǐ nàlǐ kāi chē dào wǒ zhèlǐ yào huā duōshǎo shíjiān

2. 怎麼 zě·me interrogative proN. / how
你怎麼知道我的名字？
nǐ zě·me zhīdào wǒ ·de míng·zi

怎麼了？ zě·me·le What's up? How is [someone's] condition?
艾婕：先生，你怎麼了？ 路人：沒事的，頭有點暈而已。
àijié xiānshēng nǐ zě·me·le lùrén méishì ·de tóu yǒu diǎn yūn éryǐ

連詞 (conjunction or connective)

1. 但是 dànshì conj. / but
這個故事雖然很短，但是十分精彩。
zhè ·ge gùshì suīrán hěn duǎn dànshì shífēn jīngcǎi
我很想買這個皮包，但是我的錢不夠。
wǒ hěn xiǎng mǎi zhè ·ge píbāo dànshì wǒ ·de qián búgòu

嘆詞 (interjection)

1. 喔 ·o interj. / oh
喔，我懂了。
·o wǒ dǒng ·le

語氣助詞 (modal auxiliary)

1. 啊 ·a modal particle / [used to pause in a sentence, usually to call for attention to the preceding word as a topic]
李老師啊，已經到夏威夷去玩囉！
lǐ lǎoshī ·a yǐjīng dào xiàwēiyí qù wán ·luo
我啊，從來不作弊。
wǒ ·a cónglái bú zuòbì

套語 (idiom)

1. 不客氣 búkèqì you're welcome
艾婕：謝謝你的招待！ 龍媽：不客氣！
àijié xiè·xie nǐ ·de zhāodài lóngmā búkèqì

第四課

1. 不愧是～búkuìshì to deserve the name of
真不愧是老師，什麼字都難不倒他。
zhēn búkuìshì lǎoshī shé·me zì dōu nán bù dǎo tā

2. 乾脆 gāncuì
let's make it simpler by ~, crisply, simply
你這麼想要的話，乾脆買下來好了。
nǐ zhè·me xiǎngyào ·dehuà gāncuì mǎi xiàlái hǎo ·le

3. 聽說～tīngshuō it is said that~
聽說花貓一定是母的，真的嗎？
tīngshuō huāmāo yídìng shì mǔ ·de zhēn·de ·ma

4. 還不是～háibúshì of course it is ~ that ~
子芸會受這個傷，還不是森川害的。
zǐyún huì shòu zhè·ge shāng háibúshì sēnchuān hài ·de

5. 難怪 nánguài no wonder
晚餐吃得這麼油膩，難怪會肚子痛。
wǎncān chī·de zhè·me yóunì nánguài huì dù·zi tòng

名詞 (noun)

1. 下午 xiàwǔ N. / afternoon
下午三點到三點半是點心時間。
xiàwǔ sāndiǎn dào sāndiǎnbàn shì diǎnxīn shíjiān

2. 男子 nánzǐ N. / man
突然有一名陌生男子出現在我家門口。
túrán yǒu yì míng mòshēng nánzǐ chūxiàn zài wǒ jiā ménkǒu

3. 兒子 ér·zi N. / son
陳先生的兒子在台大醫院當醫生。
chén xiānshēng ·de ér·zi zài táidà yīyuàn dāng yīshēng

4. 號碼 hàomǎ N. / number
請問您方不方便給我您的電話號碼？
qǐngwèn nín fāng bù fāngbiàn gěi wǒ nín ·de diànhuà hàomǎ

5. 消息 xiāoxí N. / news, message
有一個壞消息跟一個好消息，你要先聽哪一個？
yǒu yí ·ge huài xiāoxí gēn yí ·ge hǎo xiāoxí nǐ yào xiān tīng nǎ yí ·ge

6. 手機 shǒujī N. / cell phone
現在的手機功能越來越多變了。
xiànzài ·de shǒujī gōngnéng yuè lái yuè duōbiàn ·le

7. 平均 píngjūn N. / average
每天平均有三十個人坐這班車上學。
měitiān píngjūn yǒu sānshí ·ge rén zuò zhè bān chē shàngxué

8. 每 měi N prefix. / every
子芸每天都準時上班，從不遲到。
zǐyún měitiān dōu zhǔnshí shàngbān cóng bù chídào
每個孩子都很用功。
měi ·ge hái·zi dōu hěn yònggōng

9. 洛杉磯 luòshānjī proper N. / Los Angeles
洛杉磯位於美國西部的加州，是一座大城市。
luòshānjī wèi yú měiguó xībù ·de jiāzhōu shì yí zuò dà chéngshì

10. 客廳 kètīng N. / living room
家裡一共有兩台電視機，一台在客廳，一台在主臥室。
jiālǐ yígòng yǒu liǎng tái diànshìjī yì tái zài kètīng yì tái zài zhǔwòshì

11. 八卦 bāguà N. / gossip
其實大部分的人，不分性別年齡，都喜歡聊八卦。
qíshí dàbùfèn ·de rén bùfēn xìngbié niánlíng dōu xǐhuān liáo bāguà

動詞與靜態動詞 (verb and static verb)

1. 閒著沒事 xián·zhe méishì
SV. / to feel completely idle
你閒著沒事就來幫我整理房間吧！
nǐ xián·zhe méishì jiù lái bāng wǒ zhěnglǐ fángjiān ·ba

2. 打電話 dǎ diànhuà V. / to make a phone call
有問題就打電話給我。
yǒu wèntí jiù dǎ diànhuà gěi wǒ

3. 找 zhǎo V. / to seek
張太太上個月飛到舊金山去找朋友。
zhāng tài·tai shàng ·ge yuè fēi dào jiùjīnshān qù zhǎo péngyǒu

4. 聊天 liáotiān V. / to chat
我們一起用中文聊天吧！
wǒ·men yìqǐ yòng zhōngwén liáotiān ·ba

5. 打發時間 dǎfā shíjiān V. / to kill time
慧琪和她妹妹玩撲克牌打發時間。
huìqí hàn tā mèi·mei wán pū·kepái dǎfā shíjiān

6. 打錯 dǎcuò V. / to have the wrong number
打錯電話是件很尷尬的事。
dǎcuò diànhuà shì jiàn hěn gāngà ·de shì

錯 cuò SV. / to be wrong
老師又唸錯我的名字了。
lǎoshī yòu niàn cuò wǒ ·de míng·zi ·le

7. 掛 guà V. / to hang up
隨便掛人電話是很不禮貌的。
suíbiàn guà rén diànhuà shì hěn bù lǐmào ·de

8. 撥 bō V. / to dial
報警請撥一一O。
bàojǐng qǐng bō yīyīlíng

9. 應該 yīnggāi SV. / to be supposed to
艾婕中文那麼好，考試應該沒問題吧！
àijié zhōngwén nà·me hǎo kǎoshì yīnggāi méi wèntí ·ba

10. 聽 tīng V. / to listen to
子維每次聽這首歌都會流下眼淚。
zǐwéi měicì tīng zhè shǒu gē dōu huì liúxià yǎnlèi

11. 認 rèn V. / to recognize
老師認得每一位同學的臉。
lǎoshī rèn ·de měi yí wèi tóngxué ·de liǎn

12. 通 tōng V. / to go through
火車通過了山洞。
huǒchē tōngguò ·le shāndòng
女兒的手機一直打不通。
nǚér ·de shǒujī yìzhí dǎ bù tōng

13. 重要 zhòngyào SV. / to be important
這篇文章非常重要，是認識中國文化的一把鑰匙。
zhèpiān wénzhāng fēicháng zhòngyào shì rènshì zhōngguó wénhuà ·de yì bǎ yào·shi

14. 告訴 gàosù V. / to tell
如果我們的服務讓您滿意，請告訴您的親朋好友。
rúguǒ wǒ·men ·de fúwù ràng nín mǎnyì qǐng gàosù nín ·de qīnpénghǎoyǒu

15. 辦 bàn
V. / to undergo some procedures so as to get
要先辦借書證才能在圖書館借書。
yào xiān bàn jièshūzhèng cái néng zài túshūguǎn jièshū

16. 麻煩死了 máfán sǐ·le
SV. / to be troublesome to death
開個會就要我從台北開車到高雄去，真是麻煩死了。
kāi ·ge huì jiù yào wǒ cóng táiběi kāichē dào gāoxióng qù zhēnshì máfán sǐ·le

17. 中樂透頭獎 zhòng lètòu tóujiǎng
V. / to hit the jackpot in a lottery
我中樂透頭獎的話，一定馬上辭職！
wǒ zhòng lètòu tóujiǎng ·dehuà yídìng mǎshàng cízhí

18. 有錢 yǒuqián SV. / to be rich
誰都想嫁個有錢的丈夫。
shéi dōu xiǎng jià ·ge yǒuqián ·de zhàngfū

19. 不一樣 bùyíyàng SV. / to be different
「牛」跟「午」兩個字很像，但仍然是不一樣的字。
niú gēn wǔ liǎng ·ge zì hěn xiàng dàn réngrán shì bùyíyàng ·de zì

20. 羨慕 xiànmù V. / to envy
妹妹很羨慕姊姊事業上的成就。
mèi·mei hěn xiànmù jiě·jie shìyè shàng ·de chéngjiù

21. 講 jiǎng V. / to to talk, speak
楊老師會講中文、英文跟西班牙文。
yáng lǎoshī huì jiǎng zhōngwén yīngwén gēn xībānyáwén

22. 開心 kāixīn SV. / to feel happy, have fun
一想到夢想要實現了，女孩就開心不已。
yì xiǎng dào mèngxiǎng yào shíxiàn ·le nǚhái jiù kāixīn bùyǐ

副詞 (adverb)

1. 隨時 suíshí adv. / anytime, at any moment
我家隨時歡迎你們再來玩！
wǒ jiā suíshí huānyíng nǐ·men zàilái wán

2. 最近 zuìjìn adv. / lately
最近最熱門的話題是什麼？
zuìjìn zuì rèmén ·de huàtí shì shé·me

3. 此時 cǐshí adv. / at the same time
此時，父親正走進客廳，打算倒一杯茶來喝。
cǐshí fùqīn zhèng zǒu jìn kètīng dǎsuàn dào yì bēi chá lái hē

4. 這麼 zhè·me adv. / so, in this way
幾年沒見，你已經長這麼大了！
jǐnián méi jiàn nǐ yǐjīng zhǎng zhè·me dà ·le

嘆詞 (interjection)

1. 喂？wéi interj. / hello? [telephone]
喂？請問你找誰？
wéi qǐngwèn nǐ zhǎo shéi

2. 唉呀 āi·ya interj. / oops, oh
唉呀！我寫錯字了。
āi·ya wǒ xiě cuò zì ·le

3. 唉喲 āiyō interj. / wow
唉喲，你很聰明嘛！
āiyō nǐ hěn cōngmíng ·ma

套語 (idiom)

1. 沒關係 méiguān·xi that's OK; never mind
艾婕：真對不起！我真的不是故意的！
龍媽：沒關係！
àijié zhēn duìbùqǐ wǒ zhēn·de bú shì gùyì ·de
lóngmā méiguān·xi

2. 不講這個 bù jiǎng zhè·ge
let's change our topic
你妹妹這樣也太胡塗了。不講這個，
你覺得我新買的指甲油怎麼樣？
nǐ mèi·mei zhèyàng yě tài hútú ·le bù jiǎng
zhè·ge nǐ jué·de wǒ xīn mǎi ·de zhǐjiǎyóu
zě·meyàng

3. 別賣關子了 bié mài guān·zi ·le
don't keep me guessing
你別賣關子了，快告訴我好不好？
nǐ bié mài guān·zi ·le kuài gàosù wǒ hǎo
bù hǎo

4. 真的假的 zhēn·de jiǎ·de Are you serious?
那個女明星要嫁到非洲去了？真的假的？
nà·ge nǚmíngxīng yào jià dào fēizhōu qù ·le
zhēn·de jiǎ·de

第五課

1. 連同……在內 liántóng zàinèi
including something or someone
連同我們在內，總共有二十五個人要參加這次的旅行。
liántóng wǒ·men zàinèi zǒnggòng yǒu
èrshíwǔ ·ge rén yào cānjiā zhècì ·de lǚxíng

名詞 (noun)

1. 經理 jīnglǐ N. / manager
課長被經理狠狠地罵了一頓。
kèzhǎng bèi jīnglǐ hěnhěn·de mà ·le yí dùn

2. 客戶 kèhù N. / client
無論如何都要以客戶的需求為第一優先。
wúlùn rúhé dōu yào yǐ kèhù ·de xūqiú wéi
dìyī yōuxiān

3. 一點 yìdiǎn N. / a little
我沒什麼才藝，只會彈一點鋼琴而已。
wǒ méishé·me cáiyì zhǐ huì tán yìdiǎn
gāngqín éryǐ

4. 午餐wǔcān N. / lunch
在美國有許多人是不吃午餐的。
zài měiguó yǒu xǔduō rén shì bù chī
wǔcān ·de

5. 名片 míngpiàn N. / business card
老板跟客戶交換名片後，就開始閒聊了起來。
lǎobǎn gēn kèhù jiāohuàn míngpiàn hòu jiù
kāishǐ xiánliáo ·le qǐlái

6. 肚子 dù·zi N. / belly
容易緊張的人也容易肚子痛。
róngyì jǐnzhāng ·de rén yě róngyì dù·zi tòng

7. 餃子 jiǎo·zi N. / dumplings
日本的餃子不合大多數台灣人的口味。
rìběn ·de jiǎo·zi bù hé dàduōshù táiwān rén
·de kǒuwèi

8. 豆腐 dòufǔ N / tofu
豆腐是很健康的食品。
dòufǔ shì hěn jiànkāng ·de shípǐn

9. 盤 pán N. / plate
我要一盤燙青菜。
wǒ yào yì pán tàng qīngcài

粗心的服務生又打破了一個盤子。
cūxīn ·de fúwùshēng yòu dǎpò ·le yí ·ge pán·zi

10. 螞蟻 mǎyǐ　N. / ant
螞蟻是一種很團結的動物。
mǎyǐ shì yì zhǒng hěn tuánjié ·de dòngwù

11. 樹 shù　N. / tree
公園裡有許多不同種類的樹。
gōngyuán lǐ yǒu xǔduō bùtóng zhǒnglèi ·de shù
櫻花是開在樹上的。
yīnghuā shì kāi zài shù shàng ·de

12. 紅燒 hóngshāo　N. / stew in soy sauce
我最喜歡吃媽媽做的紅燒蹄膀。
wǒ zuì xǐhuān chī mā·ma zuò ·de hóngshāo típáng

13. 獅子 shī·zi　N. / lion
獅子是百獸之王。
shī·zi shì bǎishòu zhī wáng

14. 頭 tóu　N. / head
冷氣吹太久的話，很容易頭痛。
lěngqì chuī tài jiǔ ·dehuà hěn róngyì tóu tòng

15. 絞肉 jiǎoròu　N. / chopped meat
水餃裡面包著絞肉跟高麗菜。
shuǐjiǎo lǐmiàn bāo ·zhe jiǎoròu gēn gāolìcài

16. 冬粉 dōngfěn
N. / cellophane noodles, mung bean noodles
冬粉又叫粉絲，是一種用綠豆做的麵條狀食品。
dōngfěn yòu jiào fěnsī shì yì zhǒng yòng lǜdòu zuò ·de miàntiáo zhuàng shípǐn

17. 豬肉 zhūròu　N. / pork
信仰伊斯蘭教的穆斯林是不吃豬肉的。
xìnyǎng yīsīlánjiào ·de mùsīlín shì bù chī zhūròu ·de

18. 丸子 wán·zi　N. / meatball
用豬肉做的丸子叫貢丸，用魚肉做的丸子叫魚丸。
yòng zhūròu zuò ·de wán·zi jiào gòngwán yòng yúròu zuò ·de wán·zi jiào yúwán

19. 鳳梨 fènglí　N. / pineapple
日本沖繩縣盛產鳳梨。
rìběn chōngshéng xiàn shèngchǎn fènglí

20. 蝦 xiā　N. / shrimp
蝦往往是泰國菜的主角。
xiā wǎngwǎng shì tàiguó cài ·de zhǔjiǎo

21. 宮保 gōngbǎo　N. / Gongbao sauce
宮保雞丁是著名的中國佳餚。
gōngbǎo jīdīng shì zhùmíng ·de zhōngguó jiāyáo

22. 高麗菜 gāolìcài　N. / cabbage
學妹除了高麗菜以外，其他青菜都不吃。
xuémèi chú ·le gāolìcài yǐwài qítā qīngcài dōu bù chī

23. 酸菜 suāncài　N. / pickle
劉阿姨做的酸菜特別下飯。
liú āyí zuò ·de suāncài tèbié xiàfàn

24. 白肉 báiròu　N. / white part of pork
姊姊做的蒜泥白肉非常美味可口。
jiě·jie zuò ·de suànní báiròu fēicháng měiwèi kěkǒu

25. 鍋 guō　N. / pot
冬天吃麻辣鍋真的很過癮！
dōngtiān chī málà guō zhēn·de hěn guòyǐn

26. 碗 wǎn　N. / bowl
東方多用碗裝湯，西方多用盤子裝湯。
dōngfāng duō yòng wǎn zhuāng tāng xīfāng duō yòng pán·zi zhuāng tāng

27. 白飯 báifàn　N. / white rice, polished rice
白飯不如糙米飯健康。
báifàn bùrú cāomǐfàn jiànkāng

28. 熱情 rèqíng
N. / passion, heartwarming attitude
一般來說，鄉下人比城市人熱情。
yìbān láishuō xiāngxià rén bǐ chéngshì rén rèqíng

29. 機會 jīhuì　N. / chance
有機會我一定會去拜訪您的。
yǒu jīhuì wǒ yídìng huì qù bàifǎng nín ·de

動詞與靜態動詞 (verb and static verb)

1. 請 qǐng　V. / to request
老師請傑克翻譯一小段文章。
lǎoshī qǐng jiékè fānyì yì xiǎo duàn wénzhāng

. 負責 fùzé V. / to be responsible for
這位先生負責這次研討會的場地佈置。
zhèwèi xiānshēng fùzé zhècì yántǎohuì ·de chǎngdì bùzhì

. 接待 jiēdài V. / to receive someone
子芸一家熱情接待這位從日本來的新朋友。
zǐyún yìjiā rèqíng jiēdài zhèwèi cóng rìběn lái ·de xīn péngyǒu

. 簡單 jiǎndān V. / to be easy
線性代數比微積分簡單多了。
xiànxìng dàishù bǐ wéijīfēn jiǎndān duō ·le

. 跟……約好 gēn yuēhǎo V. / to have made an appointment with
喬峰跟段正淳約好半夜在橋頭見面。
qiáofēng gēn duànzhèngchún yuēhǎo bànyè zài qiáotóu jiànmiàn

. 餓 è SV. / to be hungry
這麼久沒餵飼料，小狗一定餓了吧！
zhème jiǔ méi wèi sìliào xiǎogǒu yídìng è ·le ·ba

. 了解 liǎojiě V. / to understand
沒有人能夠完全了解別人。
méiyǒu rén nénggòu wánquán liǎojiě biérén

. 道地 dàodì SV. / to be authentic
這家俄國餐廳的菜有著道地的俄國風味。
zhè jiā èguó cāntīng ·de cài yǒu ·zhe dàodì ·de èguó fēngwèi

. 合……（的）胃口 hé (·de) wèikǒu SV. / to give good appetite to someone
日本料理很合我的胃口。
rìběn liàolǐ hěn hé wǒ ·de wèikǒu

. 炒 chǎo V. / to stir-fry
青菜剛炒好的時候最好吃。
qīngcài gāng chǎo hǎo ·de shíhòu zuì hǎochī

1. 嚇（……）一跳 xià yítiào V. / to surprise someone
看到榜單時我嚇了一跳。
kàndào bǎngdān shí wǒ xià ·le yítiào
林同學突然跑出來，嚇了我一大跳。
lín tóngxué túrán pǎo chūlái xià ·le wǒ yí dà tiào

12. 敢 gǎn V. / to dare, be okay to
我晚上不敢一個人上廁所。
wǒ wǎnshàng bù gǎn yí ·ge rén shàng cèsuǒ
你敢吃蝸牛嗎？
nǐ gǎn chī guāniú ·ma

13. 飽 bǎo SV. / to be filled
每次吃自助餐都會不小心吃得太飽。
měicì chī zìzhùcān dōu huì bùxiǎoxīn chī ·de tài bǎo

14. 點 diǎn V. / to order
他們夫妻兩人只點了三道菜。
tā·men fūqī liǎngrén zhǐ diǎn ·le sān dào cài

15. 稍等 shāoděng V. / to wait a moment
請稍等一分鐘，我們馬上為您處理。
qǐng shāoděng yì fēnzhōng wǒ·men mǎshàng wèi nín chǔlǐ

16. 吃不下 chībúxià SV. / can eat no more
最後一塊麵包給他吃吧，我已經吃不下了。
zuìhòu yí kuài miànbāo gěi tā chī ·ba wǒ yǐjīng chībúxià ·le

17. 招待 zhāodài V. / to entertain
我打算買一大盒餅乾來招待他們。
wǒ dǎsuàn mǎi yí dà hé bǐnggān lái zhāodài tā·men
公司招待小王一家人到夏威夷去旅遊。
gōngsī zhāodài xiǎowáng yìjiārén dào xiàwēiyí qù lǚyóu

18. 請……吃飯 qǐng chīfàn SV. / to treat someone
為了感謝老師的辛勤指導，我們決定請老師吃飯。
wèi·le gǎnxiè lǎoshī ·de xīnqín zhǐdǎo wǒ·men juédìng qǐng lǎoshī chīfàn

19. 認識 rènshì V. / to get familiar with
小劉是我剛認識的朋友。
xiǎoliú shì wǒ gāng rènshì ·de péngyǒu
學長帶大一新生認識一下新環境。
xuézhǎng dài dàyī xīnshēng rènshì yíxià xīn huánjìng

20. 覺得 jué·de V. / to feel
這種天氣，誰都會覺得熱。
zhèzhǒng tiānqì shéi dōu huì jué·de rè

我覺得你說的有道理。
wǒ jué·de nǐ shuō ·de yǒu dàolǐ

副詞 (adverb)

1. 平常 píngcháng adv. / normally
哥哥平常就有做運動的習慣，要搬這些東西並不困難。
gē·ge píngcháng jiù yǒu zuò yùndòng ·de xíguàn yào bān zhèxiē dōng·xī bìng bú kùnnán

2. 特地 tèdì adv. / specially
這是我朋友特地到德國買來送我的禮物。
zhè shì wǒ péngyǒu tèdì dào déguó mǎi lái sòng wǒ ·de lǐwù

3. 下次 xiàcì adv. / next time
下次見！
xiàcì jiàn
下次要記得帶購物袋喔！
xiàcì yào jì·de dài gòuwùdài ·o

4. 四處 sìchù adv. / everywhere around
你要小心，這裡四處都是可疑人物。
nǐ yào xiǎoxīn zhèlǐ sìchù dōu shì kěyí rénwù

量詞 (measure)

1. 頓 dùn M. / measure for a meal
他過著三餐有一頓沒一頓的生活。
tā guò ·zhe sāncān yǒu yí dùn méi yí dùn ·de shēnghuó

套語 (idiom)

1. 敝姓…… bì xìng my surname is...
您好，敝姓日向，我是日本人，這是我的名片！
nínhǎo bì xìng rìxiàng wǒ shì rìběn rén zhè shì wǒ ·de míngpiàn

2. 初次見面 chūcì jiànmiàn this is the first time we meet
您好，初次見面，不知道您怎麼稱呼？
nínhǎo chūcì jiànmiàn bùzhīdào nín zě·me chēnghū

3. 多多指教 duōduō zhǐjiào your advice for me will always be welcomed
大家好，我是各位的新老師，敝姓許。以後請各位多多指教了！
dàjiāhǎo wǒ shì gèwèi ·de xīn lǎoshī bì xìng xǔ yǐhòu qǐng gèwèi duōduōzhǐjiào ·le

第六課

1. 難怪 nánguài no wonder
他從小在台灣長大，難怪中文說得這麼好。
tā cóng xiǎo zài táiwān zhǎngdà nánguài zhōngwén shuō ·de zhè·me hǎo

名詞 (noun)

1. 週末 zhōumò N. / weekend
週末指的是禮拜六跟禮拜日兩天。
zhōumò zhǐ ·de shì lǐbàiliù gēn lǐbàirì liǎng tiān

2. 假期 jiàqí N. / holidays, vacation
為了趕報告，這個假期恐怕沒辦法出去玩了。
wèi·le gǎn bàogào zhè·ge jiàqí kǒngpà méibànfǎ chūqù wán ·le

3. 九份 jiǔfèn proper N. / Jiufen
芋圓、魚丸跟黃金都是九份的名產。
yùyuán yúwán gēn huángjīn dōu shì jiǔfèn ·de míngchǎn

4. 住處 zhùchù
N. / place where one lives, lodgment
請填入您的住處地址以及電話。
qǐng tiánrù nín ·de zhùchù dìzhǐ yǐjí diànhuà

5. 聲音 shēngyīn N. / sound, voice
車子引擎發出奇怪的聲音。
chē·zi yǐnqíng fāchū qíguài ·de shēngyīn
歌手的聲音很柔、很細，聽起來非常舒服。
gēshǒu ·de shēngyīn hěn róu hěn xì tīng qǐlái fēicháng shūfú

. 禮拜六 lǐbàiliù N. / Saturday
一個禮拜有七天：禮拜日、禮拜一、禮拜二、禮拜三、禮拜四、禮拜五、禮拜六。一個禮拜也可以說成一個星期，包含星期日、星期一、星期二、星期三、星期四、星期五、星期六。禮拜日、星期日又叫禮拜天、星期天。
yí ·ge lǐbài yǒu qī tiān lǐbàirì lǐbàiyī lǐbàièr lǐbàisān lǐbàisì lǐbàiwǔ lǐbàiliù yí ·ge lǐbài yě kěyǐ shuō chéng yí ·ge xīngqí bāohán xīngqírì xīngqíyī xīngqíèr xīngqísān xīngqísì xīngqíwǔ xīngqíliù lǐbàirì xīngqírì yòu jiào lǐbàitiān xīngqítiān

. 縣 xiàn N. / County
阿里山在嘉義縣。
ālǐshān zài jiāyì xiàn

. 鎮 zhèn N. / Township
我的老家在桃園縣楊梅鎮。
wǒ ·de lǎojiā zài táoyuán xiàn yángméi zhèn

. 懷舊氣氛 huáijiù qìfēn N. / nostalgia, nostalgic atmosphere
這棟木造小茶樓洋溢著濃濃的懷舊氣氛。
zhè dòng mùzào xiǎo chálóu yángyì ·zhe nóngnóng ·de huáijiù qìfēn

. 觀光景點 guānguāng jǐngdiǎn N. / attraction for sightseeing, spot to visit
位於南投縣的日月潭是人人必去的觀光景點。
wèiyú nántóu xiàn ·de rìyuètán shì rénrén bìqù ·de guānguāng jǐngdiǎn

. 門口 ménkǒu N. / entrance
小朋友在門口撿到十塊錢。
xiǎopéngyǒu zài ménkǒu jiǎn dào shí kuài qián

2. 火車站 huǒchē zhàn N. / railway station
這家百貨公司離火車站很近。
zhè jiā bǎihuò gōngsī lí huǒchē zhàn hěn jìn

3. 接駁公車 jiēbó gōngchē N. / shuttle bus
你可以在市政府站下車，再坐接駁公車到世貿一館。
nǐ kěyǐ zài shìzhèngfǔ zhàn xiàchē zài zuò jiēbó gōngchē dào shìmào yī guǎn

4. 樓梯 lóutī N. / stairs
多爬樓梯有益身心健康。
duō pá lóutī yǒuyì shēnxīn jiànkāng

15. 茶館 cháguǎn N. / teahouse
貓空以茶館聞名全台灣。
māokōng yǐ cháguǎn wénmíng quán táiwān

16. 芋圓 yùyuán N. / taro ball, a kind of snack
台灣人多半用台語稱呼芋圓。
táiwān rén duōbàn yòng táiyǔ chēnghū yùyuán

17. 魚丸湯 yúwán tāng N. / soup with fish balls
淡水的魚丸湯味道也非常鮮美。
dànshuǐ ·de yúwán tāng wèidào yě fēicháng xiānměi

18. 背 bèi N. / back
小美一直暗戀著那個坐在她背後的男孩。
xiǎoměi yìzhí ànliàn ·zhe nà ·ge zuò zài tā bèi hòu ·de nánhái

19. 餐巾紙 cānjīn zhǐ N. / paper napkin
森川拿了兩張餐巾紙擦嘴巴。
sēnchuān ná ·le liǎng zhāng cānjīn zhǐ cā zuǐ·bā

20. 紀念品 jìniànpǐn N. / souvenir
難得到狄士尼樂園去玩，卻忘記買紀念品，真可惜！
nándé dào díshìní lèyuán qù wán què wàngjì mǎi jìniànpǐn zhēn kěxí

21. 黃金 huángjīn N. / gold
媽媽的戒指是黃金打造的。
mā·ma ·de jièzhǐ shì huángjīn dǎzào ·de

22. 小倆口 xiǎoliǎngkǒu N. / young couple
我們先走吧，不要妨礙他們小倆口談情說愛了。
wǒ·men xiān zǒu ·ba bú yào fáng'ài tā·men xiǎoliǎngkǒu tánqíngshuōài ·le

23. 黃昏 huánghūn N. / dusk
古代的婚禮都在黃昏舉行。
gǔdài ·de hūnlǐ dōu zài huánghūn jǔxíng

24. 夕陽 xìyáng N. / the setting sun
天上又大又紅的夕陽異常美麗。
tiān shàng yòu dà yòu hóng ·de xìyáng yìcháng měilì

25. 刻 kè N. / moment
這一刻，我什麼都明白了。原來他所做的這一切，全是為了我。
zhè yí kè wǒ shé·me dōu míngbái ·le yuánlái tā suǒ zuò ·de zhè yíqiè quán shì wèi·le wǒ

26. 淡水 dànshuǐ
proper N. / Tamshui, Danshui
淡水的漁人碼頭是傳說中的約會聖地。
dànshuǐ ·de yúrén mǎtóu shì chuánshuō zhōng ·de yuēhuì shèngdì

動詞與靜態動詞 (verb and static verb)

1. 利用 lìyòng V. / to take advantage of
我想利用這次機會向所有幫過我的人說聲謝謝。
wǒ xiǎng lìyòng zhè cì jīhuì xiàng suǒyǒu bāng guò wǒ ·de rén shuō shēng xiè·xie

2. 無話不談 wúhuà bùtán SV. / can talk about any issue, very compatible
隔壁的老爺爺跟我總是無話不談，感情十分融洽。
gébì ·de lǎo yé·ye gēn wǒ zǒngshì wúhuàbùtán gǎnqíng shífēn róngqià

3. 認得出 rèn ·de chū
V. / to be able to recognize
漸漸地，我已經能認得出班上每個孩子的長相。
jiànjiàn ·de wǒ yǐjīng néng rèn ·de chū bānshàng měi ·ge hái·zi ·de zhǎngxiàng

4. 見面 jiànmiàn V. / to meet
五年後，兩人終於又見面了。
wǔ nián hòu liǎng rén zhōngyú yòu jiànmiàn ·le

5. 遲到 chídào V. / to come late
上課不准遲到！
shàngkè bùzhǔn chídào

6. 介意 jièyì V. / to mind
先生，不好意思，請問你介不介意我抽菸？
xiānshēng bùhǎo yì·si qǐngwèn nǐ jiè bú jièyì wǒ chōuyān

7. 出發 chūfā V. / to set off, start the travel
蘇珊一大早從洛杉磯出發，預計晚上八點抵達台北。
sūshān yídàzǎo cóng luòshānjī chūfā yùjì wǎnshàng bā diǎn dǐdá táiběi

8. 抵達 dǐdá V. / to arrive at
羅伯明天才會抵達洛杉磯，與蘇珊擦身而過。
luóbó míngtiān cái huì dǐdá luòshānjī yǔ sūshān cāshēnérguò

9. 特別 tèbié SV. / to be special
在冰窖喝伏特加果然是個很特別的體驗。
zài bīngjiào hē fútèjiā guǒrán shì ·ge hěn tèbié ·de tǐyàn

10. 有名 yǒumíng SV. / to be famous
這家餐廳究竟有不有名啊？
zhè jiā cāntīng jiùjìng yǒu bù yǒumíng ·a

11. 答對 dádui V. / to answer correctly
考試太難了，我答對的題目不到一半。
kǎoshì tài nán ·le wǒ dáduì ·de tímù bú dào yíbàn

12. 燙 tàng SV. / to be very hot
剛煮好的咖啡很燙，小心燙嘴！
gāng zhǔ hǎo ·de kāfēi hěn tàng xiǎoxīn tàng zuǐ

13. 新鮮 xīnxiān SV. / to be fresh
生魚片要好吃，新鮮是關鍵。
shēngyúpiàn yào hǎochī xīnxiān shì guānjiàn

14. 慢 màn SV. / to be slow
生活步調慢一點，心情自然會變好，身體也會比較健康。
shēnghuó bùdiào màn yìdiǎn xīnqíng zìrán huì biàn hǎo shēntǐ yě huì bǐjiào jiànkāng

15. 嗆 qiàng V. / to choke
喝水喝太快很容易嗆到。
hē shuǐ hē tài kuài hěn róngyì qiàng dào

16. 拍 pāi V. / to pat
爸爸拍了我的肩膀一下，要我振作起來。
bà·ba pāi ·le wǒ ·de jiānbǎng yíxià yào wǒ zhènzuò qǐlái

17. 體貼 tǐtiē SV. / to be considerate
幸好我有一個體貼我、照顧我的好太太。
xìnghǎo wǒ yǒu yí ·ge tǐtiē wǒ zhàogù wǒ ·de hǎo tài·tai

18. 遞 dì V. / to pass something to
方便把胡椒鹽遞給我嗎？謝謝！
fāngbiàn bǎ hújiāoyán dì gěi wǒ ·ma xiè·xie

19. 可愛 kěài SV. / to be cute
表姊剛出生的小兒子長得好可愛喔！
biǎojiě gāng chūshēng ·de xiǎo ér·zi zhǎng ·de hǎo kěài ·o

出產 chūchǎn V. / to produce
台灣出產的香蕉又便宜又好吃。
táiwān chūchǎn ·de xiāngjiāo yòu piányí yòu hǎochī

繁榮 fánróng SV. / to prosper
時至今日，古城的繁榮景象已不復存在。
shízhìjīnrì gǔchéng ·de fánróng jǐngxiàng yǐ búfùcúnzài

挖 wā V. / to dig
我一大清早就被機器在馬路上挖洞的聲音吵醒。
wǒ yídàqīngzǎo jiù bèi jīqì zài mǎlù shàng wā dòng ·de shēngyīn chǎo xǐng

沒落 mòluò V. / to decline
十九世紀末，清朝開始沒落、走向衰亡。
shíjiǔ shìjì mò qīngcháo kāishǐ mòluò zǒu xiàng shuāiwáng

變成 biànchéng V. / to become
巫婆的魔法讓王子變成了青蛙。
wūpó ·de mófǎ ràng wángzǐ biànchéng ·le qīngwā

興盛 xīngshèng SV. / to prosper
最近，許多城市都開始興盛起來了。
zuìjìn xǔduō chéngshì dōu kāishǐ xīngshèng qǐlái ·le

透明 tòumíng SV. / to be transparent
窗玻璃是乾淨透明的。
chuāngbōlí shì gānjìng tòumíng ·de

有眼光 yǒu yǎnguāng SV. / to have a sense in telling good from bad
挑到這麼好的老公，你還真有眼光。
tiāo dào zhè·me hǎo ·de lǎogōng nǐ hái zhēn yǒu yǎnguāng

識貨 shìhuò
SV. / to be able to tell good from bad
那個年輕人竟然不要這麼難得一見的古董，真是太不識貨了。
nà ·ge niánqīng rén jìngrán bú yào zhè·me nándéyíjiàn ·de gǔdǒng zhēnshì tài bú shìhuò ·le

刻 kē V. / to carve, inscribe
請不要在公園的樹木上刻名字，謝謝合作。
qǐng bú yào zài gōngyuán ·de shùmù shàng kē míng·zi xiè·xie hézuò

30. 免費 miǎnfèi SV. / to be free of charge
這家餐廳提供免費的飲料。
zhè jiā cāntīng tígōng miǎnfèi ·de yǐnliào

31. 臉紅 liǎnhóng SV. / to blush
別再說了，你看慧芬的臉越來越紅了。
bié zài shuō ·le nǐ kàn huìfēn ·de liǎn yuè lái yuè hóng ·le

32. 害羞 hàixiū SV. / to be shy
別害羞，有什麼話想說就說出來吧！
bié hàixiū yǒu shé·me huà xiǎng shuō jiù shuō chūlái ·ba

33. 麻煩 máfán V. / to bother
真抱歉，又要麻煩你處理幾件麻煩事了。
zhēn bàoqiàn yòu yào máfán nǐ chǔlǐ jǐ jiàn máfán shì ·le

34. 留 liú V. / to keep, hold, make stay
少女留了幾顆橘子沒吃，想帶回去給母親嘗嘗。
shàonǚ liú ·le jǐ kē jú·zi méi chī xiǎng dài huíqù gěi mǔqīn cháng·chang

副詞 (adverb)

1. 上次 shàngcì adv. / the previous time
上次看到雪已經是十年前的事了。
shàngcì kàn dào xuě yǐjīng shì shí nián qián ·de shì ·le

2. 反而 fǎnér adv. / on the contrary, instead
你越想要一個東西，反而越得不到。
nǐ yuè xiǎngyào yí ·ge dōng·xī fǎnér yuè dé bú dào

3. 終於 zhōngyú
adv. / finally, in the long run
經過七年愛情長跑，筱君終於答應了他的求婚。
jīngguò qī nián àiqíng chángpǎo xiǎojūn zhōngyú dāyìng ·le tā ·de qiúhūn

4. 馬上 mǎshàng adv. / right away
你等我一下！我馬上到！
nǐ děng wǒ yíxià wǒ mǎshàng dào

5. 曾經 céngjīng adv. / used to
波蘭曾經從世界地圖上消失過。
bōlán céngjīng cóng shìjiè dìtú shàng xiāoshī guò

6. 後來 hòulái adv. / later on
後來二哥再也沒有回來過。
hòulái èrgē zàiyě méiyǒu huílái guò

連接詞 (conjunction)

1. 結果 jiéguǒ conj. / in the end; the result is
都那麼用功了，結果還是沒考上。
dōu nà·me yònggōng ·le jiéguǒ háishì méi kǎo shàng

套語 (idiom)

1. 不見不散 bújiànbúsàn stay until we meet
艾婕：那我們到時候見囉！
子維：好！不見不散！
àijié nà wǒ·men dào shíhòu jiàn ·luo
zǐwéi hǎo bújiànbúsàn

第七課

1. 簡訊 jiǎnxùn N./ (cell phone) message
子維傳了一封簡訊給子羽，跟他說今天要吃飯的事。
zǐwéi chuán ·le yì fēng jiǎnxùn gěi zǐyǔ gēn tā shō jīntiān yào chīfàn ·de shì

2. 生日 shēngrì N./ birthday
龍媽的生日在十二月十六號。
lóng mā·de shēngrì zài shíèr yuè shíliù hào

3. 幫 bāng for
子芸幫森川留了一塊蛋糕。
zǐyún bāng sēnchuān liú·le yí kuài dàngāo

4. 慶生 qìngshēng 慶祝生日
V./ to celebrate the birthday
同事們決定在森川生日的那天去吃烤肉，替他慶生。
tóngshì·men juédìng zài sēnchān shēngrì ·de nàtiān qù chī kǎoròu tì tā qìngshēng

生日 shēngrì N/ birthday
慶生會 qìng shēng huì
N./ birthday celebration

5. 包廂 bāoxiān
N/ box (in theater, restaurant, etc)
KTV的包廂通常都很暗。
KTV·de bāoxiāng tōngcháng dōu hěn àn

6. 百貨公司 bǎihuò gōngsī
N./ department store
百貨公司每年的大特價，總是吸引很多人。
bǎihuò gōngsī měi nián·de dà tèjià zǒngshì xīyǐn hěn duō rén

7. 前年 qiánnián N./ the year before last year
前年夏天艾婕一個人到西班牙去旅行。
qiánnién xiàtiān tā yí·ge rén dào xībānyá qù lǚxíng

去年 qùnián N./ last year
今年 jīnnián N./ this year

8. 送 sòng V./ to give as a present
現在化妝品全都買一送一，大家快來買喔！
xiànzài huàzhuāngpǐn quán dōu mǎi yī sòng yī dàjiā kuài lái mǎi·o

9. 電鍋 diànguō N./ electric pot
用電鍋做菜又快又方便。
yòng diànguō zuò cài yòu kuài yòu fāngbiàn

鍋 / 鍋子 guō N./ pot, pan

10. 按摩椅 ànmóyǐ N./ massage chair
按摩 ànmó N / V./ massage, to massage
下班以後洗個熱水澡，按摩一下，
就不會覺得那麼累了。
xiàban yǐhòu xǐ·ge rèshuǐ zǎo ànmó yíxià
jiù búhuì jué·de nà·me lèi·le

11. 應該 yīnggāi V./ should, ought to
最近天氣愈來愈冷，梅花應該就要開了。
zuìjìn tiānqì yù lái yù lěng méihuā yīnggāi jiù yào kāi·le

12. 時鐘 shízhōng N./ clock
瑞士生產的時鐘很有名。
ruìshì shēngchǎn ·de shízhōng hěn yǒumíng

13. 精緻 jīngzhì N/ SV / to be fined,delicated
法國菜跟日本菜一樣，都很精緻。
fàguócài gēn rìběncài yíyàng dōu hěn jīngzhì

缺 quē V./ to lack
辦簽證的小姐說我還缺一份證明書，
叫我明天準備好再來。
bàn qiānzhèng ·de xiǎojiě shōu wǒ hái quē
yífèn zhèngmíngshū jiào wǒ míngtiān
zhǔnbèi hǎo zài lái

文化 wénhuà N./ culture
每個文化都有迷人的地方，
我們應該學著去欣賞。
měi·ge wénhuà dōu yǒu mírén ·de dìfāng
wǒ·men yīnggāi xué·zhe qù xīnshǎng

跟 gēn conj./ as
芭蕉跟香蕉長得很像，但卻是不一樣的水果。
bājiāo gēn xiāngjiāo zhǎng·de hěn xiàng
dàn què shì bù yíyàng·de shuǐguǒ
林小姐，請到一下辦公室，老闆有話要跟你說。
lín xiǎo jiě qǐng dào yíxià bàngōngshì
lǎobǎn yǒu huà yào gēn nǐ shuō

圍巾 wéjīn N./ scarf
子芸織了一條圍巾給爸爸當聖誕節禮物。
zǐyún zhī ·le yìtiáo wéijīn gěi ba·ba dāng
shèngdàngjié lǐwù

手機 shǒujī N./ cell phone
節目開始以後，請將手機關機或調成震動。
jiémù kāishǐ yǐhòu qǐng jiāng shǒujī guānjī
huò tiáo chéng zhèndòng

普通 pǔtōng
SV / to be ordinaried
這只是一件普通的衣服，沒什麼特別的。
zhè zhǐshì yíjiàn pǔtōng·de yīfú méi shé·me
tèbié·de

怕 pà V./ to worry
如果怕會下雨，就帶把傘吧！
rúguǒ pà huì xiàyǔ jiù dài bǎ sǎn·ba

不然的話 bùrán ·de huà
adv./ if not so, otherwise
明天如果有空，我會去找你。不然的話，
就改到星期天吧！
míngtiān rúguǒ yǒu kòng, wǒ huì qù zhǎo
nǐ bùrán ·de huà jiù gǎi dào xīngqítiān ·ba

件 jiàn
M./ measure for clothes, events and work
這件事讓大家都很煩惱，不知道該怎麼辦。
zhè jiàn shì ràng dàjiā dōu hěn fánnǎo bù
zhīdào gāi zěn·mebàn
李太太幫女兒買了一件衣服、兩件洋裝、
一件褲子和一件外套。
lǐ tài·tai bāng nǚér mǎi·le yí jiàn yīfú liǎng jiàn
yángzhuāng, yí jiàn kù·zi hàn yí jiàn wàitào

23. 式 shì N./ style
在台灣，你可以看到傳統中國式、日本式和
西式的老房子。
zài táiwān nǐ kěyǐ kàndào chuántǒng
xhōngguó shì rìběn shì hàn xī shì de lǎo
fáng·zi

24. 料子 liào·zi N./ cloth; fabrics for clothing
這件衣服的料子是羊毛，所以得手洗。
zhè jiàn yīfú ·de liào·zi shì yángmáo suǒyǐ
děi shǒuxǐ

25. 一定 yídìng adv./ surely, certainly
小賴這麼晚睡，明天一定起不來。
xiǎo lài zhè·me wǎnshuì míngtiān yídìng
qǐ bù lái

26. 保暖 bǎonuǎn V./ N./ to keep warm
冬天到了，要注意保暖，不要感冒了。
dōngtiān dào ·le yào zhùyì bǎonuǎn búyào
gǎnmào·le

27. 挑 tiāo V./ to pick, to select
每次只要陪姊姊逛街挑衣服，都要花掉我一
小時。
měicì zhǐyào pé jiě·jie guàngjiē tiāo yīfú dōu
yào huādiào wǒ yì xiǎoshí

28. 決定 juédìng V./ to decide
小英只要決定了一件事，誰都沒辦法改變她。
xiǎoyīng zhǐyào juédìng ·le yí jiàn shì shéi
dōu méi bànfǎ gǎibiàn tā

29. 慶生會 qìngshēnghuì N./ birthday party
很多小孩喜歡在麥當勞辦慶生會。
hěn dōu xiǎohái xǐhuān zài màidāngláo bàn
qìngshēnghuì

30. 終於 zhōngyú adv./ finally, at last
王大哥跟趙姊姊交往十年，下個月終於要結
婚了。
wáng dà gē gēn zhào jiě·jie jiāowǎng shí
nián ·le xià·ge yuè zhōngyú yào jiéhūn·le

31. 涼 liáng SV/ to be cool
山上的風涼涼的，吹起來很舒服。
shān shàng ·de fēng liángliáng·de chuī qǐlái hěn shūfú

32. 香 xiāng SV/ savoury
女孩的身上有一股香香的味道。
nǚhái ·de shēnshàng yǒu yìgǔ xiāngxiāng ·de wèidào

33. 一起 yìqǐ V./ to be together
蘇先生喜歡跟老婆一起做菜。
sū xiānshēng xǐhuān gēn lǎopó yìqǐ zuò cài

34. 挑 tiāo V./ to pick, to select
挑個出太陽的好日子，我們去野餐。
tiāo ·ge chū tài yáng ·de hǎo rì·zi wǒ·men qù yěcān

35. 禮物 lǐwù N./ gift, present
母親節的時候，子芸和子維都會送禮物給媽媽。
mǔqīnjié ·de shíhòu zǐyún hàn zǐwéi dōu huì sòng lǐwù gěi mā·ma

36. 您 nín proN./ [formal] you
您好，請問需要什麼嗎？
nínhǎo qǐngwèn xūyào shé·me ·ma

37. 只要 zhǐyào adv./ as long as
大特價！所有的商品只要九十九元！快來買喔！
dàtèjià suǒyǒu·de shāngpǐn zhǐyào jiǔshíjiǔ yuán kuài lái mǎi ·o
這次我只要能考及格就很好了。
zhè cì wǒ zhǐyào néng kǎo jígé jiù hěn hǎo·le

38. 自己 zìjǐ N./ self
我需要一個自己的房間。
wǒ xūyào yí·ge zìjǐ·de fángjiān
有些事情自己知道就好，不用告訴別人。
yǒuxiē shìqíng zìjǐ zhīdào jiù hǎo búyòng gàosù biérén

39. 小孩 xiǎohái N./ child, children
現在愈來愈多女人不想生小孩了。
xiànzài yù lái yù duō nǚrén bù xiǎng shēng xiǎohái·le

40. 開心 kāixīn SV/ to be happy, to feel joyful
阿仲只要一吃宵夜就很開心。
āzhòng zhǐyào yì chī xiāoyè jiù hěn kāixīn

41. 哪 nǎ (as interrogative) where, how, what, which (one)

小英哪有這樣說？你一定是誤會了。
xiǎoyīng nǎ yǒu zhèyàng shuō nǐ yídìng sh
wùhuì·le
我哪知道他在說什麼？我又聽不懂英文。
wǒ nǎ zhīdào tā zài shuō shé·me wǒ yòu tīng bù dǒng yīngwén

哪 něi（哪＋一）
哪天有空，我們一起去看電影吧！
něi tiān yǒu kòng, wǒ·men yìqǐ qù kàn diànyǐng ·ba
請問您是哪裡人？找哪位？
qǐngwèn nín shì nǎlǐ rén zhǎo něi wèi

42. 需要 xūyào V./ to need, to demand / N./ need, demand
有什麼需要儘管說，我們一定馬上幫您服務
yǒu shé·me xūyào jǐnguǎn shuō wǒ·men yídìng mǎshàng bāng nín fúwù
成功需要一分幸運，和九十九分努力。
chénggōng xūyào yìfēn xìngyùn hàn jiǔshíjiǔ fēn nǔlì

43. 貼心 tiēxīn
SV/ to be understanding, considerate
老闆看我感冒，很貼心的送我一杯熱茶喝。
lǎobǎn kàn wǒ gǎnmào hěn tiēxīn·de sòng wǒ yìbēi rèchá hē

44. 最近 zuìjìn adv./ recently
最近都沒什麼大新聞，這或許是一件好事吧
zuìjìn dōu méishé·me dà xīnwén zhè huòxǔ shì yíjiàn hǎoshì ·ba

45. 正 zhèng =正好 adv./ just, exactly
王大哥和趙小姐的生日正好是同一天。
wáng dà gē hàn huò zhào xiǎojiě ·de shēngrì zhènghǎo shì tóng yì tiān

46. 大壽 dàshòu
N./ (for elderly people) birthday
今天是洪爺爺的八十大壽，大家都回來幫他慶生。
jīntiān shì hóng yé·ye ·de bāshí dàshòu dàjiā dōu huílái bāng tā qìngshēng

47. 吉祥話 jíxiánghuà N./ auspicious words
過年的時候大家都會說一些吉祥話。
guònián ·de shíhòu dàjiā dōu huì shuō yìxiē jíxiánghuà

8. 祝 zhù V./ to express good wishes
祝丁丁順利考上研究所!
zhù dīngdīng shùnlì kǎo shàng yánjiùsuǒ

9. 身體 shēntǐ N./ body; health
沒有人能夠隨便碰你的身體。
méiyǒurén nénggòu suíbiàn pèng nǐ·de shēntǐ
熊先生的身體很好，壯得像條牛一樣。
xióng xiānshēng ·de shēntǐ hěnhǎo zhuàng ·de xiàng tiáo niú yíyàng,

0. 健康 jiànkāng SV/ to be healthy
吸煙有害健康。
yǒu jiànkāng·de shēntǐ hěn zhòngyào

1. 長命百歲 cháng mìng bǎi suì IE./ may you live a long life
有時候，長命百歲也不一定是好事。
yǒushíhòu cháng mìng bǎi suì yě bùyídìng shì hǎoshì

2. 換 huàn V./ to exchange, to change
這件衣服我穿起來太大了，可以換小一點的嗎？
zhè jiàn yīfú wǒ chuān qǐlái tài dà ·le kěyǐ huàn xiǎo yìdiǎn·de ·ma

換我/你/他 huàn wǒ/ nǐ/ tā
it's my/your/his/her turn
等他表演完，就換你上台了。趕快準備一下吧！
děng ta biǎoyǎn wán jiù huàn nǐ shàng tái ·le gǎnkuài zhǔnbèi yíxià ·ba

第八課

1. 羹 gēng N./ a thick Chinese soup
子芸家附近有一家蝦仁羹，材料豐富又好吃。
zǐyún jiā fùjìn yǒu yìjiā xiārén gēng, cáiliào fēngfù yòu hǎochī

2. 湯 tāng ng N./ soup
紅燒牛肉的湯拿來拌飯，又香又好吃。
hóngshāo niuròu ·de tāng ná lái bàn fàn yòu xiāng yòu hǎochī
老闆，我要一碗蘿蔔湯。
lǎobǎn wǒ yào yì wǎn luó·botāng

3. 自從 zìcóng conj/ since, from
自從千千回國以後，小美就一直不快樂。
zìcóng qiānqiān huéguó yǐhòu xiǎomǎi jiù yìzhí bú kuàilè

4. 豐富 fōngfù / fēngfù SV/ to be abundant
今天的晚餐很豐富，每個人都吃的很開心。
jīntiān·de wǎncān hěn fēngfù mě·gerén dōu chī·de hěn kāixīng
年紀大的人，經驗比較豐富。
niánjì dà ·de rén jīngyàn bǐjiào fēngfù

5. 感興趣 gǎn xìngqù V./ to be interest in
我們公司對這個案子很感興趣。
wǒ·men gōngsī duì zhè·ge àn·zi hěn gǎnxìngqù

興趣 xìngqù N./ interest
我的興趣是看書。
wǒ·de xìngqù shì kànshū

6. 向 xiàng conj/ conjunction to mark the direction of an action.
你向前走一百公尺，再向右轉，就到銀行了。
nǐ xiàng qián zǒu yìbǎi gōngchǐ zài xiàng yòu zhuǎn jiù dào yínháng ·le
有些國家打招呼的方法是握手。
yǒuxiē guójiā dǎz hāohū·de fāngfǎ shì wòshǒou

7. 後 hòu adv./ after
下過雨後，天空變得很藍。
xià gòu yǔ hòu tiānkōng biàn·de hěn lán

8. 份 fèn M./ measure for fixed quantity
一份商業午餐一百元。
yífèn shāngyè wǔcān yìbǎi yuán
請給我一份報紙，謝謝。
qǐng gěi wǒ yífèn bàozhǐ xiè·xie

9. 食譜 shípǔ N./ recipe
這份食譜寫得很詳細。
zhè fèn shípǔ xiě ·de hěn xiángxì

10. 材料 cáiliào N/ materials
這個蛋糕的材料不多，只要雞蛋，麵粉和黑糖就行了。
zhè·ge dàngāo·de cáiliào bùduō zhǐyào jīdàn miànfěn hàn hēitáng jiù xíng·le

11. 隻 zhī
M./ measure for animals; measure for object, which equal to "只"
房間裡有一隻貓、一隻狗、兩隻鳥和三隻金魚。
fángjiān lǐ yǒu yì zhī māo yì zhī gǒu liǎng zhī niǎo hàn cān zhī jīnyú

我的家人送我一隻手錶、兩隻耳環和一隻戒指當生日禮物。
wǒ·de jiārén còng wǒ yì zhī shǒubiǎo liǎng zhī rěhuán hàn yì zhī jièzhǐ dāng shēngrì lǐwù

12. 顆 kē M./ measure for spherical, usually small things
箱子裡有一顆球、一顆糖果、一顆蘋果和一顆西瓜。
xiāng·zi lǐ yǒu yì kē qiú yì kē tángguǒ yì kē píngguǒ hàn yì kē xīguā

13. 碗 wǎn N / M/ bowl
中國人習慣用碗吃飯，而不習慣用盤子吃。
zhōngguórén xíguàn yòng wǎn chī fàn ré bù xíguàn yòng pán·zi chī
小孩子吃得不多，只要一碗飯、一碗湯就飽了。
xiǎohái·zi chī·de bùduō zhǐyào yì wǎn fàn yì wǎn tāng jiù bǎo·le

14. 匙 chí N / M/ spoon
這杯咖啡要再加一匙糖，謝謝。
zhè bēi kāfēi yào zài jiā yì chí táng xiè·xie
喝湯要用湯匙喝才有禮貌。
hē tāng yào yòng tāngchí hē cái yǒu lǐmào

15. 適量 shìliàng suitable amount
胡椒不要放太多，適量即可。
hújiāo búyào fàng tài dōu shìliàng jíkě

16. 克（公克）kè / gōngkè M/ gram
一公斤等於十公克。
yì gōngjīn děngyú shí gōngkè

17. 作法 zuòfǎ N/ directions
這道菜的作法很簡單，五分鐘就能學會。
zhè dào cài·de zuòfǎ hěn jiǎndān wǔ fēnzhōng jiù néng xué huì

18. 先 xiān adv./ before ; first
我還有事，得先走了。
wǒ hái yǒu shì děi xiān zǒu·le
先打蛋，再放菜，最後再加調味料。
xiān dǎdàn zài fàng cài zuèhòu zài jiā tiáowèiliào

19. 把 bǎparticle particle of disposal aspect
小狗把沙發給咬破了。
xiǎogǒu bǎ shāfā gěi yǎopò·le
子芸把窗外的風景畫下來。
zǐyún bǎ chāng wài·de fēngjīng huà xiàlái

20. 倒入 dàorù V./ to pour in
倒 dào V./ to pour out, to empty
今天晚上記得要倒垃圾。
jīntiān wǎnshàng jìdé yào dào lècè

21. 鍋 gōu N/ pot
鍋子 gōu ·zi N/ pot
這個鍋子大得可以煮一頭牛。
zhè·ge guō·zi dà ·de kěyǐ zhǔ yì tóu niú

22. 用 yòng V./ to use
炒菜前先用水把菜洗一洗。
chǎocài qián xiān yòng shuǐ bǎ cài xǐ yì xǐ

23. 中火 zhōnghuǒ N./middle fire
小火 xiǎohuǒ N/ small fire
大火 dàhuǒ N/ big fire

24. 炒 chǎo V./ to fry
這家店的蕃茄炒蛋很好吃。
zhè jiā diàn·de fānqié chǎodàn hěn hǎochī

25. 撈起來 lāo qǐlái
V./ to scoop up from
警察試著把那隻貓從水裡撈起來。
jǐngchá shì·zhe bǎ nàzhīmāo cóng shuělǐ lāo qǐlái

撈 lāo
V./ 1) to scoop up from 2) to dredge up
晚上是最適合撈魚的時間。
wǎnshàng shì zuè shìhé lāoyú·de shíjiān

6. 均勻 jūnyún SV/ to be well mixed
洗完澡後，將乳液均勻抹在身體上。
xǐ wán zǎo hòu jiāng rǔyì jūnyún mǒ zài shēntǐ shàng

7. 拌炒 bànchǎo V./ to mix and fry
拌 bàn V./to mix
你能幫我把沙拉拌一拌嗎？
nǐ néng bāng wǒ bǎ shālā bàn yí bàn ·mā

8. 加 jiā V./ to add
中國菜加點米酒調味，味道就會不一樣。
zhōngguó cài jiā diǎn mǐjiǔ tiáowèi wèidào jiù huì bù yíyàng

9. 之前 zhīqián Conj./ before, ago
吃飯之前要先洗手。
chīfàn zhīqián yào xiān xǐshǒu

0. 即可 jíkě = 就可以
泡麵只要加熱水即可食用。
pàomiàn zhǐyào jiā rèshuǐ jíkě shíyòng

1. 廚房 chúfáng N./ kitchen
宿舍裡沒有廚房，所以不能自己做菜。
sùshè lǐ máiyǒu chúfáng suǒyǐ bùnéng zìqǐ zuòcài

2. 準備 zhǔnbài V./ to prepare, to arrange
老師準備了一些小點心請學生吃。
lǎoshī zhǔnbài·le yìxiē xiǎo diǎnxīn qǐng xuéshēng chī

3. 打蛋 dǎdàn V./ to beat egg
這碗湯要打個蛋進去才好喝。
zhè wǎn tāng yào dǎ·ge dàn jìnqù cái hǎohē

4. 削 xiāo
V./ to pare or peel with a knife
吃水果前要先削皮。
chī shǐguǒ qián yào xiān xiāopí

35. 皮 pí N./ skin, fur, leather
這件外套是牛皮做的。
zhè jiàn wàitào shì niúpí zuò ·de

36. 剝 bō
V./ to shell, peel
秋天的時候，我們喜歡一邊看電視一邊剝橘子吃。
qiūtian·de shíhòu wǒ·men xǐhuān yìbiān kàn diànshì yìbian bō jú·zi chi

37. 切 qiē V./ to cut, to slice
等一下，我先到廚房裡去切水果，馬上就回來。
děngyíxià wǒ xiān dào chúfáng lǐ qù qiē shuǐguǒ mǎshàng jiù huílái

38. 小心 xiǎoxīn V./ to be careful
過馬路時要小心。
guò mǎlù shí yào xiǎoxīn

39. 方塊 fāngkuài N./ cube

40. 棒 bàng SV/ to be excellent
這首歌真是太棒了！
zhè shǒu gē zhēnshì tài bàng·le

41. 等 děng V./ to wait
餐廳現在客滿了，請稍等一下。
cāntīng xiànzài kèmǎn ·le qǐng shāo děng yíxià

42. 它 tā proN./ it
這件衣服看起來好髒，我得把它洗一洗才行。
zhè jiàn yīfú kàn qǐlái hǎo zāng wǒ dǎi bǎ tā xǐ yì xǐ cái xíng

他 (tā) he, him 他們
她 (tā) she, her 她們
它 (tā) it (lifeless object)
牠 (tā) it (animal)
祂 (tā) He, Hime

43. 以後 yǐhòu adv./ after
小胖說他長大以後要當廚師。
xiǎopàng shuō tā zhǎngdà yǐhòu yào dāng chúshī

44. 記得 jìdé V./ to remember, to recall
睡覺前記得要刷牙。
shuìjiào qián jìdé yào shuāyá

45. 久 jiǔ adv./ for a long time
她的動作很慢，做什麼事都很久。
tā·de dòngzuò hěn màn zuò shé·me shì dōu hěn jiǔ

46. 硬 yìng SV/ to be hard, stiff
這個麵包烤得太硬了，不好吃。
zhè·ge miànbāo kǎo·de tài yìng ·le

47. 燒焦 shāojiāo V./ to scorch, to burn
大火把所有的東西燒焦了。
dà huǒ bǎ suǒyǒu·de dōngxī dōu shāojiāo·le

焦 jiāo SV/ to be scorched
龍爸不小心把肉烤焦了。
lóng bà bù xiǎoxīn bǎ ròu kǎo jiāo·le

48. 還沒 háiméi not yet
已經晚上十一點了，爸爸卻還沒回來。
yǐjīng wǎnshàng shíyī diǎn·le bà·ba què háiméi huílái

49. 鹹 xián SV/ to be salty
吃太鹹對身體不好。
chī tài xián duì shēntǐ bùhǎo

50. 開動 kāidòng
idiom/ to start eating

51. 蝦仁火腿蛋炒飯
（xiārén hǒutuǐ dànchǎofàn）
N：fried rice with egg, shrimp and ham

52. 決定 juédìng
V./ to decide
金錢不能決定一個人的未來。
jīnqián bùnéng juédìng yí·gerén·de wèilái

53. 對 duè
conj/ to. (a conjunction to mark the acceptor of an action)
張老師才剛來一個月，對這裡的環境不熟。
zhāngl lǎoshī cái gānglái yí·geyuè duèzhèlǐ·dehuánjìng bùshóu
他對你說了什麼？
tā duènǐ shōu·le shí·me

54. 然後 ránhòu
conj/ then, afterward
媽媽先去買菜，然後再送我們去上學。
mā·ma xiān qù mǎicài ránhòu zài sòng wǒ·men qù shàngxiué

55. 好了 hǎo·le
idiom/ expression to complete the preceding action
A：你洗澡洗好了沒?
nǐ xǐzǎo xǐ hǎo·le méi
B：洗好了!
xǐ hǎo·le

第九課

1. 變 biàn V./ to become
世界上沒有不變的事。
shìjiè shàng méiyǒu bú biàn ·de shì

2. 怕 pà
V. / 1) to fear, to be afraid 2) to worry
很多人都怕蛇。
hěn duō rén dōu pà shé
老師怕學生聽不懂，又再把作法說了一次。
lǎoshī pà xuéshēng tīng bù dǒng yòu zài bǎ zuòfǎ shuō·le yí cì

3. 還 há adv./ still, yet ;even more
天還沒亮，雞就叫了。
tiān háiméi liàng jī jiù jiào ·le
很久沒見了，彥哥卻還是老樣子。
hěn jiǔ méi jiàn ·le yàngē què háishì lǎoyàng·zi

4. 適應 shìyìng V./ to adapt, to get with it
剛到一個新的國家，總有很多需要適應的地方。
gāng dào yí·ge xīn·de guójiā zǒng yǒu hěnduō xūyào shìyìng·de dìfāng

5. 無聊 wúliáo SV/ bored, boring; senseless, silly, stupid
每天都在辦公室裡工作的日子真的很無聊。
měitiān dōu zài bàngōngshì lǐ gōngzuò ·de rì·zi zhēn·de hěn wúliáo
這個電視節目很無聊，一點內容都沒有。
zhè·ge diànshì jiémù hěn wúliáo yìdiǎn nèiróng dōu méiyǒu

6. 有時 yǒushí adv./ sometimes, at times
有時那隻鳥會飛到我的窗戶外，在樹上唱歌。
yǒushí nà zhī niǎo huì fēi dào wǒ·de chuānghù wài zài shù shàng chànggē

7. 帶 dài V./ to carry, take
假日的時候，爸爸媽媽們都帶著小孩出去玩。
jiàrì·de shíhòu bà·ba mā·ma ·men dōu dài·zhe xiǎohái chūqù wán
出去時別忘了帶錢包。
chūqù shí bié wàng·le dài qiánbāo

8. 出去 chūqù V./ to go out, to get out, to exit
森川出去了還沒回來，請你晚點再打來。
sēnchuān chūqù·le háiméi huílái qǐng nǐ wǎn diǎn zài dǎ lái

9. 參加 cānjiā
V./ to take (a test); to take part in ; to attend (a ceremony, meeting)
她沒來參加這次的考試。
tā méi lái cānjiā zhècì·de kǎoshì
龍爸決定參加下星期的慢跑比賽。
lóngbà juédìng cānjiā xià xīngqí·de mànpǎo bǐsài
爸爸媽媽參加了我的畢業典禮。
bà·ba mā·ma cānjiā·le wǒ·de bìyè diǎnlǐ

10. 活動 huódòng N./ activity
這個活動是政府辦的。
zhè·ge huódòng shì zhèngfǔ bàn·de

11. 邀 yāo V./ to invite
寒假時我邀了一些朋友到家裡玩。
hánjià shí wǒ yāo·le yìxiē péngyǒu dào jiā lǐ wán
邀請 yāoqǐng V./ to invite
這個活動邀請了很多有名的人來參加。
zhè·ge huódòng yāoqǐng·le hěn duō yǒumíng·de rén lái cānjiā

12. 電影 diànyǐng V./ movie
印度電影總是唱唱跳跳的，很有趣。
y ìndù diànyǐng zǒngshì chàngchàng tiàotiào · de hěn yǒuqù

13. 一邊……一邊 yìbiān yìbiān
while, at the same time
子軒喜歡一邊吃飯，一邊看電視。
zǐxuān xǐhuān yìbiān chīfàn yìbiān kàn diànshì

14. 討論 tǎolùn V./to discuss, talk about
N./ discussion, talking
這件事情我們最好再討論一下。
zhè jiàn shìqíng wǒ·men zuìhǎo zài tǎolùn yíxià
這本書裡有一個關於中國字的討論，很精采。
zhè běn shū lǐ yǒu yí·ge guānyú zhōngguó zì·de tǎolùn hěn jīngcǎi

15. 等一下 děngyíxìa later / wait for a minute
等一下看到李伯伯的時候，記得向他問好。
děngyíxià kàn dào lǐbó·bo ·de shíhòu jìdé xiàng tā wènhǎo

16. 部 bù M./ measure for dramas,TV series and films;measure for cars and machines
這部戲的演員演技很好，很令人感動。
zhè bù xì·de yǎnyuán yǎnjì hěn hǎo hěn lìngrén gǎndòng
這部車很好看，開起來也快。
zhè bù chē hěn hǎokàn kāi qǐlái yě kuài

17. 故事 gùshì N./story
兒子睡覺前喜歡聽故事，不然睡不著覺。
ér·zi shuìjiào qián xǐhuān tīng gùshì bùrán shuì bù zháo jiào

18. 精采 jīngcǎi SV/ to be splendid, outstanding
這場球賽非常的精采。
zhè chǎng qiúsài fēicháng·de jīngcǎi

19. 主角 zhǔjiǎo N./ leading role
這部電影的男女主角都很有名。
zhè bù diànyǐng ·de nán nǚ zhǔjiǎo dōu hěn yǒumíng

20. 得獎 dé jiǎng V./to win a prize
這個廣告很有創意，得了很多獎。
zhè·ge guǎnggào hěn yǒu chuàngyì dé·le hěnduō jiǎng

21. 打 dǎ V./to fight, to beat
現在在台灣，老師打學生是犯法的。
xiànzài zài táiwān lǎoshī dǎ xuéshēng shì fànfǎ ·de

22. 殺 shā V./to kill
為了讓動物不再被殺，婉婷決定吃素。
wèi·le ràng dòngwù bú zài bèi shā, wǎntíng juédìng chīsù

23. 片子 piàn·zi N./film, video
放假的時候我喜歡租片子回家看。
fàngjià· de shíhòu wǒ xǐhuān zū piàn·zi huíjiā kàn

24. 電車 diànchē N./ tram
電車的票價比火車便宜。
diànchē ·de piàojià bǐ huǒchē piányí

25. 最近 zuìjìn adv./ recently
很久沒看到小華了，不知道他最近過的怎樣？
hěn jiǔ méi kàndào xiǎohuá ·le bù zhīdào tā zuìjìn guò ·de zěnyàng

26. 一直 yìzhí adv./ all the time
那包垃圾一直發出臭味，我都快要受不了了。
nà bāo lèsè yìzhí fāchū chòuwèi wǒ dōu kuàiyào shòu bù liǎo ·le

27. 廣告 guǎnggào N./advertisement
這個廣告做得很有創意。
zhè·ge guǎnggào zuò·de hěn yǒu chuàngyì

28. 鬼片 guǐ piàn N./ghost film
很多女生不敢看鬼片。
hěn duō nǚshēng bù gǎn kàn guǐpiàn
鬼 guǐ N./ ghost
那間房子裡有鬼，你不要隨便進去。
nà jiān fáng·zi lǐ yǒu guǐ nǐ búyào suíbiàn jìnqù

29. 演 yǎn V./ to act
這部片是鞏俐演的。
zhè bù piàn shì gǒnglì yǎn ·de

30. 演員 yǎnyuán N./ actor, actress
一個成功的演員除了好的演技，還需要一些幸運。
yí·ge chénggōng·de yǎnyuán chú·le hǎo·de yǎnjì hái xūyào yìxiē xìngyùn

31. 比較 bǐjiào adv./ relatively, rather
這個蘋果比較大。
zhè ·ge píngguǒ bǐjiào dà

32. 膽小 dǎnxiǎo SV/ to be timid
妹妹很膽小，晚上不敢一個人睡。
mèi·mèi hěn dǎnxiǎo wǎnshàng bù gǎn yí·ge rén shuì

33. 恐怖片 kǒngbù piàn N./ scary movie, horror movie
日本拍的恐怖片真的很恐怖。
rìběn pāi ·de kǒngbù piàn zhēn·de hěn kǒngbù

34. 作惡夢 zuò èmèng V./to have a nightmare
昨天作了一個惡夢，把我給嚇醒了。
wǒ zuótiān zuò·le yí·ge èmèng bǎ wǒ gěi xià xǐng ·le

作夢 zuòmèng V./ to dream
我昨天作了一個夢，夢見我變成一隻魚。
wǒ zuótiān zuò·le yí·ge mèng mèngjiàn wǒ biànchéng yì zhī yú
那是不可能的，你別再作夢了！
nà shì bù kěnéng ·de nǐ bié zài zuòmèng ·le

惡夢 èmèng N./ nightmare
好夢 hǎomèng N./ good dream
祝你好夢！
zhù nǐ hǎomèng

35. 嚇 xià V./ to scare
人嚇人，嚇死人。
rén xià rén xià sǐ rén

36. 划不來 huá bù lái adv./not worthwhile
為了這樣的小事跟男朋友分手，多划不來！
wèi·le zhèyàng·de xiǎo shì gēn nánpéngyǒu fēnshǒu duō huá bù lái

37. 單身 dānshēn SV/ to be single
王小姐已經三十歲了，卻還單身沒有男朋友。
wáng xiǎojiě yǐjīng sānshí suì ·le què hái dānshēn méiyǒu nánpéngyǒu

8. 日記 rìjì N./diary
媽媽年輕的時候有寫日記的習慣。
mā·ma niánqīng·de shíhòu yǒu xiě rìjì ·de xíguàn

9. 愛情 aìqíng N./love
愛情是世界上最奇怪的事情之一。
àiqíng shì shìjiè shàng zuì qíguài ·de shìqíng zhīyī

0. 喜劇片 xǐjù piàn N./ comedy
很多人喜歡看周星馳的喜劇片。
hěn duō rén xǐhuān kàn zhōuxīngchí ·de xǐjù piàn

1. 雜誌 zázhì N./ magazine
請給我一份雜誌。
qǐng gěi wǒ yí fèn zázhì

2. 影評 yǐngpíng N./ film review
這部電影的影評很好，大家都說它今年可能會得獎。
zhè bù diànyǐng·de yǐngpíng hěnhǎo dàjiā dōu huō tā jīnnián kěnéng huì déjiǎng

影評人 yǐngpíng rén N./ film reviewer

43. 內容 nèiróng N./content
這本書的內容很豐富。
zhè běn shū ·de nèiróng hěn fēngfù

44. 有趣 yǒuqù
SV：interesting, amusing
這個問題很有趣。
zhè ·ge wèntí hěn yǒuqù

45. 導演 dǎoyǎn N./ director; direct
子芸最喜歡的台灣導演是侯孝賢。
zǐyún zuì xǐhuān ·de táiwān dǎoyǎn shì hóu xiào xián

46. 拍 pāi V./ to record of
拍電影需要很多錢。
pāi diànyǐng xūyào hěn duō qián

47. 只要 zhǐyào adv./ as long as, on condition; only
只要信心不死，就有希望。
zhǐyào xìnxīn bù sǐ jiù yǒu xīwàng
老闆，我們只要一碗陽春麵就好。
lǎobǎn wǒ·men zhǐyào yì wǎn yángchūnmiàn jiù hǎo

48. 作品 zuòpǐn N./work
這幅畢卡索的作品價值一百萬美金。
zhè fú bìkǎsuǒ ·de zuòpǐn jiàzhí yìbǎiwàn měijīn

49. 特別 tèbié SV/ to be special
adv./ specially, especially
這雙鞋子的設計很特別。
zhè shuāng xié·zi ·de shèjì hěn tèbié
杜太太喜歡動物，特別是貓。
dù tài·tai xǐhuān dòngwù tèbié shì māo

50. 命運 mìngyùn N./destiny
人的命運很難預測。
rén·de mìngyùn hěn nán yùcè

51. 劇情 jùqíng N./the story or plot of a play
這部電視劇的劇情好爛。
zhè bù diànshìjù ·de jùqíng hǎo làn

52. 幽默 yōumò SV/ to be humor
費先生是個很幽默的人。
fèi xiānshēng shì·ge hěn yōumò·de rén

幽默感 yōumò gǎn N./ sense of huour
多點幽默感，生活會更快樂。
duō diǎn yōumò gǎn shēnghuó huì gèng kuàilè

53. 諷刺 fèngcì SV/ to be satirized
莊子喜歡說一些諷刺的寓言故事。
zhuāngzǐ xǐhuān shuō yìxiē fèngcì·de yùyán gùshì

54. 風格 fēnggé N./style
張大千的書法風格很特別。
zhāng dài qiān·de shūfǎ fēnggé hěn tèbié

55. 唯一 wéiyī SV/ only
小寶是朱太太唯一的兒子。
xiǎobǎo shì zhū tài·tai wéiyī ·de ér·zi

56. 紀錄片 jìlù piàn N./ documentary
「無米樂」是部很好看的紀錄片。
wú mǐ lè shì bù hěn hǎo kàn ·de jìlù piàn

57. 感人 gǎnrén SV/ to be touching
這首歌好感人，小瑜聽得都哭了。
zhè shǒu gē hǎo gǎnrén xiǎoyú tīng ·de dōu kū ·le

58. 找 zhǎo V./ to search, look for
你知道我的襪子在哪裡嗎?我找不到。
nǐ zhīdào wǒ·de wà·zi zài nǎlǐ ·ma wǒ zhǎo bú dào

59. 冷門 lěngmén SV/ to be unpopular
在台灣，阿拉伯語是一種冷門的語言。
zài táiwān ālābóyǔ shì yìzhǒng lěngmén ·de yǔyán

60. 以為 yǐwéi V./ to suppose
小英以為今天要上學，出門後才發現今天是星期天。
xiǎoyīng yǐwéi jīntiān yào shàngxué chū mén hòu cái fāxiàn jīntiān shì xīngqítiān

61. 刺激 cìjī SV/ to be excited
賽車是一項很刺激的運動。
sàichē shì yíxiàng hěn cìjī ·de yùndòng
大維已經很難過了，你不要再刺激他了！
dàwéi yǐjīng hěn nánguò·le nǐ búyào zài cìjī tā ·le

62. 好玩 hǎowáng SV/ to be amused
昨天的慶生會好玩嗎?
zuótiān ·de qìngshēnghuì hǎo wán ·ma
墾丁是個很好玩的地方。
kěndīng shì ·ge hěn hǎowán ·de dìfāng
小右是個很好玩的人。
xiǎoyòu shì ·ge hěn hǎowán ·de rén

63. 動作片 dòngzuò piàn N./action movie
阿諾演了很多動作片。
ānuò yǎn·le hěn duō dòngzuò piàn

64. 誤會 wùhuì V./ to misunderstand
N./ misunderstanding
這位太太，您誤會我的意思了。
zhè wèi tài·tai nín wùhuì wǒ·de yì·si ·le
不過是場誤會，大家說清楚就沒事了。
búguò shì chǎng wùhuì dàjiā shuō qīngchǔ jiù méishì ·le

65. 品味 pǐnwèi V./ N./ taste
人要懂得品味人生，生活才會更快樂。
rén yào dǒng·de pǐnwèi rénshēng shēnghuó cáihuì gèng kuàilè
陸先生的穿著很有品味。
lù xiānshēng ·de chuānzhuó hěn yǒu pǐnwèi

66. 內涵 nèihán
N./ cultivation, thoughtfulness
讀書能夠豐富人的內涵。
dúshū nénggòu fēngfù rén ·de nèihán

67. 反正 fǎnzhèng adv./ anyway
我不說了，反正你也沒在聽。
wǒ bù shuō·le fǎnzhèng nǐ yě méi zài tīng

68. 好萊塢 hǎoláiwù N/ Hollywood
你喜歡哪一個好萊塢明星？
nǐ xǐhuān nǎ yí·ge hǎoláiwù míngxīng

69. 膩 nì V./to be bored with, to be tired of
他每天都說一樣的話，我聽都聽膩了。
tā měitiān dōu shuō yíyàng ·de huà wǒ tīng dōu tīng nì ·le
就算是再好的朋友，每天在一起也是會膩的。
jiùsuàn shì zài hǎo ·de péngyǒu měitiān zàiyìqǐ yěshì huì nì ·de

70. 新鮮 xīnxiān SV/ to be fresh, new
水果要挑新鮮的買。
shuǐguǒ yào tiāo xīnxiān ·de mǎi
山上的空氣很新鮮。
shān shàng ·de kōngqì hěn xīnxiān
上網對奶奶來說是一件新鮮事。
shàngwǎng duì nǎi·nai láishuō shì yí jiàn xīnxiān shì

71. 票 piào N./ ticket
過年時的火車票很難買。
guònián shí ·de huǒchē piào hěn nán mǎi

72. 午夜場 wǔyèchǎng N./late show in theater
午夜場的票通常比較便宜。
wǔyè chǎng·de piào tōngcháng bǐjiào piányí

第十課

1. 冬天 dōngtiān N./ winter
冬天吃火鍋最好了。
dōngtiān chī huǒguō zuì hǎo ·le

2. 天氣 tiānqì N./ weather
明天的天氣不穩定，下午可能會下雨。
míngtiān ·de tiānqì bù wěndìng xiàwǔ kěnéng huì xiàyǔ

3. 穩定 wěndìng SV/ to be stabled
我準備等工作穩定下來以後再想搬家的事。
wǒ zhǔnbèi děng gōngzuò wěndìng xiàlái yǐhòu zài xiǎng bānjiā ·de shì

4. 一下 yíxià adv./ in a short while
林小姐一下要接電話，一下要招待客人，忙得不得了。
lín xiǎojiě yíxià yào jiēdiànhuà yíxià yào zhāodài kèrén máng·de bùdéliǎo
等我一下，我接個電話馬上就回來。
děng wǒ yíxià wǒ jiē·ge diànhuà mǎshàng jiù huílái

5. 下班 xiàbān V./ to stop working
爸爸下班以後會來學校接我回家。
bà·ba xiàbān yǐhòu huì lái xuéxiào jiē wǒ huíjiā

6. 突然 túrán adv./ suddenly
老先生心臟病發，在昨天晚上去世了。
lǎoxiānshēng xīnzàngbìng fā zài zuótiān wǎnshàng qùshì ·le

7. 身體 shēntǐ N./ body
爺爺已經八十歲了，身體還是很好。
yé·ye yǐjīng bāshí suì ·le shēntǐ háishì hěn hǎo
外星人的頭大身體小，看起來很奇怪。
wàixīngrén ·de tóu dà shēntǐ xiǎo kànqǐlái hěn qíguài

8. 舒服 shūfú SV/ to be comfortable
這張新買的沙發躺起來很舒服。
zhè zhāng xīnmǎi·de shāfā tǎngqǐlái hěn shūfú

9. 休息 xiūxí V./ to rest
休息是為了走更遠的路。
xiūxí shì wèi·le zǒu gèng yuǎn ·de lù

10. 便 biàn Auxiliary/ an auxiliary confirming and stressing the verb following
做完家事，詹先生便出門去買菜。
zuò wán jiāshì zhān xiānshēng biàn chūmén qù mǎicài

11. 醫生 yīshēng N./ doctor
醫生的責任是醫好病人。
yīshēng·de zérèn shì yī hǎo bìngrén

12. 診所 zhěnsuǒ N./ clinic
洪醫生的診所在小巷子裡，氣氛很安靜。
hóng yīshēng·de zhěnsuǒ zài xiǎo xiàng·zi lǐ qìfēn hěn ānjìng

13. 櫃檯 guìtái N./ desk
請填好報名表，到櫃檯去繳費，謝謝。
qǐng tián hǎo bàomíngbiǎo dào guìtái qù jiǎofèi xiè·xie

14. 掛號 guàhào V./ to register
看病前要先掛號。
kànbìng qián yào xiān guàhào

15. 護士 hùshì N./ nurse
大家都說護士是白衣天使。
dàjiā dōu shuō hùshì shì báiyī tiānshǐ

16. 初診 chūzhěn N./ the first time to diagnose
郭太太，請問您是初診嗎？
guōtài·tài qǐngwèn nín shì chūzhěn ·ma

17. 填 tián V./ to fill
請填好這張表格。
qǐng tián hǎo zhèzhāng biǎogé

約翰喜歡玩填字遊戲。
yuēhàn xǐhuān wán tiánzì yóuxì

18. 病歷表 bìnglì biǎo N./ case history
病人的病歷表不能給其他人看到。
bìngrén·de bìnglìbiǎo bùnéng gěi qítā rén kàndào

19. 健保卡 jiànbǎokǎ
N./ card of health insurence
小美把健保卡弄丟了。
xiǎoměi bǎ jiànbǎo kǎ nòng diū ·le

20. 費 fèi N./ fee
這棟房子每個月的房租是五仟元，
不包括水費和電費。
zhèdòng fáng·zi měi·ge yuè ·de fángzū shì
wǔqiān yuán bù bāoguā shuǐfèi hàn diànfèi

21. 稍等 shāo děng to wait for a minute
A：喂，您好，請問吳先生在嗎？
wéi nínhǎo qǐngwèn wú xiānshēng zài ·ma
B：請您稍等一下，我幫您轉接。
qǐng nín shāoděng yíxià wǒ bāng nín zhuǎnjiē

22. 叫 jiào V./ to call
小姐，不好意思，剛剛是你叫我嗎？
xiǎojiě bùhǎoyì·sī gānggāng shì nǐ jiào wǒ ·ma

23. 診療室 zhěnliáoshì N./ consulting room
這間兒童牙科的診療室裡放滿了玩具，
很受小孩子歡迎。
zhèjiān értóng yákē ·de zhěnliáoshì lǐ fàng
mǎn ·le wánjù hěn shòu xiǎohái·zi huānyíng

24. 症狀 zhèngzhuàng N./ symptom
這次流行性感冒的症狀是一直咳嗽。
zhècì liúxíngxìng gǎnmào ·de
Zhèngzhuàng shì yìzhí késòu

25. 頭暈 tóuyūn SV/ to feel dizzy
婉婷坐飛機都會頭暈。
wǎntíng zuò fēijī dōu huì tóuyūn

26. 食慾 shíyù N./ appetite
小明生病了，變得很沒食慾，連一碗飯都吃不下。
xiǎomíng shēngbìng ·le biàn·de hěn méi
shíyù lián yìwǎn fàn dōu chībúxià

27. 發燒 fāshāo N./ fever V./ to have a fever
寶寶生病了，晚上發燒到三十九度。
bǎo·bao shēngbìng ·le wǎnshàng fāshāo
dào sānshíjiǔ dù

28. 咳嗽 késòu N./ cough V./ to cough
小寶晚上一直咳嗽，讓媽媽很擔心。
xiǎobǎo wǎnshàng yìzhí késòu ràng
mā·ma hěn dānxīn

29. 鼻塞 bísāi N./ V./ to have a stuffy nose
老王鼻塞，什麼味道都聞不到。
lǎowáng bísāi shé·me wèidào dōu wén
búdào

30. 鼻涕 bítì N./ nasal mucus, snot
阿儒感冒了，一直流鼻涕。
ārú gǎnmào ·le yìzhí liú bítì

31. 鼻水 bíshuǐ N./ to have a runny nose
這道菜辣的讓我一直流鼻水。
zhèdào cài là·de ràng wǒ yìzhí liú bíshuǐ

32. 鼻子 bí·zi N./ nose
怡君鼻子的形狀很好看。
yíjūn bí·zi·de xíngzhuàng hěn hǎokàn

33. 塞 sāi V./ to stuff
馬桶塞住了，沒辦法沖水。
mǎtǒng sāi zhù·le méi bànfǎ chōngshuǐ

塞車的時候，阿飛會一邊唱歌一邊按喇叭。
sāichē ·de shíhòu āfēi huì yìbiān chànggē
yìbiān àn lǎbā

34. 辦法 bànfǎ N./ way
小英沒辦法解決這個問題，所以去問媽媽該怎麼作。
xiǎoyīng méi bànfǎ jiějué zhè·ge wèntí
suǒyǐ qù wèn mā·ma gāi zěn·me zuò

阿毛對他的女朋友一點辦法也沒有。
āmáo duì tā·de nǚpéngyǒu yìdiǎn bànfǎ yě
méiyǒu

35. 正常 zhèngcháng SV/ to be normal
目前交通已經恢復正常，請大家不要擔心。
mùqián jiāotōng yǐjīng huīfù zhèngcháng
qǐng dàjiā búyào dānxīn

36. 呼吸 hūxī V./ to breath
人不能在水裡呼吸。
rén bùnéng zài shuǐ lǐ hūxī

到山裡走走時，別忘了作一個深呼吸。
dào shānlǐ zǒuzǒu shí bié wàng·le zuò
yí·ge shēnhūxī

37. 倒 dào Adv./ on the contrary
平常你最愛說話了，怎麼今天倒安靜起來了？
píngcháng nǐ zuì ài shuōhuà ·le zěn·me
jīntiān dào ānjìng qǐlái ·le

38. 喉嚨 hóulóng N./ throat
我最近喉嚨都乾乾的，不大舒服。
wǒ zuìjìn hóulóng dōu gāngān·de búdà shūfu

癢 yǎng SV/ to be itched
蚊子叮得我好癢。
wén·zi dīng·de wǒ hǎoyǎng

吸氣 xīqì V./ to breath in
吸一口氣，再慢慢吐出來。
xī yìkǒu qì zài mànmàn tǔ chūlái

吐氣 tǔqì V./ to breath out
慢慢吐氣可以放鬆身體。
mànmàn tǔ qì kěyǐ fàngsōng shēntǐ

嘴巴 / 嘴 zuǐ·ba N./ mouth
有些地方吃飯的時候不可以張開嘴巴。
yǒuxiē dìfāng chīfàn ·de shíhòu bù kěyǐ zhāngkāi zuǐ·ba

張開 zhāngkāi V./ to open
請把手張開。
qǐng bǎ shǒu zhāngkāi

狀況 zhuàngkuàng N./ condition
山裡手機收訊的狀況不好，常常打不通。
shānlǐ shǒujī shōuxùn ·de zhuàngkuàng bùhǎo chángcháng dǎ bù tōng

老李很糊塗，常常搞不清楚狀況，讓人很生氣。
lǎolǐ hěn hútú chángcháng gǎo bù qīngchǔ zhuàngkuàng ràng rén hěn shēngqì

輕微 qīngwéi SV/ to be slight
小周出了車禍，幸好傷勢很輕微，兩三天就好了。
xiǎozhōu chū ·le chēhuò xìnghǎo shāngshì hěn qīngwéi liǎngsāntiān jiù hǎo·le

流行性感冒 liúxíngxìng gǎnmào N./ influenza
流行性感冒每年的症狀都不一樣。
liúxíngxìng gǎnmào měinián ·de zhèngzhuàng dōu bù yíyàng

感冒 gǎnmào V./ to get a cold
小英感冒了，媽媽不准她出去玩。
xiǎoyīng gǎnmào ·le mā·ma bù zhǔn tā chūqù wán

發炎 fāyán V./ inflame
受傷了要趕快消毒，不然傷口發炎就麻煩了。
shòushāng ·le yào gǎnkuài xiāodú bùrán shāngkǒu fāyán jiù máfán ·le

49. 冰 bīng SV/ to be iced
我要一杯冰奶茶，謝謝！
wǒ yào yìbēi bīng nǎichá xiè·xie

N./ ice
夏天吃冰最好了。
xiàtiān chī bīng zuì hǎo·le

50. 羊肉 yángròu N./ mutton
羊肉吃起來有一股特別的味道。
yángròu chī qǐlái yǒu yìgǔ tèbié ·de wèidào

51. 橘子 jú·zi N./ orange
橘子聞起來很香。
júzi wén qǐlái hěn xiāng

52. 中醫 zhōngyī N./ Chinese medicine
中醫相信人的身體上有很多穴道。
zhōngyī xiāngxìn rén·de shēntǐ shàng yǒu hěnduō xuèdào
王先生是一個很有名的中醫師。
wáng xiānshēng shì yí·ge hěn yǒumíng ·de zhōngyīshī

53. 關 guān V./ to be related
天氣變熱與地球的暖化有關。
tiānqì biàn rè yǔ dìqiú ·de nuǎnhuà yǒuguān

這件事跟你無關，請你別管。
zhèjiàn shì gēn nǐ wúguān qǐng nǐ bié guǎn

54. 根據 gēnjù V./ according to
爸爸根據地圖找到了旅館。
bà·ba gēnjù dìtú zhǎodào ·le lǚguǎn

55. 理論 lǐlùn N./ theory
理論和實際總是不太一樣。
lǐlùn hàn shíjì zǒngshì bú tài yíyàng

理論上 lǐlùnshàng in the theory
理論上，這樣做是可以的。
lǐlùnshàng zhèyàng zuò shì kěyǐ ·de

56. 加重 jiāzhòng V./ to become more serious
警察犯法要加重處罰。
jǐngchá fànfǎ yào jiāzhòng chǔfá

57. 病情 bìngqíng N./ patient's condition
昨天晚上王老先生的病情突然加重了。
zuótiān wǎnshàng wáng lǎoxiānshēng ·de bìngqíng túrán jiāzhòng ·le

58. 處方 chǔfāng N./ prescription
要有處方才能跟藥局領藥。
yào yǒu chǔfāng cái néng gēn yàojú lǐng yào

59. 藥局 yàojú N./ pharmacy
藥局裡除了賣藥，也會賣一些保養品。
yàojú lǐ chú·le mài yào yě huì mài yìxiē bǎoyǎngpǐn

60. 領 lǐng V./ to get, to receive
林小姐，管理室有您的包裹，請趕快來領。
línxiǎojiě guǎnlǐshì yǒu nín·de bāoguǒ qǐng gǎnkuài lái lǐng

等我一下，我得先去ATM領錢。
děng wǒ yíxià wǒ děi xiān qù ATM lǐng qián

61. 拿 ná V./ to take
老太太拿了一顆蘋果給小男孩。
lǎotài·tài ná·le yìkē píngguǒ gěi xiǎo nánhái

62. 退燒 tuìshāo V./ to bring down a fever
發燒的時候用冰敷在額頭上，可以幫助退燒。
fāshāo ·de shíhòu yòng bīng fū zài étóu shàng kěyǐ bāngzhù tuìshāo

63. 副作用 fùzuòyòng N./ side effect
這種藥吃了不會有副作用，放心好了。
zhèzhǒng yào chī·le bú huì yǒu fùzuòyòng fàngxīn hǎo·le

64. 得 děi adv./ must, to have to
明天就要開會了，今天我們一定得把事情做完。
míngtiān jiùyào kāihuì·le jīntiān wǒ·men yídìng děi bǎ shìqíng zuòwán

65. 放心 fàngxīn V./ to take one's ease
我一定會好好照顧自己，請爸爸媽媽放心。
wǒ yídìng huì hǎohǎo zhàogù zìjǐ qǐng bà·ba mā·ma fàngxīn

第十一課

1. 其實 qíshí adv./ actually
王老師看起來很好像嚴肅，不過其實他是個幽默的人。
wáng lǎoshī kàn qǐlái hǎoxiàng hěn yánsù búguò qíshí tā shì ·ge yōumò ·de rén

2. 一見鍾情 yíjiàn zhōngqíng
V./ to be in love in the first sight
森川對子芸一見鍾情，每天都想著她。
sēnchuān duì zǐyún yíjiàn zhōngqíng měitiān dōu xiǎng·zhe tā

3. 好感 hǎogǎn N./ good feeling
艾婕又聰明、又漂亮，大家都對他很有好感
àijié yòu cōngmíng yòu piàoliàng dàjiā dōu duì tā hěn yǒu hǎogǎn

4. 情人節 qíngrénjié N./ St. Valatine's Day
中國情人節在農曆七月七日。
zhōngguó qíngrénjié zài nónglì qī yuè qī rì

5. 求救 qiújiù
V./ to ask for help
失火的時候要打一一九向消防隊求救。
shīhuǒ ·de shíhòu yào dǎ yī yī jiǔ xiàng xiāofángduì qiújiù

6. 請教 qǐngjiào
V./ to ask for advice
小美有一些問題要請教老師。
xiǎoměi yǒu yìxiē wèntí yào qǐngjiào lǎoshī

7. 發生 fāshēng to happen
臺灣在九月二十一日發生大地震。
táiwān zài jiǔ yuè èrshíyī rì fāshēng dà dìzhèn

8. 趁 chèn V./ to take advantage of (time,opportunity, etc.)
艾婕想趁在台灣的時候好好學中文。
àijié xiǎng chèn zài táiwān ·de shíhòu hǎo hǎo xué zhōngwén

9. 告白 gàobái
V./ to tell something in one's heart,confess
向喜歡的人告白需要勇氣。
xiàng xǐhuān ·de rén gàobái xūyào yǒngqì

禁忌 jìnjì N./ taboo
七月是中國的鬼月，有很多的禁忌。
qī yuè shì zhōngguó ·de guǐyuè yǒu hěnduō ·de jìnjì

拜託 bàituō V./ to request a favor of
我有一件事想拜託你。
wǒ yǒu yíjiàn shì xiǎng bàituō nǐ

建議 jiànyì N./ advice, suggestion
小娟最近要租房子，你能不能給她一些建議？
xiǎojuān zuìjìn yào zū fáng·zi nǐ néng bù néng gěi tā yìxiē jiànyì

V./ to advise
嘉立建議小翁先唸完書再去當兵。
jiālì jiànyì xiǎowēng xiān niàn wán shū zài qù dāngbīng

以為 yǐwéi V./ to mistakenly believe
森川以為獅子頭是獅子做的。
sēnchuān yǐwéi shī·zitóu shì shī·zi zuò ·de

合作 hézuò V./ to cooperate
龍爸跟李醫生合作開一家診所。
lóngbà gēn lǐ yīshēng hézuò kāi yìjiā zhěnsuǒ

同事 tóngshì N./ colleague
森川跟他的同事處得很好。
sēnchuān gēn tā·de tóngshì chǔ·de hěn hǎo

提 tí V./ to mention
艾婕沒有向子維提過她的感情生活。
àijié méiyǒu xiàng zǐwéi tíguò tā·de gǎnqíng shēnghuó

迷人 mírén SV/ to be charming
收音機裡DJ的聲音非常迷人。
shōuyīnjī lǐ DJ ·de shēngyīn fēicháng mírén

不好意思 bùhǎo yì ·si SV/ to feel embarrassed
子維被老師稱讚，覺得有點不好意思。
zǐwéi bèi lǎoshī chēngzàn jué·de yǒudiǎn bùhǎo yì·si

今天讓你請客真的很不好意思。
jīntiān ràng nǐ qǐngkè zhēn·de hěn bùhǎo yì·si

idiom/ excuse me
不好意思，請問吳興街要怎麼走？
bùhǎo yì·sī qǐngwèn wúxīngjiē yào zě·me zǒu

19. 鬧 nào to make noisy, to distrub
姊姊在唸書，你不要去鬧她
jiě·jie zài niànshū nǐ búyào qù nào tā

20. 饒 ráo V./ to forgive
人們決定先饒搶匪一命，暫時不殺他
rén·men juédìng xiān ráo qiǎngfěi yí mìng zhànshí bù shā tā

饒了我吧! ráo·le wǒ ·ba
idiom/ give me a break; com on!
A: 子維，明天上課你要上台表演肚皮舞喔！
zǐwéi míngtiān shàngkè nǐ yào shàng tái biǎoyǎn dùpíwǔ ·o
B: 饒了我吧！
ráo·le wǒ ·ba

21. 咱們 zán·men N./ we; let's
你什麼時候有空，咱們一起去喝一杯吧！
nǐ shé·me shíhòu yǒukòng zán·men yìqǐ qù hē yìbēi ·ba

22. 講 jiǎng V./ to speak ; to tell
這件事是阿明跟我講的。
zhèjiàn shì shì āmíng gēn wǒ jiǎng ·de

23. 正經 zhèngjīng SV/ to be serious
正經點，不要再嘻皮笑臉的了。
zhèngjīng diǎn búyào zài xīpí xiàoliǎn ·de ·le

24. 一般來說 yìbān láishuō adv./ generally
一搬來說，亞洲人比歐洲人矮。
yìbān láishuō yǎzhōu rén bǐ ōuzhōu rén ǎi

25. 害羞 hàixīu SV/ to be shy
森川是個害羞的人，很容易臉紅。
sēnchuān shì·ge hàixiū ·de rén hěn róngyì liǎnhóng

26. 矜持 jīnchí SV/ to be reserved
有時候，太矜持會失去很多機會。
yǒushíhòu tài jīnchí huì shīqù hěnduō jīhuì

27. 含蓄 hánxù SV/ to be implicit , veiled
中文是一種含蓄的語言。
zhōngwén shì yìzhǒng hánxù ·de yǔyán

28. 急 jí SV/ to be in hurry
朱小姐，邱先生說有急事要找你，請你趕快跟他連絡。
zhū xiǎojiě qiū xiānshēng shuō yǒu jíshì yào zhǎo nǐ qǐng nǐ gǎnkuài gēn tā liánluò

29. 弄 nòng V./ to do, to deal with
兒子一回家就把房間弄得好亂，真受不了。
ér·zi yì huíjiā jiù bǎ fángjiān nòng·de hǎo luàn zhēn shòubùliǎo

30. 彼此 bǐcǐ N./ each other
他們昨天吵了一架，弄得彼此都很尷尬。
tā·men zuótiān chǎo ·le yí jià nòng ·de bǐcǐ dōu hěn gāngà

31. 尷尬 gāngà SV/ to be embarrassed
在電梯裡放屁是一件很尷尬的事。
zài diàntī lǐ fàngpì shì yíjiàn hěn gāngà ·de shì

32. 紳士 shēnshì N./ gentelman
聽說英國人都很有紳士風度。
tīngshuō yīngguórén dōu hěn yǒu shēnshì fēngdù

33. 風度 fēngdù N./ manner
比賽要有風度，就算輸了也不能生氣。
bǐsài yào yǒu fēngdù jiùsuàn shū ·le yě bùnéng shēngqì

34. 體貼 tǐtiē SV/ to be considering, understanding
天氣冷的時候，他總是會體貼的幫我買一杯熱巧克力。
tiānqì lěng ·de shíhòu tā zǒngshì huì tǐtiē ·de bāng wǒ mǎi yìbēi rè qiǎokèlì

35. 如果 rúguǒ adv./ if
如果沒有明天，你會做什麼？
rúguǒ méiyǒu míngtiān nǐ huì zuò shé·me

36. 逗 dòu V./ to elicit
妹妹喜歡逗小狗玩。
mèi·mei xǐhuān dòu xiǎogǒu wán

37. 幽默 yōumò SV/ to be humour
費先生是個幽默的人。
fèi xiānshēng shì·ge yōumò ·de rén

幽默感 yōumògǎn N./ sense of humour
王老先生很嚴肅，沒什麼幽默感，大家都怕他。
wáng lǎo xiānshēng hěn yánsù méi shé·me yōumògǎn dàjiā dōu pà tā

38. 甜言蜜語 tiányán mìyǔ
N./ sweet words and honeyed phrases
男生有時候還是要說些甜言蜜語，女孩子才會開心。
nánshēng yǒushíhòu háishì yào shuō xiē tiányán mìyǔ nǚhái·zi cái huì kāixīn

39. 千萬 qiānwàn adv./ to be sure to do so
騎車時千萬要小心。
qíchē shí qiānwàn yào xiǎoxīn

40. 肉麻 ròumá
SV/ to be sickeningly disgusting
那對情侶講話好肉麻，聽得我都起雞皮疙瘩
nàduì qínglǚ jiǎnghuà hǎo ròumá tīng·de wǒ dōu qǐ jīpí gē·dā

41. 另外 lìngwài adv./ besides, futher
請大家禮讓老人和孕婦。另外，捷運上禁止飲食，請大家注意。
qǐng dàjiā lǐràng lǎorén hàn yùnfù lìngwài jiéyùn shàng jìnzhǐ yǐnshí qǐng dàjiā zhùyì

SV/ to be another
今天過去，明天又是另外一天了。
jīntiān guòqù míngtiān yòu shì lìngwài yìtiān ·le

42. 露骨 lùgǔ SV/ to be undisguised; bald
「我愛你」對台灣人來說有點露骨。
wǒ ài nǐ duì táiwān rén láishuō yǒudiǎn lùgǔ

43. 委婉 wěiwǎn SV/ to be tactful; euphemistic
同事邀我去喝酒，被我委婉的拒絕了。
tóngshì yāo wǒ qù hējiǔ bèi wǒ wěiwǎn ·de jùjué ·le

44. 暗示 ànshì V./ to hint
龍爸向龍媽眨眨眼睛，暗示她不要說話。
lóngbà xiàng lóngmā zhǎ zhǎ yǎnjīng ànshì tā búyào shuōhuà

45. 方法 fāngfǎ
N./ way, manner
聽音樂是讓心情變好的方法之一。
tīng yīnyuè shì ràng xīnqíng biàn hǎo ·de fāngfǎ zhīyī

46. 花 huā V./ to spend
為了這件事我花了很多時間跟金錢。
wèi·le zhèjiàn shì wǒ huā·le hěnduō shíjiān gēn jīnqián

心思 xīnsī N./ [lit] thought, idea
為了在母親節給媽媽依個驚喜，大家都花了很多心思。
wèi·le zài mǔqīn jié gěi mā·ma yí·ge jīngxǐ dàjiā dōu huā·le hěn duō xīnsī

破解 pòjiě V./ to decipher, decode
阿仲想了一天一夜，終於破解了那個程式。
āzhòng xiǎng ·le yì tiān yí yè zhōngyú pòjiě ·le nà·ge chéngshì

密碼 mìmǎ N./ code
請設定你的密碼。
qǐng shèdìng nǐ·de mìmǎ

努力 nǔlì adv./ to make effort
為了得到獎學金，嘉立很努力的念書。
wèi·le dédào jiǎngxuéjīn jiālì hěn nǔlì ·de niànshū

相信 xiāngxìn V./ to believe
你相信世界上有鬼嗎？
nǐ xiāngxìn shìjiè shàng yǒu guǐ ·ma

不解風情 bùjiě fēngqíng
idiom/ to be unable to get flirtatious expressions
阿土是個不解風情的老實人，不管女生怎麼暗示，他都聽不懂。
ātǔ shì ·ge bùjiě fēngqíng ·de lǎoshí rén bùguǎn nǚshēng zěn·me ànshì tā dōu tīng bùdǒng

木頭 mùtóu N./ wood
他的工作室充滿了木頭的香味。
tā·de gōngzuòshì chōng mǎn ·le mùtóu ·de xiāngwèi

招 zhāo Measure/ means; trick
女孩子最好學幾招防身術。
nǚhái·zi zuìhǎo xué jǐ zhāo fángshēnshù

居酒屋 jūjiǔwū N./ Izakaya
在日本，大家下班以後喜歡到居酒屋去喝酒聊天。
zài rìběn dàjiā xiàbān yǐhòu xǐhuān dào jūjiǔwū qù hējiǔ liáotiān

能劇 néngjù N./ Noh
能劇是日本一項珍貴的藝術。
néngjù shì rìběn yíxiàng zhēnguì ·de yìshù

57. 解說 jiěshuō N./ explanation
這本書的解說很詳細，讓人一看就懂。
zhè běn shū ·de jiěshuō hěn xiángxì ràng rén yíkàn jiù dǒng

V./ to explain
去博物館時，我喜歡聽解說員解說。
qù bówùguǎn shí wǒ xǐhuān tīng jiěshuō yuán jiěshuō

58. 詳細 xiángxì SV/ to be detailed
這份說明書寫得很詳細。
zhèfèn shuōmíngshū xiě·de hěn xiángxì

59. 行家 hángjiā N./ expert
弗朗索瓦先生是香水的行家。
fúlǎngsuǒwǎ xiānshēng shì xiāngshuǐ ·de hángjiā

60. 極 jí adv./ extremly, very
Asalah的歌唱得好極了，她的每張專輯我都有。
Asalah ·de gē chàng·de hǎo jí ·le tā·de měi zhāng zhuānjí wǒ dōu yǒu

61. 佩服 pèifú V./ to admire
德蕾莎修女的愛心實在令人佩服。
délěishā xiūnǚ ·de àixīn shízài lìng rén pèifú

62. 優雅 yōuyǎ SV/ to be elegant
芭蕾舞是一種優雅的舞。
bālěiwǔ shì yìzhǒng yōuyǎ ·de wǔ

63. 鬆一口氣 sōng yìkǒu qì
to set one's mind at ease
終於考完試了，大家都鬆了一口氣。
zhōngyú kǎo wán shì ·le dàjiā dōu sōng·le yìkǒuqì

64. 臉紅 liǎnhóng V./ to blush
人害羞的時候會臉紅。
rén hàixiū ·de shíhòu huì liǎnhóng

65. 寒流 hánliú N./ cold current
明天會有另一波寒流到台灣。
míngtiān huì yǒu lìng yì pō hánliú dào táiwān

66. 果然 guǒrán adv./ just as expected
天氣預報說今天會下雨，果然今天一起床，天氣就陰陰的。
tiānqì yùbào shuō jīntiān huì xiàyǔ guǒrán jīntiān yì qǐchuáng tiānqì jiù yīnyīn·de

67. 告訴 gàosù V./ to tell
老師告訴我們明天有一場演講，要我們去聽。
lǎoshī gàosù wǒ·men míngtiān yǒu yìchǎng yǎnjiǎng yào wǒ·men qù tīng

第十二課

1. 按照 ànzhào V./ according to
龍爸按照地圖找到了去墾丁的路。
lóngbà ànzhào dìtú zhǎodào·le qù kěndīng ·de lù

2. 規定 guīdìng N./ regulation
爸媽規定我每天十二點錢要回家。
bàmā guīdìng wǒ měitiān shíèr diǎn qián yào huíjiā

3. 捨不得 shěbùdé
V./ reluctant to give up, let go.
情侶約會總是捨不得分開。
qínglǚ yuēhuì zǒngshì shěbùdé fēnkāi

捨得 shědé V./ to let go
你怎麼捨得讓她難過?
nǐ zěn·me shědé ràng tā nánguò

4. 離開 líkāi V./ to leave
龍爸在晚上九點離開診所。
lóngbà zài wǎnshàng jiǔdiǎn líkāi zhěnsuǒ

5. 科技 kējì N./ technology
科技來自於人性。
kējì láizìyú rénxìng

6. 資深 zīshēn SV/ to be experienced
老王是公司資深的員工，大家都很尊敬他。
lǎowáng shì gōngsī zīshēn ·de yuángōng dàjiā dōu hěn zūnjìng tā

7. 工程師 gōngchéngshī N./ engineer
森川小時候的夢想就是當一位工程師。
sēnchuān xiǎoshíhòu ·de mèngxiǎng jiùshì dāng yíwèi gōngchéngshī

8. 說明 shuōmíng V./ to explain, to illustrate
可以請你舉例說明什麼是國際化嗎？
kěyǐ qǐng nǐ jǔlì shuōmíng shé·me shì guójìhuà ·ma

9. 系統 xìtǒng N./ (computer) system
圖書館的電腦系統出了點問題，裡面的資料全都不見了。
túshūguǎn ·dediànnǎo xìtǒng chū ·le diǎn wèntí lǐmiàn ·de zīliào quán dōu bú jiàn ·le

10. 設計 shèjì V./ to design; design
嘉立喜歡設計，不管是服裝設計、程式設計室內設計，他都喜歡。
jiālì xǐhuān shèjì bùguǎn shì fúzhuāng shèj chéngshì shèjì shìnèi shèjì tā dōu xǐhuān

11. 程式 chéngshì N./ program
這個程式跑不動，你知道問題在哪裡嗎？
zhè·ge chéngshì pǎo búdòng nǐ zhīdào wèntí zài nǎlǐ ·ma

12. 管理 guǎnlǐ V./ to menage
管理一間公司需要智慧。
guǎnlǐ yìjiān gōngsī xūyào zhìhuì

13. 責任 zérèn N./ responsibility
照顧小孩是父母的責任。
zhàogù xiǎohái shì fùmǔ ·de zérèn

14. 全職 quánzhí SV/ full-timed
全職工作的福利比兼職好。
quánzhí gōngzuò ·de fúlì bǐ jiānzhí hǎo

兼職 jiānzhí SV/ part-timed
我在加油站找了一個兼職工作。
wǒ zài jiāyóuzhàn zhǎo ·le yí·ge jiānzhí gōngzuò

15. 出差 chūchāi V./ to be on a business trip
李先生到澳洲出差，下星期二才會回來。
lǐxiānshēng dào àozhōu chūchāi xià xīngqíè cái huì huílái

16. 待遇 dàiyù N./ treatment
律師的待遇很好。
lǜshī ·de dàiyù hěnhǎo

17. 面議 miànyì
[lit] to talk about something face to face

二手電腦拍賣，價格面議，請寫信與我聯絡。
èrshǒu diànnǎo pāimài jiàgé miànyì qǐng xiě xìn yǔ wǒ liánluò

8. 休假 xiūjià V./ to take a day off, day off
法國夏天可以休假一個月。
fàguó xiàtiān kěyǐ xiūjià yí ·ge yuè

9. 制度 zhìdù N./ system
美國的政治制度是民主制。
měiguó ·de zhèngzhì zhìdù shì mínzhǔ zhì

0. 條件 tiáojiàn N./ conditions,terms
要當一名太空人有很嚴格的條件限制。
yào dāng yìmíng tàikōngrén yǒu hěn yángé ·de tiáojiàn xiànzhì

潘先生的條件很好，很多女孩子都喜歡他。
pān xiānshēng ·de tiáojiàn hěnhǎo hěnduō nǚhái·zi dōu xǐhuān tā

我可以借你二十萬，條件是你要在兩年之內還我。
wǒ kěyǐ jiè nǐ èrshíwàn tiáojiàn shì nǐ yào zài liǎngnián zhīnèi huán wǒ

1. 限制 xiànzhì N./ limitation
以前對女性的限制很多，不像現在這麼開放。
yǐqián duì nǚxìng·de xiànzhì hěnduō búxiàng xiànzài zhè·me kāifàng

V./ to limit
這條法律限制了人民的自由。
zhè tiáo fǎlǜ xiànzhì ·le rénmín ·de zìyóu

2. 學歷 xuélì N./ the educational background
艾婕有巴黎第十大學學士的學歷。
àijié yǒu bālí dìshí dàxué xuéshì ·de xuélì

3. 科系 kēxì N./ a college department
文學院裡有三個科系。
wénxué yuàn lǐ yǒu sān·ge kēxì

4. 經驗 jīngyàn N./ experience
他對程式設計很有經驗。
tā duì chéngshì shèjì hěn yǒu jīngyàn

5. 電腦 diànnǎo N./ computer
電腦是現代生活的必需品。
diànnǎo shì xiàndài shēnghuó ·de bìxūpǐn

26. 專業 zhuānyè N./ profession
慶維對語言學懂很多，語言學是他的專業。
qìngwéi duì yǔyánxué dǒng hěnduō yǔyánxué shì tā·de zhuānyè

27. 辦公室 bàngōngshì N./ office
吳小姐的辦公室在松仁路 2 號。
wú xiǎojiě ·de bàngōngshì zài sōngrénlù èr hào

28. 作業 zuòyè V./ to work
商品寄出需要三天的作業時間。
shāngpǐn jìchū xūyào sān tiān ·de zuòyè shíjiān

29. 資料庫 zīliàokù N./ a data bank; archives
電影圖書館裡有完整的電影資料庫。
diànyǐng túshūguǎn lǐ yǒu wánzhěng ·de diànyǐng zīliàokù

30. 熟悉 shóuxī V./ to be familiar with
塞維克是台東人，他對台東很熟悉。
sàiwéikè shì táidōng rén tā duì táidōng hěn shóuxī

31. 應徵 yìngzhēng
V./ to respond to a wanted ad
美純想去應徵空姐的工作。
měichún xiǎngqù yìngzhēng kōngjiě ·de gōngzuò

32. 找 zhǎo V./ to search, to find
我找不到我的筆記本。
wǒ zhǎo búdào wǒ·de bǐjìběn

33. 合法 héfǎ SV/ to be legal
在伊朗，穿比基尼是不合法的。
zài yīlǎng chuān bǐjīní shì bù héfǎ·de

工作證 gōngzuò zhèn N./ employee's card

34.
要在國外工作，必須先申請工作證。
yào zài guówài gōngzuò bìxū xiān shēnqǐng gōngzuò zhèng

35. 薪水 xīnshuǐ N./ salary
服務生的薪水不高。
fúwùshēng ·de xīnshuǐ bùgāo

36. 福利 fúlì N./ walfare
北歐的社會福利制度做得很好。
běiōu ·de shèhuì fúlì zhìdù zuò·de hěn hǎo

37. 年終 niánzhōng N./ the end of a year, year-end
要過年了，百貨公司都在年終大拍賣。
yào guònián ·le bǎihuò gōngsī dōu zài niánzhōng dà pāimài

38. 獎金 jiǎngjīn N./ reward, bonus
嘉立比賽得了第一名，得到六千塊的獎金。
jiālì bǐsài dé·le dìyīmíng dédào liùqiān kuài ·de jiǎngjīn

39. 員工 yuángōng N./ employee
這間公司有一百名員工。
zhèjiān gōngsī yǒu yìbǎi míng yuángōng

40. 壓力 yālì N./ pressure, stress
現代人的壓力愈來愈大。
xiàndàirén ·de yālì yùláiyù dà

41. 配合 pèihé V./ to operate in coordination
那兩個演員在戲裡配合得很好。
nà liǎng·ge yǎnyuán zài xì lǐ pèihé·de hěn hǎo

42. 加班 jiābān V./ to work overtime; to take on an additional shift
爸爸以前都要加班到很晚才回家。
bà·ba yǐqián dōuyào jiābān dào hěn wǎn cái huíjiā

43. 分公司 fēngōngsī N./ branch company
蘋果電腦在世界上有很多分公司。
píngguǒ diànnǎo zài shìjiè shàng yǒu hěnduō fēngōngsī

44. 順便 shùnbiàn adv./ conveniently; in passing
我來看你，順便去超級市場買醬油。
wǒ lái kàn nǐ shùnbiàn qù chāojí shìchǎng mǎi jiàngyóu

45. 勞保 láobǎo (勞工保險) N./ labot insurance
這家診所有勞保。
zhèjiā zhěnsuǒ yǒu láobǎo

46. 健保 jiànbǎo(健康保險) N./ health insurance
有健保以後，看病就很方便了。
yǒu jiànbǎo yǐhòu kànbìng jiù hěn fāngbiàn ·le

47. 附 fù V./ to attach; to enclose
這本書有附CD，你沒事可以聽聽看。
zhèběn shū yǒu fù CD nǐ méishì kěyǐ tīngtīngkàn

48. 宿舍 sùshè N./ dormitory
子維住在大學的宿舍裡。
zǐwéi zhù zài dàxué·de sùshè lǐ

49. 教育 jiàoyù N./ education
教育對國家來說很重要。
jiàoyù duì guójiā láishuō hěn zhòngyào

50. 訓練 xùnliàn V./ to train, training
小梅正在訓練獅子跳火圈。
xiǎoméi zhèngzài xùnliàn shī·zi tiào huǒquā

51. 尾牙 wěiyá
N./ a tradition that every business owner treat all employee a dinner party in the 16th day of the 12th of luner calendar
公司尾牙訂在礁溪大飯店舉行。
gōngsī wěiyá dìng zài jiāoxī dàfàndiàn jǔxín

52. 摸彩 mōcǎi
N./ to draw lots to get prize or gift
等一下有摸彩活動，你要不要參加？
děngyíxià yǒu mōcǎi huódòng nǐ yào bú yào cānjiā

53. 履歷 lǚlì N./ resume
找工作要先寄履歷。
zhǎo gōngzuò yào xiān jì lǚlì

54. 面試 miànshì N./ interview
森川很用心的在準備明天的面試。
sēnchuān hěn yòngxīn ·de zài zhǔnbèi míngtiān ·de miànshì

55. 機會 jīhuì N./ chance, oppotunaty
機會要自己去把握。
jīhuì yào zìjǐ qù bǎwò

56. 人事部 rénshìbù
N./ personnel (administration) office
我們公司的人事部現在缺人，你要不要去應徵？
wǒ·men gōngsī ·de rénshìbù xiànzài quērén nǐ yào bú yào qù yìngzhēng

57. 回應 huíyìng N./ repond
他是個聾子，你再怎麼叫他都不會有回應的。
tā shì ·ge lóng·zi nǐ zài zěn·me jiào tā dōu búhuì yǒu huíyìng·de

58. 惡補 èbǔ V./ to crem tips into somebody in an overwhiming manner
子羽下星期就要去法國玩了，他現在正在惡補法文呢！
zǐyǔ xià xīngqí jiù yào qù fàguó wán ·le tā xiànzài zhèngzài èbǔ fǎwén ·ne

59. 免得 miǎndé adv./ so as not to, in case
你還是現在出去吧，免得到時候銀行關門，就麻煩了。
nǐ háishì xiànzài chūqù ·ba miǎndé dàoshíhòu yínháng guānmén jiù máfán ·le

60. 老是 lǎoshì adv./ always
龍爸老是忘記龍媽的生日。
lóngbà lǎoshì wàngjì lóngmā ·de shēngrì

61. 奇怪 qíguài SV/ to be odd, queer
他竟然在夏天穿著毛衣，真是奇怪。
tā jìngrán zài xiàtiān chuān·zhe máoyī zhēnshì qíguài

62. 經理 jīnglǐ N./ maneger
我的經理是一個嚴肅的女人。
wǒ·de jīnglǐ shì yí·ge yánsù ·de nǚrén

63. 主修 zhǔxiū V./ to major in
子芸大學的時候主修經濟。
zǐyún dàxué ·de shíhòu zhǔxiū jīngjì

64. 資訊 zīxùn N./ information
網路上有很豐富的旅遊資訊。
wǎnglù shàng yǒu hěn fēngfù ·de lǚyóu zīxùn

Microsoft是全世界最大的資訊公司。
Microsoft shì quán shìjiè zuìdà ·de zīxùn gōngsī

65. 服務 fúwù V./ to serve; service
阿宏已經在這家公司服務兩年了。
āhóng yǐjīng zài zhèjiā gōngsī fúwù liǎngnián ·le

這家餐廳的服務態度很好。
zhèjiā cāntīng ·de fúwù tàidù hěn hǎo

66. 外派 wàipài 派遣到外
V./ to send working aboard
外交人員都必須外派到其他國家。
wàijiāo rényuán dōu bìxū wàipài dào qítā guójiā

67. 合約 héyuē N./ contract
SONY決定要跟我們公司簽合約，一起合作這個案子。
SONY juédìng yào gēn wǒ·men gōngsī qiān héyuē yìqǐ hézuò zhè·ge àn·zi

68. 結束 jiéshù V./ to end, to terminate
表演結束後，請大家不要馬上離開。謝謝。
biǎoyǎn jiéshù hòu qǐng dàjiā búyào mǎshàng líkāi xiè·xie

69. 由於 yóuyú adv./ [lit] because
由於颱風剛過，菜價全都漲了一倍。
yóuyú táifēng gāng guò càijià quán dōu zhǎng ·le yíbèi

70. 吸引 xīyǐn V./ to attract
這部車的設計很吸引人。
zhèbù chē ·de shèjì hěn xīyǐnrén

71. 本 běn proN./ [formal] my, our
本產品開封後禁止退換。
běn chǎnpǐn kāifēng hòu jìnzhǐ tuìhuàn

72. 觀察 guānnchá V./ to observe
觀察星星是天文學家的工作。
guānchá xīng·xīng shì tiānwén xué jiā ·de gōngzuò

73. 方面 fāngmiàn N./ aspect, side
在音樂上，他對聲樂方面特別擅長。
zài yīnyuè shàng tā duì shēngyuè fāngmiàn tèbié shàncháng

74. 前景 qiánjǐng N./ prospect, future
印度是一個有前景的國家。
yìndù shì yí·ge yǒu qiánjǐng ·de guójiā

75. 認為 rènwéi V./ to be of the opinion that ...
陳博士認為植物也是有感覺的。
chén bóshì rènwéi zhíwù yěshì yǒu gǎnjué ·de

76. 發展 fāzhǎn V./ to develop
埃及的觀光業發展得很好。
āijí ·de guānguāng yè fāzhǎn ·de hěn hǎo

77. 空間 kōngjiān N./ space
每個人都需要有自己的空間。
měi·ge rén dōu xūyào yǒu zìjǐ ·de kōngjiān

78. 貴 guì proN./ [polite] your
貴國的科技發達，是敝國學習的榜樣。
guì guó ·de kējì fādá shì bì guó xuéxí ·de bǎngyàng

79. 資料 zīliào N./ information
圖書館裡的資料很豐富。
túshūguǎn lǐ ·de zīliào hěn fēngfù

80. 國際化 guójìhuà SV/ to be internationalized
紐約是一個國際化的城市。
niǔyuē shì yí·ge guójìhuà ·de chéngshì

81. 有自信 yǒuzìxìn V./ to be confident in
艾婕對自己的中文很有自信。
àijié duì zìjǐ ·de zhōngwén hěn yǒuzìxìn

82. 接 jiē V./ to take over
我接到一個助理的工作。
wǒ jiē dào yí·ge zhùlǐ ·de gōngzuò

83. 案子 àn·zi N./ case
老闆連續接了兩個大案子，把大家都忙壞了。
lǎobǎn liánxù jiē·le liǎng·ge dà àn·zi bǎ dàjiā dōu máng huài ·le

84. 企業 qìyè N./ enterprise
台灣的企業大都是中小型企業。
táiwān ·de qìyè dàdōushì zhōngxiǎo xíng qìyè

85. 能力 nénglì N./ capability
古先生是個很有能力的人。
gǔ xiānshēng shì ·ge hěn yǒu nénglì ·de rén

86. 信心 xìnxīn N./ confidence
對自己要有信心，做事才容易成功。
duì zìjǐ yào yǒu xìnxīn zuòshì cái róngyì chénggōng

87. 團隊 tuánduì N./ team
團隊生活對軍人很重要。
tuánduì shēnghuó duì jūnrén hěn zhòngyào

88. 重要 zhòngyào SV/ to be important
這支手錶對我來說很重要。
zhèzhī shǒubiǎo duì wǒ láishuō hěn zhòngyào

89. 勝任 shēngrèn
V./ to be able to take the responsibility
你很聰明，我相信你一定可以勝任這個工作。
nǐ hěn cōngmíng wǒ xiānxìn nǐ yídìng kěyǐ shēngrèn zhè·ge gōngzuò

90. 小組 xiǎozǔ N./ groupe
老師把學生分為兩個小組，要他們上台報告。
lǎoshī bǎ xuéshēng fēn wéi liǎng·ge xiǎozǔ yào tā·men shàng tái bàogào

91. 人際 rénjì N./ interpersonal
森川對人很有禮貌，又付責任，所以人際關係很好。
sēnchuān duì rén hěn yǒu lǐmào yòu fùzérèn suǒyǐ rénjì guānxì hěn hǎo

92. 溝通 gōutōng N./ communication
有好的溝通，才能創造好的人際關係。
yǒu hǎo·de gōutōng cái néng chuàngzào hǎo ·de rénjì guānxì

V./ to communicate
夫妻相處要懂得如何溝通。
fūqī xiāngchǔ yào dǒngdé rúhé gōutōng

93. 愉快 yúkuài SV/ with pleasure, to be joyful
旅行令人心情愉快。
lǚxíng lìng rén xīnqíng yúkuài

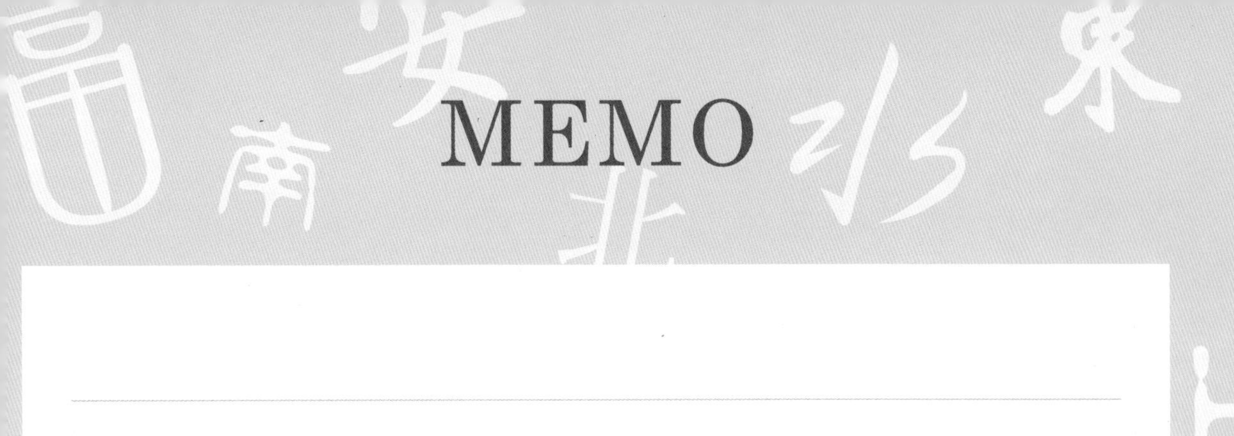

MEMO

MEMO

MEMO

MEMO

MEMO

國家圖書館出版品預行編目資料

實用生活華語不打烊／楊琇惠著.
－－初版.－－臺北市：五南，2007.10
面；　公分.－－（華語教學叢書系列）
ISBN 978-957-11-4966-0（平裝附光碟片）
1.漢語　2.讀本
802.86　　96018379

1XZT　華語系列

實用生活華語不打烊（中級篇）

編 著 者 — 楊琇惠（317.4）
文字編輯 — 洪子芸　郭晉維
封面設計 — 黃聖文
發 行 人 — 楊榮川
總 編 輯 — 王翠華
主　　編 — 黃惠娟
責任編輯 — 蔡佳伶
出 版 者 — 五南圖書出版股份有限公司
地　　址：106台北市大安區和平東路二段339號4樓
電　　話：(02)2705-5066　　傳　　真：(02)2706-6100
網　　址：http://www.wunan.com.tw
電子郵件：wunan@wunan.com.tw
劃撥帳號：01068953
戶　　名：五南圖書出版股份有限公司
法律顧問　林勝安律師事務所　林勝安律師
出版日期　2007年10月初版一刷
　　　　　2017年1月初版五刷
定　　價　新臺幣400元